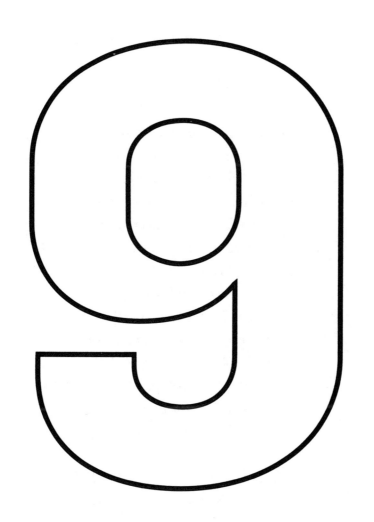

Marc Levy

NOA

roman

Dessins de Pauline Lévêque

Robert Laffont | Versilio

© Éditions Robert Laffont, S.A.S., Paris
Versilio, Paris, 2022
ISBN 978-2-221-24359-6
Dépôt légal : mai 2022
Éditions Robert Laffont – 92, avenue de France 75013 Paris
Éditions Versilio – 28, rue Bonaparte 75006 Paris

« La grande révolution dans l'histoire de l'homme,
passée, présente et future,
est la révolution de ceux qui sont résolus à être libres. »

John F. KENNEDY

Toute ressemblance avec des personnes existantes ou ayant existé...

Oh, et puis merde.

1.

**À la prison d'Okrestina, Minsk, Biélorussie,
vendredi matin.**

Depuis trois heures, Daria attend dans une salle attenante
au parloir. Une pièce de douze mètres carrés où la lumière
du jour peine à traverser les barreaux d'une petite fenêtre. La
banquette en métal peut accueillir trois personnes. Le mot
« banquette » est flatteur pour une planche et un dosseret.
Daria est seule, les droits de visite sont rares, les autorités
n'en accordent presque jamais. Mais aujourd'hui c'est dif-
férent, Daria vient voir Nicolaï pour témoigner auprès des
siens qu'il est en vie et en bonne santé. Cette rencontre a
lieu chaque trimestre et ne dure que cinq minutes. Elle est la
conséquence d'un évènement à peine croyable qui s'est produit
il y a deux ans.

Nicolaï est la raison de cette histoire.

*

Au printemps 2020, dans ce pays tenu d'une main de fer par un homme au pouvoir depuis vingt-sept ans, une jeune mère de famille, sans expérience ni ambition politique, remporta les élections. Lorsque les premiers bureaux de vote rapportèrent que son nom apparaissait sur la majorité des bulletins dépouillés, un escadron de policiers fut dépêché chez elle.

Les hommes en uniforme avaient forcé la porte de son appartement, braquant leurs armes. Pour protéger ses deux enfants, Sviatlania fit rempart de son corps. L'émissaire du gouvernement qui les accompagnait dénotait, avec son complet noir et son chapeau-feutre. Les verres bombés de ses lunettes rondes cerclées d'un fil d'or agrandissaient la prunelle de ses yeux bleu azur. Il avait arpenté le salon du deux-pièces où vivaient Sviatlania et sa famille et s'était arrêté pour regarder attentivement les cadres posés sur une bibliothèque Ikea. Des photos précieuses pour Sviatlania et Nicolaï mais d'une banalité affligeante pour lui. Une photo de leur fils âgé de cinq ans, une autre de leur fille, une troisième où ils apparaissaient tous ensemble lors de vacances d'été ; on ne pouvait distinguer où elle avait été prise. Las, il les avait délaissées pour feuilleter quelques-uns des livres rangés sur les étagères, qu'il avait aussitôt reposés, ne trouvant rien de subversif dans cette littérature romantique. Puis, affichant un sourire effrayant, il avait prié Sviatlania de s'asseoir sur le canapé, en face du fauteuil en velours côtelé où il s'était installé, sans y avoir été invité. Elle avait échangé un regard avec son mari. Nicolaï avait pris les enfants sous sa protection, les serrant dans ses bras ; les policiers l'avaient laissé faire et Sviatlania avait obtempéré.

— C'est ainsi que vous traitez votre nouvelle présidente ? avait-elle osé le défier.

Le sourire de l'homme s'était crispé. Il avait jeté un regard sur les gamins.

— Comment le peuple aurait-il pu confier sa destinée à une jeune ménagère sans expérience, avec les enjeux du monde actuel, la crise économique dont l'Occident est responsable, les ingérences de nos voisins qui veulent notre perte pour accaparer nos richesses ?

— Quelles richesses ? Le peuple que vous aimez tant évoquer se tue au labeur pour gagner à peine de quoi se nourrir et s'habiller, avait rétorqué Sviatlania.

— Ne m'interrompez plus ! Nous avons peu de temps avant que la situation ne dégénère et mes hommes ne brillent pas par leur patience. Où en étais-je ? Ah oui, au fait que vous avez de toute évidence perdu ces élections.

— Votre présence ici prouve le contraire, avait objecté Nicolaï.

L'émissaire ne releva pas.

— Si vous aimez vraiment votre pays, vous ne souhaitez en aucun cas vous rendre coupable de graves troubles à l'ordre public, avait-il poursuivi d'un ton cynique. Bien que coupable, vous le soyez déjà, ce qui est regrettable. Heureusement pour vous, notre président est magnanime. Je crois même, sans prétendre parler à sa place, qu'il vous porte une certaine estime. Vous avez mené une belle campagne pour une personne de votre condition, une femme de surcroît. Vous vous êtes amusée, c'est bien, avait-il ajouté en faisant claquer sa langue. C'est important de s'amuser de temps en temps, sinon la vie serait si triste. Mais c'est fini. Dans un excès de générosité qui l'honore, notre président m'a chargé de vous transmettre une proposition que vous ne pourrez refuser tant elle est à votre avantage. À moins que vous ne soyez stupide, et ça, j'en doute. Vous allez reconnaître publiquement votre défaite et faire vos valises. Vous pourrez emporter toutes les affaires dont vos chérubins auront besoin, quelques lectures aussi si cela vous chante. Et cette nuit, nous vous escorterons à la frontière lituanienne. Vous ne reviendrez plus. Finalement, vous qui appeliez à la liberté – comme si nous n'étions pas libres chez nous, que ne faut-il pas entendre – allez être la femme la plus heureuse du monde puisque je vous offre celle de quitter notre nation que vous n'avez cessé de critiquer.

— Nous forcer à nous enfuir, c'est ça votre offre généreuse ?

— Vous et vos enfants seulement. Votre mari restera ici, le président a besoin de s'assurer de votre loyauté, une fois à l'étranger.

Le marché était clair. Sviatlania et ses enfants partiraient en exil et Nicolaï irait en prison en guise de garantie.

— Tant que vous vous tiendrez tranquille, votre époux sera bien traité. Ne dramatisons pas, ce n'est que temporaire, un an ou deux au plus. Quand cette journée ne sera plus qu'un lointain souvenir, et il ne tient qu'à vous d'être sage, Nicolaï pourra vous rejoindre.

— Et si je refuse ?

— Mes hommes vous embarqueront avec votre mari. Vos enfants seront confiés à un orphelinat, nous ne sommes pas des sauvages. Cela étant, à la prison d'Okrestina, sans consignes particulières, je ne peux répondre de votre sort. C'est à vous de décider.

L'émissaire ne souriait plus du tout. Quand il ne regardait pas Sviatlania dans les yeux, il fixait le bout de ses chaussures, cirées à la perfection.

Nicolaï avait supplié sa femme d'obéir. Deux ans d'enfermement pour que sa famille ait la vie sauve, ce n'était pas si terrible.

Puis il avait serré ses enfants contre lui, leur jurant qu'il les reverrait vite. Il leur fit promettre d'être courageux et de veiller sur leur mère. En larmes, ils promirent. À l'oreille de sa fille, l'aînée, qui fêterait bientôt ses dix ans, il chuchota lui aussi une promesse : « Un jour, mon amour, nous serons libres et ce sont eux qui iront en prison. Je t'en fais le serment. »

Sviatlania fut conduite à la frontière lituanienne. Cette nuit-là, les hommes et femmes qui avaient mené campagne pour elle furent expulsés de leur pays et parmi eux, Roman et Sofia, deux jeunes figures importantes de la résistance. Tous se retrouveraient à Vilnius, tous à l'exception de Nicolaï.

*

La porte du parloir s'ouvre enfin. Un garde fait signe à Daria qu'elle peut entrer. Nicolaï, assis sur une chaise, a les mains enchaînées, ses menottes le lient à un anneau scellé à la table en métal qui le sépare des visiteurs. Le garde se tient près d'eux, veillant à ce que rien ne passe d'une main à l'autre, épiant leurs paroles.

— Tu n'as pas trop mauvaise mine, dit Daria.

— Meilleure que d'ordinaire, tu sais pourquoi.

Daria sait. Deux semaines avant chacune de ses visites, les rations alimentaires de Nicolaï sont améliorées, les brimades cessent, pour qu'elle puisse témoigner qu'il est en bonne santé.

— Tu lui manques, elle parle de toi aux enfants tous les soirs, elle leur promet que tu les rejoindras bientôt. Ils vont bien, tu leur manques aussi beaucoup, mais ils sont heureux à Vilnius et d'ici peu ils le seront encore plus, enchaîne Daria.

— C'est l'essentiel.

Alors que le gardien, les yeux rivés à son portable, s'acharne à faire éclater des ballons de couleur dans un jeu vidéo, Daria se penche discrètement vers Nicolaï.

— Tu as bien compris ce que Sviatlania m'a chargée de te dire ?

— Ils vont prolonger ma peine, annonce Nicolaï d'une voix tremblante.

— Pour quel motif ? s'inquiète Daria.

— Tu connais le système. Pour ceux et celles qui ont osé défier le pouvoir, une peine succède à une autre, les chefs d'accusation s'accumulent. Sédition, activité terroriste ou espionnage pour le compte d'un pays étranger, ils ne manquent pas d'imagination.

Le gardien relève la tête, indiquant à Daria que la visite est terminée. Elle obéit sans discuter. Mais, alors qu'elle s'apprête à sortir, Nicolaï brave l'interdit, il est debout et l'embrasse sur la joue.

— Préviens Roman qu'il est en danger, lui chuchote-t-il à l'oreille.

— Tiens bon, souffle-t-elle.

D'un geste brusque, le gardien les sépare ; du bout de sa matraque, il repousse Nicolaï qui baisse les yeux, haussant les épaules, comme résolu à son sort. Les prochaines semaines, il aura moins de nourriture, les coups pleuvront au gré des humeurs des matons.

Daria remonte un couloir sinistre. Sur son passage, les grilles s'ouvrent et se referment aussitôt. Elle se présente devant la guérite à l'entrée de la prison pour récupérer ses affaires. Son sac à main, ses papiers d'identité, ses clés et son portable, qui ne contient ni message ni carnet d'adresses.

En sortant, elle noue son écharpe, un vent glacial balaie Minsk. Elle fait quelques pas et se retourne vers les murs en béton gris qui encerclent deux immeubles de bureaux transformés en prison, une forteresse sinistre qui se dresse au centre de la ville. Elle songe à Nicolaï, marchant mains menottées vers sa cellule. Elle l'a trouvé amaigri, la mine pâle et le moral en berne. Elle retient ses larmes en regagnant sa voiture.

En route vers son travail, elle appellera Sviatlania et prétendra tout le contraire pour la rassurer. Elle a réussi à faire passer son message et prie le ciel que Nicolaï en ait compris la teneur. Ce soir, dès qu'elle sera rentrée chez elle, Daria enverra aussi un message à Roman, depuis un téléphone sécurisé caché dans un recoin de son appartement.

*

Le soir, au siège de l'Agence des droits de l'homme à Minsk.

Daria entend le souffle de l'aspirateur qui avale la poussière dans la pièce voisine. Elle éteint son écran, les bureaux sont déserts. Nul besoin de regarder sa montre pour savoir l'heure qu'il est, la femme de ménage est plus ponctuelle que l'horloge de la gare de Minsk-Passajyrski. Une pensée qui la ramène à sa mère. Voilà plus d'un mois qu'elle n'a pris le train pour lui rendre visite. Harassée de travail, le matin à la rédaction du journal *Nacha Niva*, les après-midi dans les locaux de Naata, le dernier site d'information libre, et chaque soir pour un coup de main à l'Agence des droits de l'homme. Un boulot de titan depuis que le gouvernement s'acharne à faire tomber l'ONG. Les prêts bancaires supprimés du jour au lendemain, les contrôles du fisc, les descentes de police, les confiscations de matériel.

Pour limiter la casse, l'équipe s'est cotisée. Ainsi on paie désormais un jeune dealer qui fait le guet dans la rue. Il arrondit ses fins de mois sans avoir rien d'autre à vendre qu'un regard affûté pour détecter les voitures banalisées. Chacun y trouve son compte. Lorsqu'il siffle deux coups, un ballet bien rodé se déclenche dans les locaux. À trois, on déplace le distributeur de boissons et on soulève les lattes de parquet pour cacher ordinateurs, rapports d'enquête, documents sensibles, téléphones portables, des modèles à coque avec des cartes SIM anonymes. Une fois le tout dissimulé dans la trappe aménagée sous le plancher, on remet le distributeur à sa place.

Puis on court reprendre son poste, un bloc-notes et un stylo à la main, comme si de rien n'était. La police confisque les blocs-notes, les stylos ne les intéressent pas, tant qu'ils sont en plastique. Les flics créent du désordre, pour faire peur, pour montrer qu'ils ont tout pouvoir, pour le plaisir aussi. Ils jettent les papiers à terre, donnent des coups de pied dans le photocopieur, un vieux modèle Konica increvable. Les collaborateurs de l'Agence des droits de l'homme l'ont baptisé le Samizdat, un nom donné au système clandestin de circulation d'écrits dissidents en URSS.

Daria est à la fenêtre, des flocons légers virevoltent dans l'air. S'il recommence à neiger, c'est que la température est remontée, la serrure de la portière de sa voiture ne sera pas gelée. Sa hantise les soirs et les matins d'hiver. Les hommes peuvent uriner sur le barillet, les femmes chauffent la clé à la flamme d'un briquet. Les yeux rivés sur le parking en contrebas, Daria compose un numéro de téléphone. Elle parie que son mari décrochera avant la quatrième sonnerie.

Daria s'excusera d'être une fois de plus en retard. Est-ce que leur fille a fait ses devoirs ? A-t-elle dîné ? A-t-elle passé une bonne journée à l'école ? Daria connaît les réponses à ces questions. Michaël est un père modèle. Lui aussi a beaucoup de travail, mais il est toujours à l'heure. À l'heure pour la sortie des classes, pour les devoirs, les jeux, pour les courses, pour donner le bain à leur fille… Comment fait-il ? Un mystère pour Daria. Elle lui posera quand même ces questions, pour témoigner de son amour. À force de s'occuper des autres, elle délaisse les siens. Ce qui la fait se sentir encore plus coupable est l'absence de reproches.

Quand elle aura bravé la circulation, le froid qui règne dans sa vieille Skoda (car sur le chemin du retour elle s'octroiera une cigarette, deux si la circulation est infernale, fenêtre ouverte pour que ne subsiste aucune odeur de tabac froid), quand elle aura trouvé une place sur l'un des parkings du vaste complexe immobilier de la banlieue où elle vit avec sa petite famille, quand elle aura gravi les six étages à pied, puisque l'ascenseur est toujours en panne, Michaël l'accueillera en la prenant dans ses bras, avec cette tendresse qui ne se dément jamais. Il aura mis le couvert, un plat mijotera sur la cuisinière électrique. Daria ôtera son manteau, ira dans la chambre de sa fille, l'embrassera et s'installera au pied de son lit. Elle lui lira une histoire jusqu'à ce que ses petites paupières se ferment. Un dernier baiser sur le front, des mots d'amour chuchotés à l'oreille, et la porte se refermera doucement.

Michaël décroche à la quatrième sonnerie.

— Je fais au plus vite, lui dit-elle.

— Ne t'inquiète pas, nous avions beaucoup de devoirs ce soir. Tu vas bien ?

Ce « nous » lui transperce le cœur.

— J'irai encore mieux quand je serai à tes côtés.

— Sois prudente, les routes sont verglacées.

— Elles le seront pendant encore six mois, je le crains, dit-elle en souriant.

— Sois quand même prudente. Nous t'attendons.

Deuxième « nous », deuxième flèche. Daria éteint la lumière, elle range des documents dans son sac. Un modèle en cuir grainé, couleur taupe, sa préférée, un cadeau de Michaël pour leur sixième anniversaire de mariage.

Sous les néons du hall, dans une lumière blafarde, Daria noue son écharpe pour la dernière fois de la journée. Michaël lui dit souvent qu'elle a la nuque la plus sexy du monde. La plupart des hommes s'émeuvent à la vue d'une poitrine, de la courbe d'une hanche, du galbe des fesses, pas lui ; enfin, il lui dit aimer aussi ses seins et ses fesses, mais lorsque ses baisers s'attardent dans le creux de sa nuque, Daria sait qu'il a envie d'elle. Elle ne s'en plaint pas, au contraire, elle aime leurs étreintes, la façon dont ils font l'amour, une parenthèse de vie qui n'appartient qu'à eux, où cicatrisent toutes les plaies du monde, la corruption, la vilénie des hommes, les injustices qu'elle traque sans relâche. Il n'y a que du bien en cela, elle l'aime, même si parfois son calme l'insupporte.

La portière s'ouvre sans un bruit. Le moteur ronronne, la boîte de vitesses craque. Daria déboîte et s'engage dans la rue Novosushchevsky, elle baisse sa vitre et allume une cigarette. Le froid s'est réveillé avec les ombres de la nuit. La ville semble ne jamais dormir, même dans les rues sombres, où les chats en maraude croisent les marcheurs esseulés. Elle tourne sur la voie rapide ; au loin le flot des voitures ralentit, il en est ainsi au passage du pont depuis que la file de gauche est en travaux. La Skoda roule au pas, Daria exhale une longue bouffée, le tabac a une saveur de caramel. Ce week-end, elle emmènera sa fille voir sa grand-mère. La maison où Daria a grandi est toujours aussi rustique, mais confortable. Pendant que Michaël travaillera à ses dossiers, elles iront se promener toutes les trois dans les bois, feront des batailles de boules de neige et, le soir venu, elles chanteront à tue-tête devant le feu de bois. Daria se tourne pour jeter sa cigarette. Le conducteur de la voiture voisine lui adresse un sourire poli. Lui aussi doit avoir hâte de rentrer chez lui, comme tous ceux qui sont là, terrassés par une journée de labeur. Enfin la circulation reprend, Daria voudrait enclencher la première, mais sa main ne répond pas. Elle ressent comme une piqûre sous son sein gauche, rien de violent, juste une étrange brûlure. Et puis soudain, sa respiration devient courte. Le froid peut-être ? Elle tousse, un goût de métal envahit sa bouche. Elle tousse encore, le tableau de bord est maculé de fines gouttes rouges. Sa vision se trouble, Daria panique ; la peur lui redonne un peu d'énergie et, au prix d'un grand effort, elle pose sa main là où la piqûre est devenue morsure : sa paume est trempée de sang. Derrière elle, les klaxons se déchaînent pour qu'elle avance. Elle regarde son sac sur le siège passager. Attraper son portable, prévenir Michaël, appeler au secours, elle n'en a plus la force. La balle qui a traversé la portière et son torse, au moment même où son assassin lui adressait un sourire, a déchiré la veine cave. Daria se vide de son sang, un voile passe devant ses yeux, elle pense à sa fille, elle devait lui lire une histoire ce soir.

Le cœur de Daria vient de s'arrêter, il a battu trente-sept ans.

2.

∽

Salle de visioconférence.
L'écran scintille, le haut-parleur grésille.
Connexion établie par protocole crypté.
Début de retranscription.

— Bonsoir, vous êtes en lieu sûr ?

— *Oui, ne vous inquiétez pas. Votre appel semblait avoir un caractère d'urgence.*

— Pouvons-nous parler de Daria ?

— *Sa mort vous pèse aussi sur la conscience ? Étrange question, n'est-ce pas, alors que j'ignore à qui je m'adresse exactement… à qui ou à quoi.*

— Inutile d'être blessante.

— *Alors, suis-je en train de converser avec Noa ou avec une intelligence artificielle ?*

— Je vous l'ai dit, elle est moi, je suis elle, nous sommes 9.

— *Daria a travaillé sur le dossier Andora. Je lui avais transmis, comme à un certain nombre de nos confrères, les preuves de la* corruption de dirigeants et d'hommes d'affaires de son pays. Nous avions communiqué à plusieurs reprises à ce sujet au cours des six derniers mois. Je me sens terriblement responsable de ce qui lui est arrivé.

— Vous n'avez pas commandité son meurtre, encore moins tiré sur elle. Daria est la neuf cent trente-neuvième des journalistes assassinés depuis dix ans. La trente-cinquième cette année. Tous enquêtaient sur des cas de corruption, de détournements de fonds publics, ou des réseaux mafieux.

— Ce qui me choque le plus, c'est le nombre de gens qui considèrent que ce sont là les risques de mon métier.

— Ces risques sont encore plus élevés désormais. Les fauves ne se contentent plus de faire de la désinformation pour couvrir leurs agissements. Même si le dossier Andora en a compromis quelques-uns, devant la certitude de leur impunité, ils n'hésitent plus à faire couler le sang pour mener leurs projets à terme.

— Ils ne pourront pas tous nous éliminer.

— Mais vous faire taire par la peur, oui. Janice en est le parfait exemple, et elle est en danger.

— Comment ça, en danger ?

— Hier, j'ai pu déjouer un accident.

— Un accident ?

— Disons que deux feux de croisement sont passés au vert au bon moment, provoquant un gigantesque embouteillage où le camion qui devait la percuter s'est retrouvé prisonnier. Janice ne s'est rendu compte de rien.

— Et vous voulez que je la prévienne ?

— Non, je cherche plutôt un moyen de la dissuader, et vous pourriez peut-être m'aider.

26

— *La dissuader de quoi ?*

— De se rendre à Minsk.

— *Que compte-t-elle faire à Minsk ?*

— Collecter des informations cruciales pour les remettre à des gens qui luttent contre le régime de Loutchine. D'une certaine façon, pour venger Daria aussi.

— *Pourquoi les 9 s'intéressent-ils à Loutchine ?*

— Depuis plusieurs années, nous voyons les forces autoritaires se renforcer et converger vers un but : anéantir les démocraties dans le monde. Aujourd'hui ces mouvances ne sont plus le fait d'idéologies, mais d'une poignée d'autocrates qui veulent asservir les populations. Leur appétit de pouvoir et de richesse est insatiable. Si nous ne leur résistons pas, de nouveaux empires se formeront, régis par ces nouveaux seigneurs. Ces hommes sans morale ne redoutent ni les condamnations ni les sanctions économiques, qui n'affectent pas leurs vies ni n'atteignent leurs palais. Les fauves ne craignent qu'une chose : que les populations se rebellent et les chassent de leur trône. Les 9 se sont donné pour mission de prêter main-forte à un peuple qui cherche à se débarrasser du dictateur qui l'opprime.

— *De quelles informations cruciales parliez-vous ?*

— Des informations qui permettraient de faire sortir de prison une personnalité clé de l'opposition. Quelqu'un dont la libération pourrait provoquer la chute du dictateur en question… Raison pour laquelle cette personne purge une peine reconductible pour des crimes qui n'existent pas. Mais Janice n'y arrivera pas. Croyez-moi sur parole, j'ai calculé toutes les probabilités de réussite de son projet et, tel qu'il est conçu, elles sont infimes.

— *Dans ce cas, pourquoi ne pas demander à ses amis hackers de la convaincre de renoncer ? Mateo, Ekaterina, pour ne citer qu'eux... Ils ont travaillé main dans la main.*

— J'ai mes raisons.

— *Qu'attendez-vous de moi exactement ?*

— Acceptez-vous de protéger Janice du danger qui la guette ? Elle est journaliste, comme vous.

— *Justement, comment pourrais-je la protéger ?*

— Nous en discuterons le moment venu.

À Oslo.

La passion d'Ekaterina pour son métier n'a fait que croître depuis la rentrée universitaire, depuis qu'elle et Mateo ont réussi à déjouer l'attentat qui se préparait sur le campus où elle enseigne le droit. Chaque matin, quand elle ouvre les yeux dans son studio perché au dernier étage d'une tour, elle a l'impression qu'une nouvelle vie lui a été offerte. À peine sortie du lit, elle aime observer la ville de sa fenêtre, admirer les toits qui dégringolent jusqu'au port. Après avoir pris une douche, elle consulte ses mails une tasse de café en main, rassemble ses cours et file vers sa voiture. Quinze minutes de route la séparent de l'université. Ekaterina gare sa Lada sur le parking du campus, contemple le flot des étudiants qui convergent vers les bâtiments, elle aime la vie ardente qui s'éveille en ces lieux. Elle a coupé ses cheveux, changé sa garde-robe, plus résolue encore à mener le combat qui a fait d'elle une femme secrète et peu ordinaire.

À la fin de la journée, lorsque ses élèves s'éparpillent dans le parc ou à la bibliothèque, elle se rend à la supérette, déambule dans les allées pour choisir un plat cuisiné qu'elle consommera chez elle devant son écran en préparant les cours du lendemain. Ses soirées la connectent ainsi au monde par une fenêtre pixélisée. Sporadiquement, il lui arrive, entre minuit et 1 h 30 du matin, d'échanger quelques mots avec Mateo. Les soir et heure de leurs rendez-vous clandestins lui parviennent par messages cryptés. Mateo est à Rome, mais leurs conversations transitent par de multiples serveurs situés aux quatre coins du monde, jamais les mêmes. Malgré cela, ils font une entorse aux règles de sécurité.

Depuis la publication du dossier Andora, les membres du Groupe 9 s'abstiennent autant que possible de communiquer entre eux. Toutes les cyberpolices œuvrant dans des pays contrôlés par les fauves recherchent ceux ou celles qui ont transmis à la presse les millions de documents les accusant. Et, comme si cela ne suffisait pas, une chasse à l'homme a été ouverte, les chasseurs travaillant pour des agences de sécurité informatique privées. Une prime à six chiffres reviendra à qui identifiera les hackers ayant réussi à voler 298 millions de dollars en une nuit. Le détournement en lui-même n'a rien changé aux inégalités de richesses, mais les victimes de ce coup fameux étaient des dirigeants de grands laboratoires pharmaceutiques. Si ceux qui ont osé les détrousser devaient rester impunis, le rapport des forces en présence en serait affecté, ce que les fauves ne peuvent tolérer. La sanction qu'ils imposeront aux coupables lorsque ceux-ci auront été arrêtés dissuadera quiconque de s'en prendre à eux. Pour devenir les nouveaux maîtres du monde, les fauves doivent être les seuls à faire régner la peur.

Seulement voilà... Aucune cyberpolice, aucun Grey Hat ne peuvent empêcher Ekaterina et Mateo d'échanger. Rien ne peut interdire un amour qui veut vivre, même s'il lie deux loups solitaires qui ne savent pas comment s'aimer.

*

Dimanche, à Tel-Aviv.

Janice fit irruption dans le bureau d'Efron. Le rédacteur en chef du quotidien *Haaretz* aurait voulu lui rappeler que la plus élémentaire politesse consistait à frapper avant d'entrer, mais le visage crispé de sa collaboratrice l'en dissuada.

— Ce sont les hommes de Loutchine, lâcha-t-elle, mâchoire serrée, en s'asseyant sur un coin du bureau.

Efron replongea dans sa lecture.

— Tu as des preuves ?

— Tu le sais très bien, tout le monde le sait. Il muselle la presse, confisque le matériel des journalistes. Quand il ne les enferme pas dans ses prisons, sa police les passe à tabac. Et maintenant, il les fait abattre en pleine rue.

— Tout cela est exact, mais au sujet de Daria, nous n'avons rien de concret. Notre rôle n'est pas de faire état de présomptions. Le travail de Daria en dérangeait plus d'un.

Loutchine, mais aussi les oligarques qui soutiennent son gouvernement.

— Évidemment, il les enrichit. L'enquête n'aboutira pas, ça aussi tu le sais, grommela-t-elle en sortant son paquet de cigarettes.

— Ne fume pas dans mon bureau s'il te plaît, je te rappelle qu'il est interdit de fumer dans les locaux, c'est la loi.

— Je ne l'ai pas votée, répondit Janice en allumant sa clope.

— Je suis aussi désolé que toi, toute la profession est en deuil, mais…

— Si tu me dis que ce sont les risques du métier, je te colle ma démission.

— Chiche !

Janice avança vers la fenêtre, perdue dans ses pensées.

— Sa fille n'a que cinq ans, tu te rends compte !

— Ouvre la fenêtre ! tempêta Efron.

— Je veux assister à ses obsèques.

— À tes frais ou aux miens ?

— Je paierai mon séjour, ne t'inquiète pas.

— Alors si ce n'est pas d'une avance, de quoi as-tu besoin ?

— D'un visa. Invoque une interview bidon avec un officiel sur un sujet qui flatterait le régime de Loutchine. Orgueilleux comme ils sont, ils tomberont dans le panneau.

— Flatter le régime de Loutchine, et puis quoi encore ? Tu sais bien qu'ils n'accordent que rarement des accréditations aux journalistes étrangers. Tu as un contact bien placé au gouvernement : Noa pourrait t'obtenir ce visa. Au fait, tu as eu de ses nouvelles récemment ?

— Non. Enfin, si, balbutia Janice. Elle est très occupée en ce moment.

— Mais elle va bien ?

— Pourquoi me demandes-tu cela ?

— Parce que depuis quelques mois, chaque fois que je te parle d'elle, tu tires une tête d'enterrement.

— Nous sommes en froid, mentit Janice qui n'avait jamais trouvé le courage d'informer Efron de la disparition de Noa.

Six mois plus tôt, l'appartement de Noa avait été soudainement vidé de toute trace de son existence. Elle n'avait pas réapparu depuis. Lorsque Janice s'était rendue au siège des Renseignements israéliens, avec l'espoir d'apprendre ce qui était arrivé à sa meilleure amie, son supérieur lui avait réservé un accueil glacial avant de l'éconduire. Noa n'était plus qu'une étoile de David gravée sur le mur blanc des agents des services secrets tombés en mission.

— Tente un visa touristique, suggéra Efron.

— Visiter Minsk la grise en hiver ? Pas très crédible, dit-elle en tapant sur l'écran de son smartphone. À moins que...

— À moins que quoi ?

— Le musée Chagall à Vitebsk.

— Je ne savais pas qu'un tel musée existait en Biélorussie.

— J'aurais pu frimer un peu pour t'épater, mais je viens de le découvrir sur la Toile, dit-elle en agitant son smartphone. En parlant de toile, ce petit musée expose le cycle de lithographies en couleurs « Les Douze Tribus d'Israël ». Comment pourrions-nous boucler notre grand dossier sur cet immense artiste sans avoir visité la maison de son enfance ?

— Tu es vraiment impossible. En même temps, souffla Efron, songeur, un cahier de six pages sur Chagall dans le magazine du week-end, ce n'est pas bête. Cela fait longtemps que je n'ai rien lu sur lui.

— Alors, ce visa ? insista Janice, feignant un sourire.

— C'est bon, je m'en occupe, je peux travailler maintenant ?

Janice se dirigea vers la porte, se retournant juste avant de sortir.

— Tu pourrais au moins me souhaiter bonne chance.

— Pour ton papier ? Tu as passé l'âge, il me semble.

— Pour mon procès, qui s'ouvre demain à Londres.

— C'est demain ? Désolé, je l'ignorais.

— Si tu m'avais un tant soit peu soutenue, tu l'aurais su.

— Ce sont les propos que tu as tenus lors d'une conférence, et non l'un de tes articles, qui sont à l'origine de tes ennuis. Comment aurais-je pu justifier que nous prenions en charge tes frais d'avocat, avec les pertes que nous affichons ?

— Le journalisme est un sport d'équipe, Efron. Les responsabilités sont partagées entre ceux qui écrivent, ceux qui éditent et ceux qui publient. Mes propos concernant Cash sont indissociables des enquêtes que j'ai menées pour ton compte sur les agissements de ce milliardaire véreux.

Efron fronça les sourcils et replongea dans sa paperasserie.

Janice retourna en salle de rédaction, attrapa ses affaires et quitta le journal pour rentrer chez elle.

*

Assister aux funérailles d'une collègue, dont elle avait admiré le courage avant qu'une enquête sensible ne les associe, n'était pas la seule raison d'entreprendre ce voyage.

En septembre dernier, Daria avait couvert une nouvelle journée de protestations massives contre Loutchine. Depuis le 9 août et l'annonce de la réélection de l'autocrate qui s'accrochait à son fauteuil, la foule se pressait chaque dimanche dans les rues de la capitale et des grandes villes de province afin d'exiger sa démission. Comme chaque dimanche, Daria se mêlait aux manifestations, pour témoigner, avec son photographe. Pourchassés par les forces de l'ordre, ils s'étaient réfugiés dans un magasin. Des hommes encagoulés, sans uniforme, avaient surgi, hurlant l'ordre de se coucher par terre. Daria avait brandi sa carte de presse. Loin de jouer son rôle protecteur, le document l'avait envoyée en prison. Son photographe avait eu les mains brisées par les coups de matraque. Tous deux avaient passé trois jours dans une cellule, sans soins ni nourriture, subissant toutes les six heures des interrogatoires musclés. Puis six autres jours à l'hôpital, où l'on soigna leurs blessures jusqu'à ce qu'ils soient en état de reprendre leur travail. Daria était de cette trempe-là, elle ne se plaignait jamais. Quand elle envoyait des courriels à Janice, elle lui écrivait que si le ciel chez elle n'était pas aussi bleu que celui de Tel-Aviv, à Minsk, au moins, il se passait toujours quelque chose. L'humour désamorce le pire.

*

Intrigué par le bruit, David entra dans la chambre de Janice. La porte de la penderie était ouverte, ses vêtements étalés sur le lit, sa trousse de toilette pleine à craquer.

— Tu m'abandonnes encore ? se lamenta son colocataire.

— Pas pour longtemps. Une semaine, deux peut-être.

— Deux semaines, tu appelles cela pas longtemps ? Où vas-tu ?

— Assurer ma défense. Tu l'as peut-être oublié, mais la première audience de mon procès a lieu demain après-midi à Londres.

— Non, je n'avais pas oublié, je pensais que le mieux était de ne pas en parler. Tu es prête ?

— C'est à mon avocat qu'il faut poser la question.

David sortit les affaires de Janice de son sac de voyage, plia correctement celles qu'il trouvait à son goût et jeta les autres par terre. Elle leva les yeux au ciel.

— Tu porteras cette jupe et ce chemisier, c'est élégant et sans prétention.

— Ce n'est pas ma tenue que l'on jugera, rétorqua Janice en lui arrachant la jupe des mains.

David la lui reprit aussitôt, la replia et la remit sur la pile.

— Tu n'as fait que ton métier en rapportant la vérité sur les agissements crapuleux de ce magnat anglais.

— Oui, mais il me poursuit en diffamation. Si je perds, je serai ruinée.

— Tu l'es déjà. C'est ta réputation qu'il veut ruiner en vérité. Si Ayrton Cash t'attaque, c'est parce qu'il te craint, voilà tout, et il perdra ! Ils n'oseront jamais te condamner, l'Angleterre ne peut pas se ranger aux côtés de pays où l'on muselle la presse et encore moins donner des blancs-seings à des milliardaires véreux.

— Je crains que les milliardaires véreux n'aient déjà reçu leur blanc-seing. Le Premier ministre et son entourage sont mouillés jusqu'au cou dans cette affaire, ils ont fermé les yeux sur les agissements de Cash parce qu'ils servaient leurs intérêts. Mais tu as raison sur un point : ils veulent ma peau, lâcha Janice avec un sourire fragile.

— Je t'interdis de faire cette tête de victime, les jurés doivent voir le regard déterminé de la journaliste courageuse dont je suis fier. Tu m'as bien compris ?

— Tu voulais quelque chose, David ?

— Te dire que nous sortons ce soir, pour te changer les idées, et c'est sans discussion, répondit-il en refermant son sac.

*

David et Janice partagent une maison bohème dans le quartier du Florentin. Peintre à l'esprit plus talentueux que son coup de pinceau, il râle autant qu'il est joyeux ; admirateur fervent du travail de Janice, il ne ménage pourtant pas ses critiques ; elle est sa muse, il est son confident ; elle chine les objets qui envahissent leur salon, il cuisine et passe son temps à ranger derrière elle ; il est l'ordre, elle est le désordre ; ils ont un point commun : il aime les hommes, elle aussi. La maison vibre de leurs disputes, de leurs éclats de rire, et le soir, ils se retrouvent pour faire la fête ou simplement autour de la table de la cuisine pour y refaire le monde.

Noa

*

Primrose Hill, à Londres.

Cordelia n'habite plus à Camden. Elle avait aimé vivre dans ce quartier trépidant où elle avait fini par oublier sa qualité d'étrangère. Mais depuis l'assassinat de Penny Rose dans son loft, elle était incapable d'y remettre les pieds. L'enquête n'avait jamais abouti. Cordelia avait été rapidement mise hors de cause, elle se trouvait à Madrid au moment des faits. Les deux jeunes femmes étaient amies, et un voisin avait témoigné que lorsque Cordelia s'absentait, Penny Rose s'installait chez elle. La police avait conclu à un cambriolage qui avait mal tourné.

Cordelia vit désormais sur la colline de Primrose. Son loyer est hors de prix, mais neuf ans plus tôt elle a converti ses économies en bitcoins et les 10 000 livres sterling investies se sont multipliées de façon exponentielle et représentent aujourd'hui une vraie fortune. Cordelia n'a pour autant rien changé à sa façon de vivre. Elle travaille toujours pour une agence de sécurité informatique, circule la plupart du temps à vélo, et préfère, les jours de pluie, le métro et le bus aux taxis. Elle n'a cédé qu'à un luxe : l'espace, ce qu'il y a de plus précieux dans une ville où le prix du mètre carré compte parmi les plus élevés au monde. Elle a emménagé dans une ravissante maison à la décoration minimaliste sur Regent's Park Road. Six mois après son installation, on y trouve moins de meubles que de cartons pas encore ouverts.

Cordelia mène une existence routinière. Tous les matins, elle prend son petit déjeuner chez Sam's, deux cafés et un croissant au jambon. Puis elle gagne son lieu de travail en quinze minutes à vélo. À l'heure du déjeuner, elle commande son repas sur une application de livraison rapide, laissant toujours un généreux pourboire au coursier, et le prend seule devant ses écrans. Cordelia a pris du galon après avoir mis fin à une attaque informatique visant un grand quotidien anglais, attaque dont elle et ses amis étaient les auteurs. Les cloisons vitrées de son nouveau bureau s'opacifient sous la simple pression d'un bouton. Touche de modernité qui lui est fort utile quand, au lieu de vérifier l'impénétrabilité des systèmes informatiques de ses clients, elle se sert de la puissance des ordinateurs de l'agence à des fins justes, mais criminelles. Au cours des derniers mois, elle a été courtisée par plusieurs chasseurs de têtes lui proposant des postes mieux rémunérés chez des concurrents. Elle n'a jamais donné suite. Cordelia jouit de la confiance aveugle de ses employeurs, ce qui, compte tenu de ses activités secrètes, vaut bien plus qu'une augmentation, aussi substantielle soit-elle. Si l'un de ses hacks venait à être repéré, ce qui n'était encore jamais arrivé, il lui suffirait d'invoquer un test de pénétration. Comment s'assurer de la solidité d'un rempart si on ne tente pas de le percer ?

Cordelia quitte invariablement son bureau à 18 h 30. Les permanences de nuit incombent depuis longtemps à ses subalternes. Il arrive, lorsqu'une attaque nocturne se produit, qu'elle doive retourner précipitamment à Mayfair coordonner ses troupes, mais ce n'est pas chose courante.

Ce soir-là, en sortant de la salle de sport, elle eut la désagréable impression d'être suivie. Depuis qu'elle avait dérobé une mallette contenant des documents compromettants, subtilisé près de 300 millions de dollars au cours d'un hack avec ses camarades du Groupe 9 et contribué à la transmission du dossier Andora à la presse, Cordelia avait beau afficher un air tranquille, elle ne l'était plus du tout. Elle avait développé une sorte de sixième sens, un peu trop aiguisé à son goût. Les séances de méditation préconisées par Vital, désormais son amant, un homme plein de qualités auquel elle s'était furieusement attachée, même s'il avait le défaut de vivre à Kyïv[1], n'avaient rien changé à son mal-être.

Cette fois, elle en était certaine, il ne s'agissait pas d'une lubie. En décadenassant son vélo, elle s'était sentie observée, et s'était retournée brusquement, intriguée par la silhouette d'une femme derrière la vitrine embuée d'un pub.

Son cœur se mit à battre la chamade. Elle balaya l'horizon du regard, observa les piétons, puis les véhicules en stationnement pour vérifier que personne ne s'y trouvait en planque. Rien d'anormal, sinon cette sensation tenace qu'un mauvais coup se préparait. Elle hésita à repartir vers la salle de sport pour se mettre à l'abri. Finissant par se convaincre que son imagination lui avait encore joué un tour, elle enfourcha son vélo.

Durant le trajet, elle se retourna à plusieurs reprises, ne voyant chaque fois qu'un long cortège d'automobiles, semblables à celles qui avancent au pas dans les rues encombrées

---

1. Depuis l'invasion de l'Ukraine par Poutine, le peuple ukrainien a exprimé son souhait que Kiev soit ainsi orthographié.

le soir. Néanmoins, elle remarqua une Mini noire, toujours à trois ou quatre voitures derrière elle, quand elle s'arrêtait à un feu.

— OK, on va bien voir, rumina-t-elle au cinquième arrêt.

Elle fit volte-face, repartit en sens inverse, bifurqua dans St Mark's Square, piqua un sprint en remontant Princess Road et n'arrêta sa course folle qu'en arrivant dans sa rue, question de réputation à l'heure où ses voisins promenaient leurs chiens. Elle stoppa net en découvrant au loin une Mini noire stationnée devant sa maison. Combien de Mini circulent dans Londres ? Sans doute des centaines, peut-être des milliers. Mais la silhouette qu'elle apercevait au volant était bien trop fine pour qu'il s'agisse de Mulvaney, la brute qui avait tenté de l'assassiner six mois plus tôt.

Elle posa son vélo contre un lampadaire, se courba pour disparaître derrière la ligne d'horizon que dessinaient les carrosseries et avança à pas de loup. M. Gilford, qui habitait à quatre maisons de la sienne, la salua poliment, sans s'étonner outre mesure de la posture étrange de sa voisine. Après tout, il n'y avait pas d'âge pour souffrir d'un lumbago, et puis nous étions en Angleterre, pays où l'on ne s'étonne de rien.

Cordelia continua ainsi sa progression jusqu'à la Mini, pour tenter de découvrir le visage du conducteur dans le reflet du rétroviseur extérieur, quand soudain la portière s'entrouvrit.

— Quand tu auras fini de faire l'andouille…

C'était la voix de Maya. Cordelia se redressa d'un bond, cherchant un reste de dignité qu'elle ne trouva pas.

— Tu veux bien monter ? demanda Maya.

Cordelia grimpa à bord de l'Austin, qui démarra aussitôt. Maya avait une conduite sportive, et Cordelia s'empressa de boucler sa ceinture de sécurité.

— Merci pour la confiance, soupira Maya.

— Je peux savoir à quoi tu joues ?

— Voilà deux jours que je te suis, et tu ne t'es rendu compte de rien avant ce soir ?

— La question est : pourquoi me suis-tu ?

— Pour vérifier que tu n'es pas suivie…

— Rappelle-moi ce que tu fais dans la vie quand tu ne hackes pas ? s'inquiéta Cordelia.

— J'organise des voyages.

— Qu'est-ce que tu viens faire à Londres ?

— À ton avis ? J'accompagne des clients.

— Nous ne devions pas nous revoir avant six mois. C'est la règle.

— Les règles sont faites pour être enfreintes, surtout quand la situation le justifie.

— Conduis moins vite.

Maya leva le pied. Elle jeta un bref coup d'œil dans le rétroviseur avant de sortir de sa poche une clé USB qu'elle posa sur les genoux de Cordelia.

— Voilà tes instructions. Les coordonnées des compagnies de bus, les emplacements des écoles et maisons de retraite qui serviront de points de ralliement, la liste du matériel que tu dois commander, le tout payé en cryptomonnaie, et les adresses de livraison. Ne me regarde pas comme ça, il n'était pas prudent de procéder autrement, tu n'imagines pas le nombre de hackers qui sont à nos trousses.

— Je sais, répondit Cordelia. Mais ils ignorent toujours qui nous sommes.

— Pour l'instant. C'est pour cela que je préférais te remettre ces informations en main propre.

Maya avait fait un tour complet de Primrose Hill, la Mini se gara à quelques mètres de la maison de Cordelia.

— Tu veux qu'on aille boire un verre ? proposa cette dernière.

— Non, je n'ai pas le temps, répondit Maya.

— Je ne sais pas ce que je t'ai fait, mais on dirait que tu ne m'apprécies vraiment pas. Quand nous étions au manoir, j'avais l'impression que tu me fuyais tout le temps.

Maya la fixa du regard.

— Tu te trompes ; seulement je suis trop gourmande pour me contenter de sympathiser avec une femme aussi jolie que toi. Et comme il ne faut pas mélanger travail et plaisir, je préfère me tenir à distance.

— Je vois.

— Non, tu ne vois rien, tu n'avais d'yeux que pour Vital. D'ailleurs c'est une affaire qui roule, entre vous, n'est-ce pas ?

— Tu sais choisir tes mots avec délicatesse.

— Désolée, je ne l'ai pas fait exprès. Nous sommes des complices virtuelles de longue date, tenons-nous-en là. Comment va ton frère ?

— Il va. Diego et moi n'échangeons pas beaucoup, pour les raisons que tu connais.

— Tu as eu des nouvelles des autres ?

— Guère plus.

— Mateo m'a demandé de te transmettre son indéfectible amitié, enfin c'était formulé mieux que ça, précisa Maya.

— Tu crois que nous avons des chances de réussir ?

— Une seule suffira. Bon, tu as ce qu'il te faut pour remplir ta part du contrat. Je viens d'accomplir en partie la mienne, mais ce qui m'attend maintenant va demander beaucoup d'habileté.

Cordelia s'abstint de questionner Maya, elle ne lui aurait rien dit. Revancharde, elle l'embrassa au coin des lèvres, et susurra un « dommage » avant de descendre de la Mini. Cela amusa Maya qui sourit en se penchant vers la vitre du côté passager.

— Sois prudente, Cordelia. Si nous arrivons au bout de cette aventure, nous entrerons dans la légende, mais si nous échouons…

— N'en dis pas plus, je suis superstitieuse.

Elles échangèrent un signe de la main. La Mini redémarra en trombe. Cordelia alla récupérer son vélo et rentra chez elle, un peu plus tard que d'habitude.

LA MAISON DE CORDELIA,
PRIMROSE HILL

3.

Le soir, à Rome.

Mateo avait passé son dimanche après-midi à la ruche avant de se résoudre à rentrer chez lui. La ruche était le nom qu'il avait donné au siège de sa société. Personne n'aurait pu supposer que derrière les murs de cette antique villa romaine de la via Ezio, coiffée de tuiles ocre, se trouvait un centre névralgique informatique. Derrière des parois vitrées, des serveurs aux diodes scintillantes divisaient géométriquement les espaces ouverts. Des faisceaux de câbles couraient sur le sol. Au centre de ces espaces, des écrans s'alignaient sur de longues tables où des essaims de jeunes femmes et hommes pianotaient sur leurs claviers. Ils étaient deux cents, répartis sur trois étages.

Dans le bureau de Mateo, une porte dérobée ouvrait sur un appartement de la maison voisine. Il l'avait achetée quelques années auparavant, s'offrant ainsi un accès discret à ses locaux, mais aussi une issue de secours. Depuis les caves de cette maison, on pouvait descendre dans les égouts en passant par un regard de visite. Mateo avait fait maintes fois l'exercice, un chronomètre en main, de passer dans le bâtiment voisin, dévaler les trois étages, puis gagner les sous-sols pour s'engouffrer dans le réseau souterrain de la ville. De là, en sept minutes, il débouchait sur une sortie quatre rues plus loin ou atteignait les jardins du Ponte Regina Margherita en dix minutes.

Mateo n'avait jamais oublié la leçon apprise au cours de son enfance. Mieux vaut être bien préparé quand fuir est le seul moyen d'assurer sa survie. En matière de sécurité, il ne négligeait aucune précaution, sécurité qu'il avait renforcée ces derniers mois. Sa relation avec Ekaterina en souffrait, mais c'était elle qu'il voulait protéger en restreignant leurs échanges.

À l'heure du déjeuner, il allait souvent s'installer sur un banc de la Piazza Navona, près de la fontaine qu'elle avait tant aimée. Mateo observait les touristes et, lorsque la silhouette d'une femme lui rappelait celle d'Ekaterina, il ressassait les souvenirs des moments qu'ils avaient vécus lors de son court séjour à Rome. Lui qui n'avait jamais craint la solitude la sentait peser sur ses épaules. Lorsqu'il repartait vers ses bureaux, il s'arrêtait sous le porche où ils s'étaient cachés dans l'ombre pour mieux s'enlacer. Le soir, il dînait dans son appartement avec un livre pour seule compagnie. Il lui arrivait de penser que cet éloignement forcé leur bénéficiait à tous deux. Il faudrait encore du temps pour qu'Ekaterina accepte de se laisser apprivoiser.

À 21 h 30, un message sur son portable l'informa que Maya avait pu remettre ses instructions à Cordelia. Demain, l'un de ses collaborateurs se rendrait à Madrid pour y rencontrer un client. Il y posterait une lettre adressée au restaurant de Diego, un prospectus publicitaire vantant les qualités des vins de Rioja. Une première enveloppe lui était parvenue huit jours plus tôt, contenant un magazine dont la grille de mots fléchés recelait les clés pour décrypter le texte caché dans le prospectus.

Mateo ouvrit son ordinateur. Il avait passé les trois derniers mois à acheter sur le Darknet le matériel et les informations indispensables pour mener à bien cette nouvelle mission, plus ambitieuse que toutes celles que le Groupe 9 avait accomplies jusqu'à ce jour : pirater les infrastructures d'un État totalitaire, permettre l'évasion d'un opposant emprisonné par le régime et prêter main-forte à la population pour faire tomber un dictateur.

Il afficha une carte de la région de Kamienny Loh sur laquelle apparaissaient trois stations-service situées le long de la route H7726. Il nota les éléments qui l'intéressaient, topographie des lieux, bâtiments abandonnés, voies secondaires, terrains boisés. Puis il s'appliqua à lire dans les moindres détails le plan des rues et espaces publics de la petite bourgade d'Achmiany. Mateo triait les données, les organisait selon un classement que lui seul pouvait comprendre. Chaque soir, il recopiait le fruit de son travail sur des clés USB protégées par un code qu'il fallait saisir dans les dix secondes suivant leur insertion dans un lecteur. À défaut d'entrer du premier coup la bonne séquence dans le temps imparti, la clé se reformatait. À 1 heure du matin, Mateo envoya un mail vers un ordinateur situé en Ontario, le mail ricocha vers Reykjavik, puis vers Tanger, fut rerouté vers Mexico, Johannesburg et Sydney avant de finir sa course à Copenhague.

Il éteignit son ordinateur, s'étira longuement et alla enfin se coucher.

*

Madrid.

Les derniers clients avaient déserté les lieux. Les lumières de la salle à manger étaient tamisées, le rideau de fer baissé. Les serveurs avaient nettoyé les tables, les deux barmans essuyé les verres et astiqué le comptoir. En cuisine, un plongeur, après avoir fini d'empiler la vaisselle sur les étagères en Inox près des fourneaux, ôta son tablier et se dirigea vers le vestiaire. Diego entendit la porte arrière se refermer. Il se pencha à la mezzanine pour s'assurer que le restaurant était vide et retourna dans son petit bureau.

Assis devant son ordinateur, il prit connaissance du message que Mateo lui avait adressé sur un serveur à Copenhague. L'opération avait commencé. Il songea à sa sœur. L'appeler était imprudent, mais il avait envie d'entendre sa voix.

Le portable de Cordelia sonna longuement. Loin de dormir, un casque de réalité virtuelle sur les yeux, une manette de jeu en main, elle disputait un match de tennis. Seule, au milieu de son salon, transpirant de tout son corps, elle poussait des cris rauques en renvoyant des balles virtuelles, courait vers le mur pour monter vers un filet invisible, se démenant contre un adversaire de bon niveau, à en juger par le mal qu'il lui donnait. Un adversaire qui pouvait très bien se trouver à l'autre bout du monde et dont elle ne connaîtrait jamais la véritable identité ni le visage. Merveille ou tragédie de la technologie.

Diego fit une deuxième tentative, sans plus de succès. Il reporta la recette du soir dans le livre de comptes. Éreinté par sa journée, il actionna l'alarme du restaurant, sortit lui aussi par la porte de derrière, et enfourcha sa moto pour rentrer chez lui.

Au même moment, un message partit de Moscou vers Londres indiquant que *Madrid* avait passé deux appels Wi-Fi. Dix secondes et trois secondes, durées insuffisantes pour identifier l'adresse IP du destinataire.

Le smartphone de Diego était infecté par Pegasus, un logiciel espion développé par une agence de sécurité israélienne. Une arme d'espionnage indétectable, même par Diego, pourtant capable de déjouer toutes les sécurités actuelles, le même mouchard qui avait contaminé le portable de la fiancée de Jamal Khashoggi, journaliste du *Washington Post* sauvagement assassiné dans les locaux du consulat d'Arabie saoudite à Istanbul.

MADRID

4.

Tel-Aviv, lundi, tôt le matin.

À peine levée, Janice dut se rasseoir sur son lit ; l'horizon tanguait. Son dîner avec David s'était prolongé en virée dans les clubs du Florentin, une franche réussite avec pour conséquence une terrible gueule de bois. Un jour, se promit-elle, elle deviendrait raisonnable, à condition que ce jour arrive le plus tard possible. Une douche raviva ses esprits. Elle enfila la tenue choisie par son meilleur ami et emporta son sac. David devait dormir, de toute façon elle n'aimait pas les au revoir. Elle griffonna un mot qu'elle laissa sur la table de la cuisine, jetant un dernier regard à sa maison. Elle marcha rue Levinski jusqu'à la station de bus et attendit.

Durant le trajet, elle ouvrit son carnet de notes. En relisant les conclusions qu'elle avait rédigées avec son avocat, elle fut gagnée par une colère sourde. Elle avait dénoncé des crimes et c'en était l'auteur qui l'attaquait en justice. Le monde tournait à l'envers. Comment avait-on pu fermer les yeux sur tant de malversations, de manipulations, de violations des lois au nom du pouvoir et de l'argent ? Janice avait recoupé les investigations de confrères journalistes ayant, comme elle, enquêté sur le rôle joué par la Russie lors de l'élection présidentielle américaine de 2016, puis, forte de son succès, durant le référendum sur le Brexit. Elle avait obtenu les déclarations et témoignages de professeurs de droit émérites, de diplomates, de banquiers, de directeurs de commissions d'enquête, de parlementaires. Rien n'avait fait agir le gouvernement de Theresa May. Les Anglais n'avaient rien trouvé, car ils n'avaient rien cherché, avait déclaré un haut responsable du MI6, les services secrets de Sa Majesté. La démocratie britannique était compromise, le processus électoral en Angleterre entaché d'irrégularités, la couronne à la merci d'oligarques, et c'était elle, une journaliste, qui comparaissait devant la justice.

Le bus passa non loin de l'immeuble où travaillait Noa. Janice releva les yeux. C'était au cours d'un déjeuner, en 2016, à la terrasse d'un café où elles avaient coutume de se retrouver, que tout avait commencé. Noa lui avait suggéré de s'intéresser de près à ce qui se passait sur Twitter et FriendsNet aux États-Unis à quelques mois de l'élection présidentielle. Une suggestion pareille, émanant d'un agent des Renseignements israéliens, ne pouvait être anodine. Pour commettre une telle entorse aux règles de confidentialité, Noa devait détenir un scoop important. Janice avait songé un instant qu'elle agissait en service commandé. Lorsqu'un gouvernement est tenu au silence par la diplomatie, il arrive que certaines informations fuitent auprès des bonnes personnes, celles qui ne trahiront pas leurs sources. Et l'amitié qui liait les deux femmes était une garantie solide. Mais justement, parce que Noa était sa meilleure amie, elle s'était convaincue qu'elle ne l'aurait jamais manipulée.

Janice s'était rendue à New York, à Washington puis en Californie pour y rencontrer des confrères. Au cours de ce voyage, elle avait créé trois comptes fictifs sur Twitter et FriendsNet. Trois profils correspondant à ceux d'Américains situés politiquement à gauche, au centre et à droite. Très vite, elle avait constaté que sur les fils d'actualité publiés par les plateformes apparaissaient des informations invraisemblables, et dont la gravité variait selon l'appartenance politique du profil, conservateur, libéral ou modéré, selon la terminologie en usage.

Hillary Clinton, candidate démocrate, se voyait accusée d'être un agent au service de la Russie, s'employant à détruire la civilisation judéo-chrétienne. D'autres articles établissaient les preuves (fabriquées) d'un état de santé déficient. Un léger malaise à la descente d'un avion était présenté comme un AVC ; un court instant d'hésitation devant une caméra tendait à démontrer qu'elle n'avait plus toute sa raison. Et bientôt s'accumulèrent des accusations de trahison, fondées sur des mails envoyés depuis son smartphone et stockés sur un serveur personnel, mails que personne n'avait pu lire puisqu'ils avaient été effacés.

Janice enquêta sur les auteurs de ces informations, fausses ou biaisées, et découvrit qu'il s'agissait, pour la plupart, d'automates, des « bots » (diminutif de « robots ») poussés par les

algorithmes des plateformes. Des liens renvoyaient systéma-
tiquement les utilisateurs vers des sites ayant l'apparence de
vrais journaux qui amplifiaient la désinformation à grand renfort de vidéos et articles truqués. Au cœur de cet écosystème
en évolution constante apparaissait un site d'extrême droite,
intitulé Breitbart. Janice identifia rapidement son propriétaire,
un certain Stefan Baron. Baron, agent politique, stratège de
Trump et vice-président d'Oxford Teknika – une entreprise
depuis condamnée pour s'être procuré auprès de FriendsNet
les données de dizaines de millions d'individus afin de les
profiler et les manipuler –, prônait la théorie du grand chaos :
détruire le monde pour mieux le rebâtir. Une belle idée pour
ses amis entrepreneurs qui seraient chargés de la reconstruc-
tion. Baron avait réussi à rallier sur son site les adeptes des
théories complotistes qui copinaient avec les suprématistes
blancs, les ultrareligieux et les ultraconservateurs, autant de
bonnes intentions pour promouvoir la candidature de son
poulain.

Peu de temps après, Janice s'étonna de voir les mêmes
méthodes utilisées par un autre marchand de haine, Darnel
Garbage, qui menait campagne en faveur du Brexit. Garbage
n'avait pas la carrure d'un leader politique, pas plus qu'il n'était
porté par des convictions particulières. Fervent détracteur de
l'Union européenne, il siégeait pourtant à son Parlement et
ne renonçait ni à la rémunération ni aux divers avantages
et privilèges dont il bénéficiait à ce titre. Alors, qu'est-ce qui
faisait avancer cet homme ?

Qui était derrière son organisation, Leave.EU, et pourquoi celle-ci agissait-elle en marge de la campagne offi-

cielle ? Quels étaient les véritables desseins de cette entité qui avait été constituée pour agir sous le manteau en dérogeant aux lois régissant les élections ? L'argent d'Ayrton Cash, du moins en apparence, avait servi à financer toutes ces manipulations.

Janice avait obtenu un rendez-vous avec le porte-parole de Leave.EU, un certain Wigless, qui expliqua sans retenue comment les données collectées sur les réseaux sociaux, l'usage de l'intelligence artificielle et le microciblage des personnes connectées à FriendsNet avaient joué un rôle crucial dans la victoire remportée par Trump, comme dans celle du Brexit.

Et Janice n'était pas au bout de ses découvertes. Une indiscrétion formulée dans le cadre de cette même interview lui apprit que Wigless avait plusieurs passeports, dont l'un diplomatique émis par le Belize. Qu'un diplomate étranger orchestre en Angleterre une campagne politique aux conséquences aussi lourdes inquiéta la journaliste. Plus encore, elle s'inquiéta que cela n'inquiète personne d'autre qu'elle. Pour qui travaillait vraiment Wigless ?

Son article fit grand bruit aux États-Unis comme au Royaume-Uni. Puis elle entrevit des liens entre un milliardaire américain qui faisait la guerre aux médias grand public et le magnat anglais Ayrton Cash. Toutes ces questions lui semblèrent relever de l'intérêt public. Janice travailla avec des confrères anglais. Ensemble, ils creusèrent la piste Cash, s'intéressant à ses activités commerciales. Le milliardaire possédait dix-neuf entreprises, et son nom apparaissait dans leurs statuts, différemment orthographié, ce qui ne semblait pas être la faute d'un greffier distrait, mais résulter d'une probable volonté de brouiller les pistes, certaines de ces entreprises étant domiciliées dans des paradis fiscaux.

Grâce à une autre piste de Noa, Janice s'était penchée sur le cas d'une certaine Ilona Zaveter, qui avait fait quelques années auparavant la une des journaux pour avoir été mêlée à un scandale d'espionnage. Ilona Zaveter avait comparu devant la Commission spéciale d'appel de l'immigration – qui avait pu inventer une pareille commission et lui donner un tel nom était en soi un mystère que seul un historien anglais pourrait résoudre un jour, mais il n'était probablement pas encore né. Le tribunal avait appris que les services de renseignements britanniques estimaient qu'Ilona Zaveter travaillait pour le FSB, successeur du KGB, et qu'elle avait compromis un député anglais. Tout journaliste anglais savait que lorsque le MI6 « estimait », cela équivalait dans tout autre pays à une certitude avec une marge d'erreur infinitésimale. De jeunes espionnes russes et d'Europe de l'Est usaient de leurs charmes dans le cadre d'une vaste opération nommée « Premier piège » afin de soutirer des informations à des individus haut placés en échange de faveurs sexuelles. Le député ciblé par Ilona n'avait pas été choisi par hasard. Sa ville, Portsmouth, abritait une grande base navale, il siégeait dans deux commissions parlementaires, l'une sur la défense, l'autre sur la Russie, et avait entre autres qualités un sérieux penchant pour les plaisirs de la chair. Le procès avait attiré beaucoup d'attention, plus pour les frasques sexuelles du député que pour le fond de l'affaire.

Dans des archives, Janice trouva un rapport mentionnant un deuxième scandale d'espionnage où apparaissait le même député, qui avait eu plus tôt une relation avec une autre jeune femme russe. Celle-ci répondait au nom de Niki Valdina. Niki était devenue depuis l'épouse d'Ayrton Cash, le bailleur de fonds de Garbage et de la campagne Leave.EU. Ce qui faisait beaucoup de coïncidences.

Au cours d'un autre déjeuner, Janice avait exposé le résumé de ses découvertes à Noa. Son amie l'avait félicitée pour son travail et s'était demandé ce que fichaient les services de renseignements anglais pour fermer les yeux à ce point sur ce qui semblait être une évidente ingérence russe dans les affaires britanniques. Noa lui avait demandé quand elle comptait publier son article. Janice avait répondu qu'elle le ferait dès qu'elle aurait obtenu les preuves formelles que Cash travaillait pour les Russes ou était manipulé par eux. « Tu connais le dicton : cherche l'argent et tu trouveras les criminels », lui avait soufflé Noa avant de retourner à son bureau.

Janice connaissait le dicton, mais ne savait pas à qui on le devait. Les auteurs de dictons vivent et meurent dans un terrible anonymat. Ce jour-là, c'est Noa qui régla l'addition. Pourquoi Janice se souvenait-elle de ce détail, elle n'aurait pu le dire, mais elle voyait la scène comme si c'était hier.

Son bus arriva à l'aéroport Ben Gourion. Elle remercia le chauffeur de l'avoir prise à son bord, l'habitude sans doute de faire du stop, et se dirigea vers le terminal. Le vol de Londres ne partait que dans deux heures. Après avoir passé les contrôles douaniers et de sécurité, elle s'installa dans une cafétéria. Son portable vibra à trois reprises, une longue et deux brèves. Signal qui annonçait un message de l'un des camarades du Groupe 9. Elle pianota un code faisant apparaître sur l'écran une application jusque-là invisible. Elle l'ouvrit et lut le texte que Vital venait de lui envoyer :

162/120/147/273/175/119/133/259

Quelques instants plus tard, un simple texto lui communiqua un nombre :

37

L'intelligence de Vital la fit sourire. Elle savait désormais comment se rendre aux obsèques de Daria sans visa.

Dans l'avion qui la menait vers Londres, lisant à nouveau les conclusions de son avocat, Janice songea au combat qu'elle menait depuis tant d'années, et à ce qu'il lui en avait coûté. Vital n'était pas le seul du Groupe 9 à l'avoir aidée dans son enquête, mais chaque fois que Janice avait fait une découverte grâce à ses talents de hackeuse, elle avait dû, en tant que journaliste, la faire corroborer par une source officielle, et quand cela était impossible, elle avait été obligée, à contrecœur, de renoncer à produire la vérité pour ne pas se trahir ou compromettre le Groupe.

LA MAISON
DE JANICE

5.

Lundi matin, au manoir, à Kÿïv et à Londres.

Les premières lueurs du jour saupoudraient de leurs ocres les toits blanchis du manoir et les herbes glacées du verger. Elles furent bientôt chassées par des nuages qui annonçaient une nouvelle neige. Ilga, la gouvernante, raviva les braises dans la cheminée du salon avant d'y jeter quelques bûches. Satisfaite de voir les premières flammes s'élever dans l'âtre, elle retourna à sa cuisine, ouvrit les placards du garde-manger et établit la liste des courses nécessaires. Vital et Malik avaient encore dû passer la nuit devant leurs écrans, cloîtrés dans le donjon. Elle s'y rendrait plus tard faire un peu de ménage et les obliger à sortir prendre l'air.

Vital était installé derrière son pupitre. Malik, assis en face de lui, le dévisageait. Cela faisait cinq minutes que son jumeau n'avait pipé mot.

— Quoi ? finit par dire Vital.

— Tu sais ce qu'elle encourt à entrer illégalement dans un pays en dictature ? Suis-je le seul à avoir peur pour Janice ?

— N'est-ce pas là toute la subtilité de notre plan ?

— « Notre » plan ? Je ne me souviens pas que l'un de nous l'ait élaboré.

— Nous l'avons validé, cela revient au même.

— Lorsque nous avons rejoint le Groupe, nous nous étions promis de préserver notre indépendance. Mais nous suivons des ordres, nous ne décidons plus, nous exécutons. Tu nous crois plus forts que nous ne le sommes, et je n'ai pas vocation à enchaîner les missions désespérées.

— Tu t'en es plutôt bien tiré la dernière fois, répondit Vital en repoussant son fauteuil roulant.

— À quel prix ! Tu ne t'es pas retrouvé à bord d'un coucou déglingué piloté par un octogénaire, que je sache.

— Il vous a conduits à bon port, et dans des conditions qui n'étaient pas faciles. Je trouve ta remarque déplacée et injuste à son égard, rétorqua Vital en lui décochant un sourire insolent.

— Soyons clairs sur un point : si les choses devaient mal tourner, je n'irais pas chercher Janice à Minsk.

— Personne ne te l'a demandé, et échouer n'est pas une option.

Malik fit pivoter son siège pour se détourner de son jumeau. Son regard se fixa sur le grand écran mural où était affichée une vue de la grande roue surplombant la Tamise.

Lorsqu'il se comportait ainsi, Vital n'avait pas besoin de regarder son frère pour savoir qu'il enrageait. Les silences de Malik, d'ordinaire bavard, n'étaient pas la conséquence d'une réflexion, d'un questionnement ou d'une quelconque méditation, mais d'une manifestation de son mauvais caractère. Dans cinq minutes, il se lèverait et quitterait la pièce en soupirant, au cas où l'on n'aurait pas suffisamment remarqué qu'il était contrarié. Quand leurs parents étaient encore vivants, ce qui ne datait pas d'hier, ses sautes d'humeur faisaient sourire leur mère et agaçaient leur père au plus haut point. Vital, lui, n'y prêtait pas attention. Son esprit voguait ailleurs, vers les traits de Cordelia dont le visage lui était soudain apparu. Il ignorait s'il était amoureux et redoutait de se poser la question ; ce qui était sûr, c'est qu'il pensait beaucoup à elle depuis son retour de Londres. Même lorsqu'il devait se concentrer sur une tâche importante, comme en ce moment.

Allez comprendre le fonctionnement de l'esprit d'un homme refusant d'admettre qu'il est follement épris d'une femme.

Vital jeta un coup d'œil à la pendule en bas de son écran. Dans deux minutes au plus, Malik déguerpirait.

Malik se leva en effet pour quitter la pièce. Sur le pas de la porte, il se retourna pour dire :

— Je t'en prie, redescends un peu, j'ai besoin que l'on parle.

— Pour un homme debout sur ses deux jambes qui s'adresse à un autre contraint de vivre assis, tu ne manques pas d'à-propos.

— Pas à moi, Vital, épargne-moi ta rengaine.

— Quand nous aurons fini cette conversation, tu descendras l'escalier du donjon quatre à quatre, tu iras te dégourdir les jambes ou fumer un joint dans le jardin. Si l'envie t'en prend, tu pourras sauter dans ta voiture pour aller boire un verre en ville, ramener une conquête, et tout aura été aussi simple que cela. Ma rengaine, c'est mon quotidien.

— Tu crois vraiment qu'il n'y a que toi qui sois cloué à ce fauteuil depuis l'accident ?

— Ce n'était pas un accident ! s'emporta Vital.

— Qui venait te sortir de ta chambre pour t'emmener jusqu'au verger en te portant sur son dos ? Qui venait t'arracher à tes douleurs quand Ilga était occupée ou à bout de forces ? Qui veillait sur toi la nuit, sans jamais pouvoir trouver le sommeil à cause de la culpabilité ?

— Coupable de quoi ?

Malik haussa les épaules et se tut.

— Coupable de quoi ? répéta Vital.

— Ce jour-là, quand les parents et toi êtes allés au marché, j'aurais dû être assis à ta place dans la voiture, tu voulais toujours être derrière maman. Si je n'étais pas resté bouder à la maison, c'est moi qui aurais reçu les balles. Tu veux la vérité, mon frère ? Je n'ai pas envie de mourir, je n'en ai jamais eu envie, mais il m'est arrivé de ne pas avoir envie de vivre.

Un silence plana quelques instants.

— À part ça, tu avais une question ? reprit Vital.

— Pourquoi fais-tu ça, pourquoi t'acharner à courir après des causes perdues ? Sortir un homme d'une prison biélorusse ? Vraiment Vital, tu crois que cela va changer le monde ? Et puis en quoi cela nous concerne-t-il ?

— Dans ce manoir, chaque fois que je passe devant un miroir, je vois qui je suis, mais derrière un écran, quand nous dépouillons ceux qui, par cupidité, ont provoqué la mort de dizaines de milliers de personnes, quand nous redistribuons leurs fortunes à leurs victimes, je sais qui je veux être. Et quand nous nous battons pour la liberté des autres, c'est la mienne que je retrouve.

Malik fixa longuement son frère, et lui arracha un sourire.

— Tu es fou, mais je ne te changerai pas. Je vais aller me dégourdir les jambes, comme tu dis, et je reviendrai t'aider.

Dès qu'il fut seul, Vital s'empara d'une paire de lunettes de réalité virtuelle et se connecta à une plateforme de jeu. Aussi étrange que cela paraisse, c'était sur ce genre de forums que l'on pouvait encore échanger le mieux en restant anonyme. Trop de serveurs, de joueurs et d'avatars pour que les gouvernements réussissent à trier le bon grain de l'ivraie.

Cordelia était en train de disputer le troisième set. Elle s'apprêtait à frapper la balle d'un revers foudroyant et faillit mettre son coup derrière la ligne en voyant apparaître une bulle de texte dans son champ de vision. D'une commande vocale, elle demanda à Vital d'attendre la fin du match. Il accepta de bonne grâce, confus d'avoir compromis sa victoire. Cordelia congédia son partenaire de jeu et la partie prit fin.

— Tu veux tenter ta chance ? demanda-t-elle.

— Au tennis, non.

— Où en êtes-vous ?

— Nous avons établi deux itinéraires sûrs, répondit Vital. Un pour l'aller, un pour le retour.

— Ce n'est pas suffisant. Tu es seul ?

— Oui.

— Tu voulais quelque chose en particulier ?

— Être sûr que tu ne m'oublies pas.

— J'aime ton humour slave, tu as un don pour dire ce que les autres taisent, je crois que c'est ce qui me plaît chez toi, s'amusa Cordelia.

— Quels autres ? questionna Vital.

— Ta jalousie me plaît aussi. Elle est bien dosée. Et le dosage en la matière est une affaire très délicate. S'il y en a trop, c'est étouffant, mais s'il n'y en a pas, c'est ennuyeux, tu vois ce que je veux dire ?

— Et toi, tu es jalouse ?

— Quand je le deviens, c'est terrible.

— Mon frère pense que nous sommes fous, reprit Vital.

— L'un de l'autre ?

— Non, enfin peut-être aussi.

— Parfois, je pense comme lui, mais après tout ce que nous avons accompli, s'arrêter là serait impossible. Et puis je ne veux pas te mentir : pour moi, s'arrêter tout court serait d'une tristesse insurmontable. J'ai ça dans la peau. Peut-être qu'un jour ils me mettront en prison ; sinon, je finirai en mémé hacker. Tu me vois, pianotant sur mon vieux clavier, au coin du feu ?

— Les claviers n'existeront plus quand tu seras vieille.

— Alors peut-être que je n'aurai pas le temps de vieillir.

— Ne plaisante pas avec ça.

— Et pourquoi ?

— Parce que j'ai toujours peur qu'il t'arrive quelque chose.

— C'est pour cela que nous ne devons pas trop nous attacher l'un à l'autre. Tu ne m'aimes pas trop, j'espère ? En tout cas, pas au point de faire une bêtise si j'avais des ennuis ?

— Quel genre de bêtise ?

— T'exposer ou compromettre les autres pour me venir en aide. Jure-le-moi.

— Si tu me le jures d'abord.

— Tu es infernal, mais ça aussi ça me plaît. Je dois aller travailler. Je suis arrivée deux fois en retard cette semaine, je vais finir par me faire remarquer par ma hiérarchie. Toi aussi, retourne à ton boulot. Deux itinéraires, ce n'est pas suffisant. Je t'écrirai dès que j'aurai terminé mon shopping. La liste de courses n'en finit plus de rallonger. Notre ami italien me rend dingue. *Tel-Aviv* sera bientôt à Londres. Nous ne pouvons plus reculer.

Un pictogramme représentant une petite main s'agita devant les yeux de Cordelia, puis l'écran devint noir ; elle ôta ses lunettes de réalité virtuelle en souriant malicieusement. Elle imaginait Vital rongeant son frein, dans ce manoir perdu au fond des neiges d'Ukraine. Avec lui, il était impossible d'être jalouse, quand elle l'était ordinairement de façon maladive. Et, bizarrement, elle en ressentait une légèreté presque palpable.

Elle s'attabla au petit bureau aménagé dans sa chambre et consulta rapidement les premiers mails du matin. Après avoir lu le troisième, elle recopia l'adresse d'une compagnie d'autocars. Une fois à son travail, elle emploierait ses talents de hackeuse pour sonder la vie du propriétaire, et y trouver de quoi le faire chanter au cas où la somme d'argent qu'elle lui proposerait ne suffise pas à le convaincre de lui fournir ce dont elle avait besoin. Elle biffa d'un trait une ligne de sa liste.

Cordelia n'avait plus que quelques jours pour dénicher trois autres compagnies de transport, louer une vingtaine de voitures et camions sous de fausses identités, et acheter avec des cryptomonnaies le matériel indispensable à la mission.

Mateo avait la responsabilité de l'acheminer et de s'assurer que les lieux où seraient réceptionnés les ordinateurs portables, les téléphones intraçables, les routeurs, les serveurs, émetteurs et antennes-relais étaient opérationnels... Sans compter le reste.

En enfourchant son vélo pour aller travailler, Cordelia songea que Malik n'était pas loin de la vérité. Peut-être étaient-ils tous devenus fous, elle la première, mais rien n'aurait pu la faire changer d'avis.

LE MANOIR

6.

Lundi, à Londres, fin de matinée.

Dès que l'avion se posa à Heathrow, Janice se rendit chez son avocat. Jusqu'à ce jour, leurs entrevues s'étaient tenues en visioconférence, à une exception près, au tout début de la procédure, lorsque leurs agendas respectifs leur permirent de se rencontrer à Paris où ils étaient tous deux en voyage.

Ce procès qui se préparait depuis de longs mois avait englouti toutes ses économies avant de l'obliger à s'endetter ; les heures passées à préparer sa défense avaient occupé ses journées, nuisant à son travail. En la ruinant et en l'épuisant, Ayrton Cash avait voulu la réduire au silence. Elle avait tenu bon, tout du moins jusque-là, et la rage de vaincre revigora son envie de se battre.

Quelques jours plus tôt, lors d'une séance préparatoire qui avait eu lieu au téléphone, son avocat l'avait suppliée de ne pas tomber dans le piège tendu par la partie adverse. Elle ne devait en aucun cas réitérer ses accusations devant la cour, mais seulement chercher à démontrer l'intégrité de son travail. La personne qui allait être jugée n'était pas le milliardaire anglais, propriétaire de mines de diamants en Afrique du Sud, mines épuisées depuis longtemps, mais dont sortaient comme par magie des pierres, acheminées par valises diplomatiques – et qui pouvait encore ignorer que Cash blanchissait les diamants du sang, produits du travail forcé d'hommes, de femmes et d'enfants réduits à la condition d'esclaves dans les pays africains en guerre ? Ce procès-là viendrait peut-être un autre jour, mais cette semaine, le nom qui figurait sous la ligne « Accusé » était celui de Janice et le procès qui s'ouvrait à Londres, celui d'une journaliste.

Le cabinet se trouvait dans un immeuble bourgeois de Mayfair. Si le luxe des locaux était censé rassurer la clientèle, Janice vit surtout dans ce faste inutile la cause probable des honoraires exorbitants de son avocat. Maître Collins était invariablement vêtu d'un complet en tweed parfaitement façonné ; c'était un homme de petite taille portant haut une cravate à gros nœud bardée de rayures rouges, bleues et jaunes, seules touches de couleur dans son uniforme de parfait gentleman. Il émanait de sa personne une aimable bonhomie. Janice ne l'avait pas choisi pour cette qualité, mais parce qu'il était précis, factuel et fin d'esprit. De plus, il était révolté par sa situation et décidé à ce que justice soit rendue.

Collins l'accueillit dans un petit salon, où l'avait conduite un assistant. Une pièce, aux murs ornés de boiseries cirées et décorée d'un mobilier en acajou, où flottait un parfum d'encens. Il la mena jusqu'à une salle de réunion du même genre, dont il ferma la porte capitonnée avec une grande délicatesse. Janice vit dans la retenue de son geste l'assurance qu'ils étaient désormais en lieu sûr, protégés de toute interférence avec le monde extérieur. Collins la pria de prendre place sur l'un des fauteuils. Puis il posa sur la table le dossier qu'il tenait sous son bras et s'installa à côté d'elle.

— Je suppose que vous avez lu mes dernières conclusions ? demanda l'avocat, les yeux penchés sur la couverture du dossier.

Elle le lui confirma d'un signe de la tête.

— Souhaitez-vous y apporter des modifications, ajouter quelque chose ?

— Non, répondit-elle.

— Alors passons au reste, enchaîna Collins.

Il sortit un petit carnet de sa poche et feuilleta les premières pages avant de s'arrêter à celle marquée par un signet.

— Votre contact décolle à 15 heures. Il arrivera vers 18 heures à Vilnius, où des amis l'attendent pour l'escorter jusqu'à leur QG. Nous sommes convenus qu'il resterait discret jusqu'à votre retour à Londres ; pas de déclaration à la presse, ni d'apparition en public, rien qui puisse attirer l'attention sur vous. Nous jouons avec le feu et je ne veux pas risquer de m'y brûler.

— Quand la rencontre est-elle prévue ?

— Après l'audience, vous embarquerez à bord du vol du soir pour Vilnius, j'ai pris votre billet comme vous me l'aviez demandé. Vous me rembourserez avec mes prochains honoraires. Ne dites rien, nous réglerons les questions d'argent quand nous aurons plumé notre adversaire. J'ai fait réserver une chambre à mon nom, on ne peut être plus prudent. Le rendez-vous est fixé demain, à midi. On viendra vous chercher à votre hôtel.

Collins ouvrit le dossier et déploya méticuleusement le plan des différents étages dudit hôtel, s'appliquant à en lisser les pliures.

— À 10 h 55, reprit-il, vous gagnerez les sous-sols. Une camionnette de blanchisserie vient récupérer le linge à 11 heures. L'employée qui se charge de convoyer les chariots a été dédommagée, comme il se doit, pour l'aide qu'elle nous fournit. Cette personne aura déposé dans la penderie de votre chambre une tenue identique à la sienne. Une fois vêtue de la sorte, vous vous dirigerez à l'extrémité du couloir jusqu'à un ascenseur de service. Seul hic, il faut un badge pour descendre au niveau − 2, et je n'ai pas encore résolu ce problème. Ces badges sont délivrés par la sécurité de l'établissement. J'ai appris tout cela de la jeune femme qui nous aide, et elle ne peut prendre le risque de perdre son emploi en se compromettant. Que le monde est devenu compliqué ! De mon temps, une simple clé faisait l'affaire, soupira l'avocat.

— Pas de problème, je saurai comment procéder une fois sur place, assura Janice d'une voix sereine.

— Et comment donc ? s'inquiéta Collins.

Janice s'abstint de lui répondre et Collins de réitérer sa question.

— Admettons, dit-il. Donc, lorsque vous serez dans les sous-sols, vous parcourrez ce corridor. Si vous croisez un employé, saluez-le d'un sourire, votre costume de soubrette devrait vous permettre de passer inaperçue, à condition de ne pas traîner. La troisième porte ouvre sur le quai de livraison.

Collins saisit dans son dossier un autre document sur lequel apparaissait la photo d'une camionnette.

— Mémorisez l'immatriculation. Si ce n'est pas celle du véhicule de la blanchisserie, faites demi-tour, remontez dans votre chambre et changez-vous. Votre note étant déjà réglée, sautez dans un taxi et repartez aussitôt vers l'aéroport. Dans le cas contraire, vous n'aurez qu'à monter à bord de la camionnette, par les portes arrière évidemment.

— Impressionnant, je ne sais pas comment vous remercier, vous avez effectué un travail remarquable.

— Non, répondit sèchement Collins, je n'ai pas trouvé de solution à ce fâcheux problème de badge.

— Vraiment, ne vous inquiétez pas pour cela.

— Puisque vous le dites. Dès le rendez-vous terminé, une voiture vous reconduira au Hilton. Vous n'aurez d'autre choix que d'entrer par le hall, la porte réservée au personnel est gardée par un agent de sécurité qui connaît bien son monde. Longez ce mur à droite, cette zone est hors du champ de vision des caméras qui surveillent la réception, expliqua Collins en pointant du doigt la zone en question. Une fois changée, vous foncez à l'aéroport, votre vol retour décolle à 17 h 30, et il vaudrait mieux que vous ne le ratiez pas.

Le regard de Janice s'égara vers la bibliothèque. Collins la laissa dans ses pensées, certain qu'elle finirait bien par dire quelque chose.

Sa perspicacité légendaire ne fut pas contestée.

— Supposons que l'on m'ait suivie, dit-elle. Si on ne me voit pas sortir de ma chambre de la journée, quelqu'un finira bien par venir vérifier et toquer à ma porte, et cette personne n'aura pas de problème pour se procurer une clé.

Collins lui tapota la main avec une bienveillance charmante.

— Ne vous inquiétez pas outre mesure. Ceux qui vous épient vous auront vue au procès, comment pourraient-ils soupçonner que vous ayez le don d'ubiquité ?

— Alors pourquoi avoir pris toutes ces précautions ?

— Janice, depuis le temps que nous nous connaissons, je devrais m'indigner que me posiez une telle question. Par amour-propre, je vais imaginer qu'il est tout simplement dans votre nature de titiller les gens et vous répondre : parce que si je me trompais, l'endroit où vous rencontrerez notre ami Roman ne doit en aucun cas être connu de ceux qui vous auraient suivie.

Sur ces mots, Collins regarda sa montre, referma le dossier et repoussa sa chaise.

— Il est temps de partir, il serait du plus mauvais effet de faire attendre le juge.

Janice inspira profondément, comme si elle se préparait à une longue plongée en apnée, ce qui n'était pas loin d'être le cas. Elle se leva à son tour et s'accrocha au bras de son avocat, ce qui ne manqua pas d'étonner Collins, sans pour autant lui déplaire. En témoigna le petit sourire hautain qu'il afficha en passant devant le bureau de sa secrétaire.

*

À Madrid, midi.

Diego traversait la ville sur sa Guzzi Bobber, une moto qu'il avait fini par acheter à son ami Juan. Rouler en voiture dans Madrid était devenu impossible. Son affaire lui rapportait assez d'argent pour qu'il s'offre les services d'une entreprise de livraison quand il allait ravitailler les cuisines du restaurant au Mercado San Miguel.

Il fonçait à travers les rues, casque au coude, surfant sur les flots de la circulation madrilène… Jusqu'à ce qu'il songe que ce n'était pas une bonne idée de mourir, l'après-midi était trop beau et il avait des choses importantes à accomplir. Diego ne s'était jamais remis de la disparition d'Alba. Bien qu'il n'ait pas eu le temps de l'épouser, il avait l'âme esseulée d'un veuf. Pour celui qui connaît la déchirure du veuvage à l'âge où tout semble avoir été vécu, la mort n'est qu'une affaire de patience. À trente ans à peine, Diego jouait à la tromper pour attirer ses foudres. Il lui arrivait le soir, en se couchant, de raconter sa journée au fantôme d'une femme qui n'était plus, mais qu'il aimait encore. Un an plus tôt, il avait pourtant cédé au charme d'une négociante en spiritueux qui s'était présentée à son bureau. Leur histoire avait duré sept mois. Flores, lassée de voir Diego interpréter, sans grand talent d'ailleurs, la comédie du bonheur avait fini par le quitter.

À midi, il quitta la M30 par la Puerta de Hierro et prit la direction de la faculté d'informatique. Il y avait fait ses études et détenait toujours un accès aux salles des laboratoires, grâce à un badge dont il renouvelait la validité tous les ans.

En ces lieux qu'il avait fréquentés avec beaucoup d'assiduité, il passait inaperçu.

À 14 heures, installé devant un pupitre, il se connecta à Flight Tracker, un site internet public permettant de suivre en temps réel les plans de vol d'avions de ligne. Diego regarda sa montre et ouvrit sur l'écran une autre fenêtre, celle-ci servirait à informer Janice du bon déroulement de l'opération.

*

À Athènes, midi.

Roman Protassevitch est un jeune homme souriant, libre, mais en fuite. Il vit avec sa petite amie entre la Pologne et la Lituanie.

Né un an après l'arrivée du dictateur au pouvoir, Roman est entré dans l'opposition dès son adolescence. Il avait quinze ans quand il a participé à ses premières manifs. Déjà à l'époque, des milliers de Biélorusses étaient descendus dans la rue pour protester contre la réélection de l'autocrate, et la corruption qui gangrénait son pays. Alors qu'il était élève dans le secondaire, il s'intéressa à la politique et devint militant. À dix-sept ans, il dirigeait deux sites internet de protestation. Ces activités le signalèrent aux autorités, il fut arrêté par les agents des services de sécurité et torturé. Les coups furent portés au foie, aux reins, au ventre, jusqu'à lui faire pisser du sang. Un avertissement donné avant qu'on le relâche parce qu'il était encore mineur.

Mais Roman ne renonça pas. Il travailla comme photographe pour différents médias et décrocha une bourse prestigieuse pour aspirants journalistes indépendants. Puis il lança sur YouTube la chaîne Nexta, plateforme d'opposition au président Loutchine dont la réélection frauduleuse avait déclenché un soulèvement populaire sans précédent. À l'automne 2020, Nexta était l'outil incontournable des protestataires qui organisaient les manifestations contre le gouvernement. On y diffusait des images des violences policières. Deux millions de personnes, près de vingt pour cent de la population, s'y retrouvaient quotidiennement. En quelques semaines, Roman devint la bête noire du régime, alors il s'exila.

Au cours de longues semaines de mobilisation, Roman transmit quotidiennement des informations à ses deux-cent soixante mille abonnés : les lieux et les heures des regroupements, des indications sur les passages fermés par la police, des conseils pour éviter les interpellations.

En novembre 2020, nargué et défié par ce jeune blogueur, le pouvoir l'inculpa pour incitation au désordre public et à la haine sociale, ce qui pouvait lui valoir dix ans de prison si les autorités réussissaient à l'arrêter. Mais une simple peine de prison n'était pas de nature à apaiser la colère du tyran, et bientôt s'ajouta un autre chef d'inculpation : implication dans des activités terroristes. Pour cela, le risque encouru était la peine de mort.

Roman est désormais rédacteur en chef de BGM, une chaîne hébergée par l'application sécurisée Telegram pour échapper à la censure.

Sa compagne, Sofia, est étudiante en droit à l'université européenne des sciences humaines de Vilnius. En début de semaine, ils sont partis à Athènes, participer à un colloque sur la démocratie.

Ce matin, au Megaron, devant une assemblée attentive, ils ont fait le récit de leurs combats, partagé leurs espoirs de voir un jour la démocratie prendre le pas sur la tyrannie.

— Les révolutions démocratiques sont contagieuses, déclara Sofia en préambule à son discours.

Roman se tenait à un mètre d'elle. Un projecteur les éclairait tous les deux, seuls sur la scène immense du palais des congrès.

Sofia n'était pas habituée à prendre la parole devant tant de monde. Elle savait qu'après cette conférence, rien ne serait plus comme avant. Elle se pencha sur le pupitre et posa les yeux sur son texte. Elle avait passé des nuits à l'écrire, le relire, le corriger et en avait appris chaque mot. Pourtant, en proie au trac, elle sentait sa main trembloter. Elle échangea un regard avec Roman, qui se rapprocha d'elle.

La bouche sèche, Sofia prit une gorgée d'eau avant de poursuivre en répétant volontairement sa première phrase, pour que le public la retienne, la comprenne.

— Les révolutions démocratiques sont contagieuses. Les oppresseurs ont tiré des enseignements de l'année 1989, lorsque les dictatures communistes tombèrent comme un château de cartes. Plus récemment, les printemps arabes ou les manifestations anticorruption de 2014 en Ukraine qui ont abouti au renversement de gouvernements ont renforcé leurs craintes. Si les Ukrainiens pouvaient se débarrasser de leur dictateur corrompu, pourquoi d'autres peuples voisins ne voudraient-ils pas en faire autant ? Un mot d'ordre est né chez les tyrans. Si vous pouvez éradiquer les protestations dans un pays, vous pouvez aussi les empêcher de commencer ailleurs. Alors les autocrates s'entraident, financièrement, parfois militairement, sous le couvert de milices qu'ils envoient prêter main-forte à leurs amis menacés. Les tyrans partagent une façon commune de voir le monde, ils croient que leur survie personnelle est plus importante que le bien-être de leur peuple. Ils sont terrifiés à l'idée qu'un changement de régime les conduise en prison ou en exil. C'est pourquoi ils s'allient, coopèrent, échangent des informations sur leurs modèles de répression. Leurs outils de propagande et de déstabilisation des opposants se sont enrichis de moyens de communication inédits jusque-là. Manipulations sur les réseaux sociaux, infiltrations dans les mouvements de résistance en vue de les écraser au plus vite. Arrestations massives, emprisonnements, tortures, viols, meurtres et rapts font régner la terreur et étouffent la dissidence. Leurs actions ne se limitent plus à cela. Ils cherchent par tous les moyens à étendre leur mode de gouvernance, à déstabiliser les démocraties voisines, en interférant dans leurs élections. Ce fut le cas en Angleterre, mais aussi en Allemagne, en Italie, et avant cela en Pologne, en Hongrie. Les campagnes politiques des partis européens d'extrême droite sont largement financées par des capitaux privés étrangers, masqués derrière des sociétés hébergées dans des paradis fiscaux. Autant d'argent occulte destiné à détruire les démocraties. Qu'attendez-vous pour confisquer ces fortunes bâties sur la corruption et qu'ils placent dans vos banques, pour confisquer leurs villas somptueuses sur vos rivieras, leurs voitures de luxe qui dorment dans les parkings de vos capitales, leurs hôtels particuliers et appartements achetés en affamant leur peuple ? Cela vaut pour les oligarchies qui les soutiennent. Je comprends que le commerce que vous faites avec elles profite à vos entreprises, mais, ce faisant, vous contribuez au cycle de la terreur, enrichissant ceux qui martyrisent leur population.

La gorge nouée, Sofia s'apprêtait à prononcer ses derniers mots depuis sa tribune.

— Pardonnez cet emportement. Ce n'est ni mon rôle ni mon intention de vous dicter votre conduite. Il est très difficile de témoigner des souffrances qu'endurent vos proches en voyant se détourner les yeux de ceux à qui l'on parle. Parce que cela ne les concerne pas, parce qu'ils ont d'autres problèmes à régler. Mais je vous en conjure, si vous voulez que vos démocraties survivent, ne fermez pas les vôtres sur ce qui se passe hors de vos frontières. Les tyrans ont les leurs rivés sur vous, leur soif de pouvoir est insatiable, alors unissez-vous pour les sanctionner.

Un silence de plomb lui fit percevoir l'effet de ses paroles. Elle ramassa ses feuillets et fixa l'assemblée. Éblouie par la lumière des projecteurs, elle affichait un sourire fragile.

Soudain, des applaudissements discrets s'élevèrent depuis le troisième rang. Ils se répandirent bientôt dans la salle, s'amplifièrent encore, et ce fut une ovation.

La vie de Sofia ne serait plus jamais la même.

Le jeune couple quitta la scène. Ils traversèrent les coulisses et réapparurent dans le grand hall du palais des congrès. Plusieurs personnes voulurent se prendre en photo avec eux. Roman déclina poliment. Il entraîna Sofia vers une porte latérale. Deux agents de la sécurité du palais des congrès les escortèrent jusqu'à leur véhicule. En chemin, Roman remarqua sur le parvis un homme en complet sombre qui l'observait étrangement. Son regard n'était pas celui d'un admirateur. Voyant l'homme avancer vers eux, Roman pressa le pas.

— Viens, allons-nous-en, dit-il à Sofia, renonçant à l'avertir d'un danger dont il n'était pas certain.

Vivre en exil, sans pouvoir effacer de sa mémoire le souvenir des tortures subies durant son séjour en cellule, avait exacerbé chez lui un sentiment de méfiance.

— Tu devrais faire l'effort d'être un peu plus aimable avec les gens qui viennent nous écouter. Un minimum de popularité ne nous ferait pas de mal. Enfin, tu comprends ce que je veux dire, répondit Sofia.

Roman ouvrit la portière sans dire un mot et dès qu'ils furent assis sur la banquette arrière, il pria le chauffeur de démarrer.

— On décolle dans deux heures et nous avons nos cartes d'embarquement, pourquoi es-tu si pressé ?

— Je ne le suis pas, répondit Roman d'un ton laconique, regardant à son tour par la vitre l'homme sur le parvis.

Celui-ci avait sorti un smartphone et paraissait déjà en conversation. Cette fois, Roman était convaincu qu'il suivait leur voiture des yeux.

— À l'aéroport, ne t'éloigne pas de moi. C'est tout ce que je te demande.

— Qu'est-ce qu'il y a ? s'inquiéta Sofia. Tu es pâle comme un linge.

— Rien.

— C'est de voyager en avion qui te stresse ? demanda-t-elle en lui prenant la main. Il n'y a pas de honte à cela, et ce n'est pas moi qui te jetterai la pierre, pas après ce que je viens de vivre sur cette scène.

— Tu t'en es très bien tirée, tu as vu la réaction du public.

— Ce ne sont pas des applaudissements que nous sommes venus chercher, mais des actes.

— Ils viendront, affirma Roman.

Il se retourna vers la lunette arrière. L'esplanade du Megaron n'était plus qu'une ombre dans le lointain, aucune voiture ne semblait les suivre lorsque la leur bifurqua dans l'avenue Konstantinoupoleos. Une demi-heure plus tard, le chauffeur se rangea le long d'un trottoir de l'aéroport international. Roman prit les deux valises cabine dans le coffre et suivit Sofia qui s'avançait déjà vers le terminal.

— Je t'avais demandé de m'attendre, grommela-t-il.

Il la rattrapa alors qu'elle se dirigeait vers une boutique de journaux.

— Ne traînons pas, insista Roman.

— Tu sais, il faudra vraiment que l'on règle ta phobie de l'avion.

— Il ne s'agit pas de cela, se justifia Roman en regardant un voyageur qui avait attiré son attention.

Sofia comprit que quelque chose clochait. Elle suivit le regard de Roman et repéra à son tour l'individu qui les fixait. L'homme, dans la quarantaine, portait un jean, une chemisette blanche, une veste bleu marine mal coupée. Il prit un magazine sur un tourniquet et se mit à le feuilleter. Sofia tourna la tête dans la direction opposée et repéra un autre individu au comportement étrange. Plus âgé que le premier, il la dévisageait avec une insistance qui la mit mal à l'aise.

— Viens, passons la sécurité. Ils ne peuvent rien contre nous ici, pas dans un lieu aussi fréquenté.

— Alors qu'est-ce qu'ils fichent là ? s'agaça Roman.

— Ils veulent nous intimider et nous ne leur donnerons pas ce plaisir.

Elle marcha déterminée vers la file qui serpentait devant les portiques. Roman lui emboîta le pas. Ils attendirent leur tour, silencieux, avançant au rythme imposé par les contrôles. Un peu plus tard, ils s'assirent côte à côte en salle d'embarquement.

— Tu crois qu'ils ont assisté au colloque ? demanda Sofia, qui se réjouissait en pensant à la rage de Loutchine lorsque ses sbires lui rapporteraient son discours.

— Un jour viendra où il n'hésitera pas à leur donner l'ordre de nous tirer dessus, ou de nous empoisonner au polonium, lâcha Roman.

— Ne sois pas si dramatique, ils n'iraient pas jusque-là, pas en territoire étranger.

— Parce qu'ils s'en sont privés à Londres ou à Manchester ?

Sofia regarda le tarmac. Leur avion était arrimé à la passerelle, ce qui la rassura. Néanmoins, elle renonça à l'envie d'aller s'offrir un café.

— Tu as raison, dit-elle, nous devrons être plus prudents que jamais.

Roman pensa que si les hommes de main du dictateur recevaient l'ordre de les éliminer, ils n'hésiteraient pas, quels que soient les moyens nécessaires. En tout cas, ceux qu'ils avaient semés en étaient pour leurs frais. L'embarquement était annoncé ; dans trois heures ils se poseraient à Vilnius, en sécurité.

Juste avant de monter à bord, Roman envoya un message sur l'application sécurisée Telegram :

Je suis suivi.

VILNIUS

7.

Tribunal civil, à Londres, dans l'après-midi.

Janice et Collins étaient assis à une table, face au juge. Les trois avocats d'Ayrton Cash étaient installés à leur droite. L'un d'eux, bien plus grand que Collins, arpentait le prétoire en déclamant ses conclusions d'un air outré. Janice était accusée d'avoir, lors d'une conférence TED, prononcé deux phrases hautement diffamatoires à l'égard de son client, nuisant ainsi à sa réputation et donc à ses affaires. Dans un entretien qui avait duré quinze minutes et qui portait essentiellement sur les effets pernicieux de FriendsNet sur le processus électoral dans les démocraties anglo-saxonnes, elle avait évoqué le Brexit, informant le public que la campagne Leave.EU, entraînée par Darnel Garbage et financée par le multimillionnaire qui l'attaquait en justice, avait été reconnue coupable d'enfreinte aux lois portant sur l'utilisation des données personnelles. En deux phrases, pas une de plus, Janice avait fait remarquer que Cash, qui avait subventionné Garbage à hauteur de huit millions de livres – un record de don privé encore jamais atteint en Angleterre –, avait menti sur sa relation secrète avec le gouvernement russe.

— Mon client, martela l'avocat, a été blanchi de toute action criminelle liée à ses dons. Nous sommes, je le rappelle à la cour – puisque l'accusée tient tant à nous donner des leçons de démocratie –, justement en démocratie et donc libres de soutenir le candidat que nous voulons, n'en déplaise aux mauvais perdants ! Souiller le nom d'un honnête homme d'un tel opprobre demande réparation. Dois-je aussi rappeler à la cour qu'un juge éminent a déjà conclu qu'un auditeur moyen comprendra, en lisant ou entendant les propos tenus par l'accusée, que M. Cash aurait menti à plusieurs reprises. Donc elle affirme que mon client est un menteur. Et peut-on raisonnablement faire affaire avec un menteur ? Notre client est justement un homme d'affaires, important, que la partie adverse s'acharne à vouloir détruire, pour quelles raisons, nous l'ignorons. De ce fait, la cour jugera certainement raisonnable que la prétendue journaliste règle tous les dépens, à savoir 1 million de livres sterling, assortis du montant des réparations que nous demandons pour un tel préjudice.

Collins fulminait, c'est Janice cette fois qui lui tapota la main. Il ramassa ses notes et se leva dès que son confrère fut assis.

— Le procès qui se tient aujourd'hui est bien plus grave qu'une simple affaire de diffamation. Un homme use de sa puissance financière pour réduire au silence ma cliente. Quel journaliste se risquerait demain à dévoiler la vérité, si l'une ou l'autre de ses paroles, écrites ou prononcées, extraite de son contexte, peut se retourner contre lui, et le ruiner à jamais ? La cour ne peut être dupe de telles manigances. La question aujourd'hui n'est pas de savoir si M. Cash a bien menti sur ses relations avec le gouvernement russe. Et si nous voulions que ce procès s'en tienne à ce seul fait, nous prouverions facilement qu'il a effectivement menti, à plusieurs reprises, déclarant n'avoir jamais rencontré l'ambassadeur de Russie à Londres, pour se raviser ensuite en reconnaissant l'existence d'un déjeuner, puis d'un autre et d'un troisième encore. Nous nous étonnerions, alors qu'il finançait la campagne électorale de Leave.EU, des liens économiques qu'il entretient avec la Russie, ou que sa femme ait été suspectée par nos agences de sécurité d'être un agent du KGB. S'étonner ne constitue pas un délit, n'est-ce pas ? Cela fait-il du demandeur un menteur ? Eh bien, puisque nous sommes en démocratie, comme le faisait remarquer à si juste titre mon confrère, voilà une interprétation possible en vertu de la liberté qui appartient à chacun d'entre nous. Permettez-moi de poser une question. Pourquoi l'accusation s'en prend-elle à ma cliente et non à l'organisateur de la conférence où elle s'est exprimée, un organisateur qui, contrairement à elle, dispose de moyens financiers considérables, largement suffisants pour dédommager le prétendu outrage ? Ou encore au quotidien qui publie ses articles ? Pourquoi ne s'en prendre qu'à elle et à elle seule ? La réponse est aussi simple que terrifiante. La véritable intention du demandeur et de ceux qui le soutiennent est de museler tous les hommes et les femmes qui les dérangent. Qui sont les individus capables de dépenser 1 million de livres dans un procès au seul prétexte que des questions posées dans l'intérêt public leur portent préjudice ? Ce n'est pas une journaliste que M. Cash s'acharne à faire condamner, pour les conséquences provoquées par deux phrases, mais le principe même de la liberté d'opinion et d'expression, de la liberté de la presse et de ses lecteurs, à moins de ne vouloir plus trouver dans nos journaux que les louanges des puissants.

La cour envoya l'affaire en délibéré. Janice se tourna vers Collins, le suppliant du regard de lui donner ses impressions. Il se pencha vers elle pour lui parler dans le creux de l'oreille.

— Est-ce que la raison est de notre côté, la réponse est oui, mais cela, vous le saviez déjà. Est-ce que la cour l'entendra ainsi, je ne peux rien vous promettre. Notre adversaire est un allié du Premier ministre, l'un de ses fervents soutiens. Les proches du pouvoir jouissent d'une impunité qui dépasse l'indécence et ils ont bien l'intention qu'il continue d'en être ainsi. D'où leur acharnement à votre égard. Vous faire condamner aurait valeur d'exemple. Et vous faire taire réduirait au silence nombre de vos confrères. Mais ne négligez pas pour autant votre puissance. Vos confrères, tout du moins ceux qui exercent leur profession dans le monde libre, fustigeraient la cour en cas de condamnation. L'Angleterre s'exposerait à un vent de critiques sans précédent, ce qui nuirait beaucoup à l'image du gouvernement. Les problèmes s'accumulent sur les épaules du Premier ministre, ses relations avec l'Europe ne sont pas au beau fixe ; je veux croire qu'il préfère éviter de les envenimer plus encore.

Collins frotta ses mains, signe qu'il n'avait rien à ajouter. Il invita Janice à se lever, il était temps de quitter la salle.

— Nous serons bientôt fixés, dit-il en marchant dans le couloir. Ce que je redoute le plus est que la cour vous condamne à lui rembourser le million qu'il a dépensé en frais d'avocats et à une livre symbolique de dommages et intérêts. Cash aurait gagné sur toute la ligne. Vous seriez ruinée, la presse muselée et le public ne retiendrait que la magnanimité du demandeur, pensant qu'il ne vous a réclamé pour toute réparation que le prix d'un timbre-poste.

*

17 h 20, base militaire de Baranovichi, Biélorussie.

Antony Sarayevitch buvait un café dans le carré des officiers quand une sonnerie retentit. Trois coups longs suivis de deux courts, ce n'était pas un exercice. Déjà en tenue, il attrapa son casque et se précipita vers le hangar. Les portes étaient grandes ouvertes ; un escabeau avait été avancé le long du fuselage, accédant à la hauteur du cockpit dont la verrière était relevée. Un officier tendit au jeune pilote une enveloppe, qu'il décacheta. Sarayevitch ne broncha pas en lisant son ordre de mission. Il salua le lieutenant et grimpa pour s'installer dans l'habitacle. Un mécanicien le suivit pour l'aider à accrocher son harnais, déverrouilla la goupille de sécurité du siège éjectable, jeta un coup d'œil circulaire dans le cockpit et leva le pouce en l'air avant de redescendre. Moins de trois minutes s'étaient écoulées. La tasse de café fumait encore dans le mess des officiers. La verrière s'abaissa alors que les réacteurs commençaient à rugir. L'appareil roula vers le tarmac avant de s'aligner peu après sur la piste.

Sarayevitch vérifia que son plan de vol était bien chargé sur l'ordinateur de bord. La tour de contrôle lui donna l'ordre de décoller. Les flammes jaillirent des turbines dans un vrombissement assourdissant. Le Mig-29 s'éleva dans les airs presque à la verticale.

Quelques secondes plus tard, il atteignit son altitude de croisière, fonçant à plus de mille sept cents kilomètres heure vers sa cible, qu'il atteindrait en quatre minutes.

*

Vol Ryanair 4978, Athènes-Vilnius.

Sofia s'était assoupie, sa tête reposait sur l'épaule de son compagnon. Roman regarda dans l'allée, à quelques rangs devant lui, un passager qui semblait avoir une altercation avec un membre de l'équipage. L'homme haussait la voix et commençait à s'agiter. L'hôtesse lui intima l'ordre de se calmer. Un autre homme assis à ses côtés prit son parti et se joignit à la dispute. Tous deux vitupéraient. Roman comprit qui ils étaient et ce qu'ils tentaient de faire. Il regarda rapidement sa montre, réveillant Sofia.

— À quelle heure doit-on atterrir ? lui demanda-t-il d'une voix sombre.

— Dans moins d'une demi-heure, répondit-elle en bâillant. Qu'est-ce qui se passe à l'avant ?

Pendant que Roman lui expliquait la situation, deux stewards remontèrent la coursive pour venir à la rescousse de leur collègue. L'hôtesse les laissa tenter de calmer les deux hommes qui vociféraient en russe et se dirigea vers le poste de pilotage. Sofia sentit le sang battre jusque dans ses tempes. Roman n'était pas victime de sa paranoïa. L'homme sur le parvis du palais des congrès d'Athènes, les deux autres à l'aéroport, et ceux qui faisaient un esclandre dans l'avion formaient une même équipe ; ce n'était pas pour une simple mission de surveillance ou d'intimidation qu'ils avaient été dépêchés hors de leurs frontières, mais pour une opération de bien plus grande envergure, savamment préparée. Les agents du KGB cherchaient à provoquer un atterrissage forcé en territoire biélorusse. Elle fit un rapide calcul mental et regarda par le hublot.

— Nous survolerons la Lituanie d'un instant à l'autre. Si l'on doit se poser en urgence, ce sera forcément à Vilnius, chuchota Sofia, en se voulant rassurante.

— Nous aurions déjà dû amorcer la descente, ce n'est pas normal, répondit Roman.

L'agitation dans les premiers rangs commençait à inquiéter d'autres passagers.

— Qu'est-ce qu'il y a ? demanda une femme assise à la gauche de Roman.

— Il y a que je risque la peine de mort, répondit-il calmement.

La femme fit une moue dubitative, certaine que son voisin était en train de se payer sa tête. Elle haussa les épaules et replongea dans sa lecture.

*

Mig-29.

Un point blanc clignotait au centre de la mire, la cible était verrouillée sur l'écran radar. Sarayevitch augmenta la poussée des gaz, quelques secondes encore et il aurait l'appareil en vue.

*

Vol Ryanair 4978, Athènes-Vilnius.

Au même moment, le commandant du Boeing reçut un appel d'urgence du contrôle aérien biélorusse. Une menace terroriste assortie de revendications indiquait la présence d'une bombe à bord de son avion. L'appareil avait ordre d'opérer un demi-tour immédiat et de se poser à Minsk.

Le commandant consulta l'écran de gestion de vol et échangea un regard avec son copilote. Ces instructions n'avaient aucun sens.

— On descend en urgence sur Vilnius, dit-il, l'aéroport est bien plus proche.

*

Mig-29.

Sarayevitch entama une manœuvre délicate pour que les passagers ne le voient pas. Il fit passer son Mig au-dessus du

Boeing, frôlant de près la carlingue avant de venir se positionner juste devant le cockpit de l'avion de ligne, réduisant alors sa vitesse pour se caler sur celle de sa cible.

*

Vol Ryanair 4978, Athènes-Vilnius.

L'alerte anticollision venait de se déclencher. Les deux pilotes du Boeing eurent à peine le temps de l'entendre avant de voir, stupéfaits, un chasseur biélorusse surgir devant leur pare-brise. L'appareil militaire était armé, il battait des ailes, un signal aéronautique ordonnant qu'on vous suive, sans délai.

Le copilote balbutia.

— Vous ne croyez tout de même pas...

— Qu'il nous abattrait si nous refusions d'obéir ? Je ne sais s'ils sont devenus fous à Minsk, mais on ne peut pas courir un tel risque, répondit le commandant.

Il enclencha son micro pour s'adresser au contrôle aérien biélorusse.

— Ryanair 4978, nous prenons le cap 090 et entamons une descente directe vers Minsk.

Dans la cabine, les passagers sentirent l'appareil virer brusquement sur l'aile droite. Sofia et Roman comprirent tout de suite ce qui venait de se produire, présageant du sort qui leur serait réservé à l'atterrissage.

— Cette fois c'est la fin, lâcha Roman d'une voix résolue.

— Non, ce sera la fin s'ils décident de nous exécuter. Mais la communauté internationale interviendra. Ils ne peuvent pas laisser Loutchine détourner un avion de ligne appartenant à une compagnie anglaise, s'exclama Sofia, ivre de rage.

— C'est pourtant ce qu'il vient de faire, et je ne pense pas que l'Europe soit prête à attaquer la Biélorussie, soupira Roman. Efface vite tout ce qu'il y a sur ton portable.

Roman sortit une clé USB de sa poche, la posa sur ses genoux et la regarda, l'air désemparé. Puis il l'écrasa de son talon jusqu'à la réduire en miettes.

*

Campus de l'université d'informatique, à Madrid.

Diego, affalé sur sa chaise, les jambes étendues sous le pupitre, se redressa soudain devant son écran. L'avion qu'il suivait depuis son décollage venait de faire une étrange manœuvre, semblant d'abord rebrousser chemin avant de prendre un cap qui pointait vers Minsk. Il pianota sur le clavier allant chercher dans les archives les précédents plans de vol de la liaison Athènes-Vilnius. Aucun ne s'apparentait à celui qu'il voyait. L'ETA, heure estimée d'arrivée à destination, disparut soudain. Diego rechercha des informations sur le Web, mais il était encore trop tôt pour trouver quoi que ce soit. Il attrapa son smartphone et se ravisa en voyant le tracé se figer sur l'écran. Le programme informatique qui suivait en temps réel les progressions en vol des avions commerciaux avait cessé de recevoir les données concernant le Ryanair 4978. Il fallait prévenir Mateo au plus vite. Diego entra une série de codes avant d'accéder à un site sécurisé. Il envoya une copie d'écran de Flight Tracker accompagnée d'un message chiffré. Aussitôt après, il quitta le laboratoire de l'université, courut vers le parking, enfourcha sa moto et roula à tombeau ouvert en direction du centre-ville. Il avertirait Cordelia dès qu'il arriverait à son restaurant.

*

Centre de contrôle aérien régional, à Vilnius.

Les aiguilleurs du ciel, inquiets de ne pas voir entrer le vol Ryanair 4978 dans leur espace aérien, lancèrent deux appels radio. Le 737 ne répondait pas. Informé aussitôt de cette situation, l'ingénieur en chef du contrôle de la navigation aérienne élargit le champ d'affichage de son écran. Le Boeing fut rapidement identifié grâce à son transpondeur, il s'éloignait de sa destination. Ce n'était pas la seule anomalie, un autre avion, dépourvu de toute identification, volait derrière lui, à une distance si proche que cela terrifia l'aiguilleur du ciel ; les deux appareils risquaient d'entrer en collision à tout moment.

L'ingénieur en chef du contrôle aérien régional de Vilnius décrocha le combiné d'un téléphone dont il ne s'était encore jamais servi. Il demanda que le Premier ministre soit informé sans délai qu'un 737 de la compagnie Ryanair, en approche de la frontière lituanienne, venait d'être intercepté par un avion de chasse biélorusse. Les deux appareils se dirigeaient vers Minsk.

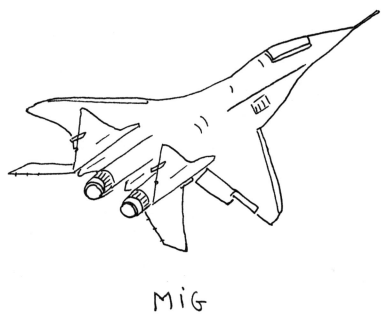

MiG

8.

Parvis du tribunal civil, à Londres.

Collins salua d'un sourire peu affable les avocats de la partie adverse. Ils le saluèrent en retour et s'éloignèrent ; trois sinistres corbeaux en manteau noir descendant les marches du palais de justice.

— Je pratique mon métier depuis assez longtemps pour avoir appris à décrypter les expressions de visage de mes confrères, dit-il en se tournant vers Janice.

— Et qu'avez-vous décrypté ? demanda Janice.

— Qu'ils ne sont pas en joie, et ne s'apprêtent pas à fêter leur victoire. Autrement dit, ils tiraient une sacrée gueule.

— Collins ? Vous, des gros mots ?

— J'en connais quelques-uns en effet, mais je préfère en user quand je suis seul. N'allez pas entendre que nous avons gagné, mais je pense que nous sommes loin d'avoir perdu.

Le smartphone de Janice vibra dans sa poche. Il avait déjà vibré à la fin de l'audience, alors que le juge renvoyait le délibéré à une date incertaine, puis dans le couloir. Elle le déverrouilla et lut le message qui lui était adressé.

— Je ne doute pas que votre lecture soit passionnante et loin de moi l'intention de vous bousculer, mais nous devons repasser à mon bureau récupérer vos affaires. Je vous rappelle que vous avez un avion à prendre, s'impatienta l'avocat.

Janice lui montra l'écran de son smartphone. Collins recula d'un pas, plissant les yeux avant de se résoudre à sortir ses lunettes. À son tour, il prit connaissance du message et soupira.

— Dans quel monde vivons-nous… à croire que plus rien ne les arrête désormais. En ce qui vous concerne, voilà qui change tout, je le crains.

— Les ordinateurs de vos bureaux sont sécurisés ? demanda Janice.

— Je préfère m'abstenir de répondre à des questions blessantes ; dire que la vôtre était idiote le serait tout autant, je vais donc me taire et vous conduire à mes bureaux. Vous devriez y trouver ce que vous cherchez.

Collins tourna le dos à Janice et descendit les marches du palais.

Trente minutes plus tard, de retour à son cabinet, il installa sa cliente dans une petite salle de réunion, face à un écran, et la pria de se retourner pendant qu'il tapait un code sur le clavier du terminal.

— Voilà votre accès à Internet, sachez que nous sommes équipés d'une armée de pare-feux ; quant à nos serveurs, ils sont scrutés en permanence par des programmes de détection d'attaque, lâcha Collins, drapé dans sa dignité. Rejoignez-moi quand vous aurez fini.

Dès que son avocat sortit de la pièce, Janice se connecta sur le forum utilisé par le Groupe. Mateo fut le premier à lui répondre, Cordelia se manifesta peu après.

— Que s'est-il passé ? demanda Janice.

— Le gouvernement biélorusse a détourné l'avion où se trouvait Roman, juste avant qu'il n'entre en Lituanie. Un de leurs avions de chasse a forcé l'appareil à se poser à Minsk. Le prétexte invoqué d'une menace terroriste à bord n'est pas crédible et les réactions internationales ne se sont pas fait attendre. Le Premier ministre lituanien appelle les alliés de l'OTAN à prendre des mesures immédiates, le commissaire européen parle d'un acte de piraterie d'État et la Pologne qualifie l'incident d'acte de terrorisme perpétré par un État criminel. La communauté internationale est sens dessus dessous.

— Il était temps qu'ils se réveillent. On a des nouvelles de Roman ? s'inquiéta Janice.

Enfermé dans son bureau au-dessus du restaurant, Diego suivait sur ses écrans le fil d'information relayant les messages postés par les passagers du vol Ryanair.

— Apparemment ils sont retenus au sol avec l'équipage.

— Bordel de merde ! écrivit Cordelia, rageuse. Sans les informations que Roman devait remettre à Janice, c'est foutu. Il faut annuler la mission.

— Vous croyez que son arrestation est en lien avec notre projet ? questionna Janice. Comment le KGB aurait-il pu avoir vent de nos plans ?

L'écran de Mateo à Rome au cœur de la ruche, celui de Cordelia dans les locaux d'une agence de sécurité informatique à Londres, ceux du donjon à Kyïv, celui de Diego à Madrid, celui d'un portable que consultait Maya dans la salle de bains d'un palace londonien où elle venait de faire l'amour, et enfin celui d'Ekaterina à Oslo, dans un studio perché au dernier étage d'une tour, restèrent inertes.

— Pour que Loutchine en arrive là, ce n'est pas impossible, répondit Mateo, ce qui vient de se produire est tellement dingue… Mais pas nécessairement. Quelqu'un à Vilnius a pu vendre la mèche. Pourtant, en dehors de nous et de Sviatlania, personne ne connaît notre plan. Roman était la bête noire de Loutchine, depuis longtemps. En Lituanie, il était intouchable, et comme il n'est pas passé un jour sans qu'il poste des articles sur la corruption du régime…

— Il est peut-être trop tôt pour parler de Roman à l'imparfait, interrompit Diego. On ferait mieux de penser à ce qu'il risque avant de nous inquiéter de l'avenir de notre mission, non ? Aux dernières nouvelles, il encourt la peine de mort.

— Loutchine n'osera pas, s'indigna Janice.

— J'admire ton optimisme, rétorqua Mateo.

— Nicolaï aussi a été accusé de terrorisme, reprit-elle, comme la plupart de ceux qui s'opposent au régime. Loutchine ne l'a pas fait exécuter.

— Tu compares deux situations qui n'ont rien à voir. Roman est une voix dissidente que Loutchine veut faire taire à tout prix, et il vient de le prouver. Nicolaï est un otage, retenu pour que Sviatlania se taise, et demeure en exil, rappela Cordelia, sinon nous ne serions pas réunis en ce moment.

Vital guettait le bon moment pour intervenir, et peut-être plus encore l'occasion de pouvoir s'adresser à Cordelia.

De retour en Ukraine, il avait investi dans un programme pointu de traduction. Une dépense dictée par son amour-propre, malmené chaque fois que l'un de ses amis le reprenait pour corriger ses fautes de syntaxe ou de vocabulaire.

— Cordelia a raison, si Nicolaï n'a pas été condamné à la peine capitale, c'est pure stratégie de la part du pouvoir. Le risque de provoquer une révolution en s'en prenant directement à Sviatlania était trop important. Les voix à peine décomptées, et le temps de truquer les résultats, ils ont contraint le couple à accepter un marché de dupes. L'exil et la prison en échange de la vie sauve. Loutchine a réussi à se débarrasser de sa rivale sans faire d'elle une martyre, il ne pouvait trouver meilleur stratagème pour étouffer les voix dissidentes. Si Sviatlania avait réellement gagné les élections, pourquoi se serait-elle enfuie à l'étranger comme une voleuse ? En fin de compte Loutchine est le grand gagnant, et sur tous les tableaux.

Dans le donjon, Vital eut un sourire goguenard, fier de son exposé, et ravi d'avoir pu donner raison à Cordelia.

— Les Biélorusses n'ont pas été dupes, ils sont descendus dans la rue pour manifester leur colère, rappela Ekaterina qui n'était pas encore intervenue.

Mateo soupçonnait sa présence sur le forum, mais le mutisme d'Ekaterina le troublait. Il sentit monter en lui une colère contenue dont il redoutait de connaître la cause. La raison l'emporta et il chercha le ton juste pour lui répondre, puisque les autres semblaient lui en laisser l'occasion. Il se relut plusieurs fois avant d'envoyer son message.

— Exact, mais quel gâchis. La répression a été encore plus sanglante, ils ont arrêté des milliers de manifestants, aggravé les peines, accusant les uns de semer le désordre, et dénonçant les responsables de l'opposition comme des agents au service de pays étrangers ; ceux qu'ils n'ont pas exécutés croupissent en prison et le tyran est toujours au pouvoir.

— Sviatlania a deux enfants, elle n'avait pas vraiment le choix, rétorqua aussitôt Ekaterina.

— C'est justement le calcul qu'a fait Loutchine, ne le sous-estimons pas, intervint Vital, surpris par la tension dans leurs échanges. Forçons-le à faire un autre calcul qui l'oblige à épargner Roman, suggéra-t-il, car ses heures sont comptées.

— Tu penses à quoi ? demanda Maya.

— Eh bien, si Loutchine ne craignait pas autant les sanctions économiques de la communauté internationale, il n'aurait pas inventé cette fable pour obliger l'avion à se poser. Prouvons qu'il a menti et il hésitera à envenimer davantage la situation en exécutant un opposant notoire.

— Pas bête. Pas simple non plus vu les délais, mais faute de mieux, ça se tente, suggéra Ekaterina.

Cette fois, Mateo n'en doutait plus, elle le provoquait. Juste avant qu'elle n'abonde dans le sens de Vital, il lui avait adressé un SMS pour savoir ce qu'elle pensait de sa proposition. Elle avait choisi de répondre aux autres plutôt qu'à lui seul. Vexé, il décida de se tenir à l'écart.

— Vous avez un plan ? insista Maya.

— Avant le décollage Roman a signalé sur Telegram qu'il était suivi. Cherchons par qui et retraçons son parcours de la journée.

— On sait dans quel hôtel il était descendu à Athènes ? demanda Diego.

— Non, mais il donnait une conférence ce matin. Je vais faire parler les caméras de surveillance du palais des congrès, répondit sa sœur.

— Dès que tu auras identifié la voiture qui les a conduits à l'aéroport fais-moi signe, Mateo et moi nous chargeons des autoroutes d'Athènes. Nous ne serons pas trop de deux pour savoir s'ils étaient suivis.

— Je récupère toutes les photos et vidéos postées par les passagers du vol Ryanair 4978. Cela va prendre du temps, mais elles nous apprendront peut-être comment les choses se sont passées après l'atterrissage, proposa Vital.

— Alors, à moi le plus ardu, entrer dans le réseau de l'aéroport, conclut Ekaterina.

Chacun savait désormais ce qu'il avait à faire. Le temps était compté. La communication s'interrompit. Ekaterina avait quitté le forum la première. Mateo fixa son portable, attendant qu'elle lui fasse signe. À bout de patience, il prit l'initiative.

— Qu'est-ce que j'ai encore fait ? écrivit-il.

— C'est plus fort que toi, tu ne peux vraiment pas t'empêcher de jouer au professeur.

— Je n'oserais pas m'aventurer sur ce terrain, puisque c'est toi la prof, répondit-il du tac au tac.

COUR ROYALE DE JUSTICE,
LONDRES

9.

À Londres.

Collins fit le tour de la table de réunion et s'assit sur une chaise.

— Je ne vous comprends pas. Pourquoi aller à Vilnius puisque votre contact ne peut plus vous y rejoindre ? Ce n'est vraiment pas le moment de jouer les têtes brûlées. Je ne vous remettrai vos billets d'avion que lorsque vous m'aurez convaincu du contraire, martela-t-il.

C'était la première fois qu'il lui parlait sur ce ton. Le regard de Janice se perdit au loin, elle ignorait l'agacement de son avocat pour se concentrer sur ses pensées. Collins avait été bien plus qu'un avocat. Parce qu'il croyait à son combat, il l'avait aidée à organiser la rencontre avec Roman. Elle ne lui avait pas révélé les véritables raisons de ce rendez-vous. Pour Collins, Roman avait juste en sa possession des preuves qu'Ayrton Cash avait reçu de l'argent russe, avec la mission de le blanchir pour qu'il serve à financer la campagne de Garbage, après avoir déduit sa commission au passage. En échange de ses loyaux services, des accords commerciaux privilégiés avec la Russie lui avaient été accordés. En l'occurrence, des concessions de mines d'or. C'est de cette façon qu'il avait pu échapper à la faillite et se refaire une petite fortune. Janice oscillait entre l'envie de s'en tenir à cette version et la nécessité de lui dire la vérité si elle voulait continuer à compter sur son aide.

— Il faut que nous parlions, dit-elle en se retournant.

— C'est ce que nous étions en train de faire, me semble-t-il, répondit Collins sur un ton magnanime.

— Roman ne devait pas seulement me remettre des preuves sur les agissements de Cash, livra Janice.

— Ah, je vois.

— Non, je vous assure que vous ne voyez encore rien.

— Eh bien, éclairez-moi.

Elle s'y résolut à moitié et invoqua un échange de bons procédés. Roman devait lui confier ce dont elle avait besoin pour assurer sa défense et elle ferait passer des informations à ceux qui continuaient le combat de l'autre côté de la frontière.

— Ne me dites pas qu'en plein milieu d'un procès dont votre sort dépend, vous vous apprêtiez à jouer à l'agent secret ?

— Je n'irai pas jusque-là. Mon rôle se cantonnait à celui de facteur, c'est moins grandiloquent.

— Mais tout aussi stupide. Et au cas où vous vous seriez fait arrêter, comment comptiez-vous vous justifier ?

— Je ne comptais pas me faire arrêter, Collins.

— Deux fois stupide, donc. De vous croire invincible, et de ne pas préparer vos arrières. Je vais vous enseigner une règle élémentaire : lorsque l'on ment, il faut savoir s'y prendre à deux fois.

— Pourquoi deux fois ?

— Parce que si votre mensonge est découvert, au moment de passer aux aveux vous devez avoir sous la main une histoire qui ne trahira pas la vraie. Surtout, n'ajoutez rien qui aggrave votre cas… Je croyais que nous nous faisions entière confiance.

— Mais c'est le cas ! jura Janice.

— Vous venez pourtant de me prouver le contraire. Vous avez trahi mon intelligence. Vous pensiez que je ne soupçonnais rien, que j'ai agi à vos côtés parce que je ne suis qu'un sympathique bonhomme ?

Janice baissa les yeux.

Collins connaissait la valeur d'un silence, il lui remit ses documents de voyage et choisit de se taire.

Il était impossible qu'il ait le moindre soupçon quant à ses activités au sein du Groupe 9. Néanmoins, le simple fait d'y penser avait fait naître un doute en elle. Elle devait en avoir le cœur net.

— Que suggérez-vous comme deuxième mensonge si je devais me faire prendre ?

— Cela dépend de ce que vous cherchez à cacher.

— Pourquoi m'aidez-vous ainsi, Collins ?

— Je m'étonne qu'une journaliste de votre trempe ne me pose pas les bonnes questions.

Collins se dirigea vers une desserte dressée entre les deux portes de la pièce. Il déboucha un flacon de whisky, un irlandais qu'il consommait parfois sans modération. Il s'en servit un verre, huma l'alcool et renonça à le noyer avec des glaçons.

— Pourquoi ai-je accepté de vous défendre ? reprit-il en s'affalant dans un fauteuil à côté de la fenêtre. En premier lieu, parce que nous avons un ami commun, bien que la nature de votre relation m'échappe encore.

— Je ne vois pas qui.

— Votre patron, ma chère. Efron est un ami de longue date. Il ne vous a rien confié de son passé ? Qu'importe, lorsque vos ennuis ont commencé, il m'a aussitôt contacté pour me prier de vous venir en aide. Je lui devais un service, dont la raison ne vous regarde pas, d'ailleurs. Il a tenu à régler une partie de mes honoraires, sur ses deniers personnels puisque vous semblez tout ignorer. De toute façon, ce n'est pas le seul prétexte à mon engagement. Au cours de ma carrière, j'ai défendu bien des causes, et pas toujours des bonnes. Arrive un âge où il est sage de se racheter une conscience. On l'apprend surtout quand des considérations morales vous empêchent chaque soir de trouver le sommeil. Je suis un vieux conservateur, vous une jeune libérale. Presque tout nous opposait, plus maintenant. Je crois avec vigueur aux vertus de la démocratie. Les types comme Cash sont des mercenaires, des hommes vils, qui ne pensent qu'à s'enrichir, sans craindre de pactiser avec le diable et ses acolytes. La cupidité est une tare que l'on peut pardonner, mais trahir son pays pour de l'argent, c'est un acte inacceptable. Le XXᵉ siècle est l'histoire de la victoire progressive de la démocratie sur les idéologies fascistes, communistes et nationalistes, le XXIᵉ siècle est l'histoire inverse. Ce n'est pas seulement vous que je défends devant la justice, mais l'avenir de l'Angleterre, expliqua Collins dans un moment de théâtralité remarquable.

Janice se leva à son tour pour aller se servir une rasade de whisky.

— Ce regain de moralité, dit-elle, adossée à la console après avoir vidé son verre d'un trait, c'est votre premier ou votre deuxième mensonge ?

— J'aime votre clairvoyance, sourit Collins. La rencontre avec ce dissident était donc un marché, je m'en doutais. Même les plus purs ne font rien gratuitement de nos jours. Et vous, vous alliez vous embarquer dans des affaires qui ne sont pas les vôtres pour sauver votre peau… Après tout, si cela vous chante ; je ne suis pas là pour vous juger, mais pour vous défendre. Cela étant, Efron m'a ordonné de veiller sur vous, je le lui ai promis, et mon honneur en dépend. Voilà pourquoi j'avais moi-même arrangé votre rencontre avec Roman, pour m'assurer que vous reviendriez saine et sauve. Maintenant, je veux savoir pourquoi vous vous obstinez à vouloir vous rendre à Vilnius.

Janice souleva délicatement le bouchon du carafon et regarda Collins, pour le tenter ; le vieil avocat posa sa main sur son verre, il était trop tôt pour être ivre, il préférait attendre pour cela d'être rentré chez lui. Elle se resservit et retourna s'asseoir sur sa chaise.

— Pour accomplir ce à quoi je me suis engagée, même si la contrepartie n'est plus d'actualité.

— Dois-je en déduire que vous n'aviez pas l'intention de rentrer directement à Londres, comme nous en étions convenus ?

— Déduisez ce que vous voulez.

Collins reluqua le whisky et finit par céder à son charme ambré. Janice en conclut qu'il ignorait la finalité de son projet et en fut rassurée.

— Minsk est une ville dangereuse, soupira Collins en revenant vers la table.

— Toutes les grandes villes le sont, répliqua Janice.

Agacé par son impertinence, il resta néanmoins impassible, et sortit un carnet de sa poche. C'était un modèle en cuir noir, dans la reliure duquel était glissé un portemine en argent. Il griffonna un nom et un numéro de téléphone sur une page vierge, la déchira et la tendit à Janice.

— Mémorisez ce qui est écrit et rendez-moi ce papier.

— Qui est ce Blansky ? questionna Janice.

— Une vieille connaissance, et l'homme de toutes les situations à Minsk. En cas de besoin, vous pourrez faire appel à lui, après vous être recommandée de moi, cela va de soi. Il ne me reste plus qu'à vous souhaiter bonne chance, et de revenir le plus vite possible. Ne traînez pas, vous allez finir par rater cet avion.

Janice regarda sa montre, elle avait encore trois heures devant elle, Heathrow n'étant qu'à quarante-cinq minutes par le train express.

— Quel est votre passé avec Efron ? demanda-t-elle.

— Il n'a pas toujours été journaliste, grommela Collins.

— Et vous, vous avez toujours été avocat ?

— Vous lui poserez la question, cela m'arrange, car je doute qu'il vous réponde. Maintenant, sortez d'ici avant que je change d'avis.

*

Rome, Kyïv, Oslo, Madrid et Londres.

Les réseaux de surveillance urbains ayant pour la plupart été hackés depuis longtemps, Mateo trouva sans grande difficulté sur le Darknet des sites pirates qui relayaient en direct les images prises par les caméras de la ville d'Athènes. D'une adresse IP à l'autre, il s'infiltra dans les serveurs où étaient stockés les enregistrements. Une fois dans la place, il transmit les codes d'accès à ses comparses. Diego y était presque arrivé avant lui.

Pour ne pas se faire repérer en les visionnant, Cordelia recopia les flux de la journée et afficha le plan de la ville sur son écran.

La capitale hellène était quadrillée par zones. Cordelia sélectionna celles situées entre le Megaron et l'aéroport et partagea avec le Groupe l'objet de ses recherches. Quinze minutes plus tard, Vital repérait Roman au moment où il sortait du palais des congrès.

— Là, sur le parvis, c'est lui, dit-il à Malik qui s'était enfin décidé à prêter main-forte.

— Sa copine est ravissante, dit-il.

— Elle l'était, oui. En ce moment, les flics de Loutchine doivent la passer à tabac.

— Ici ! reprit Malik, gêné, pointant son doigt sur l'écran. Ce type marche vers eux, mais impossible de voir son visage.

Vital trouva trois autres caméras qui avaient filmé la scène sous des angles différents et repéra le deuxième homme. Les deux frères agrandirent les images, obtenant ainsi plusieurs clichés des deux agents qui s'étaient avancés vers Roman et Sofia.

À Oslo, Ekaterina s'acharnait à se frayer un accès dans les serveurs de l'aéroport. Le réseau du terminal était équipé d'une barrière de pare-feux et passer au travers de ces défenses se révélait plus difficile que prévu. En exploitant des moteurs de recherche, elle trouva des photos postées par des touristes, les étudia attentivement jusqu'à découvrir un détail qui lui donna un regain d'espoir. Mais elle avait besoin de renfort pour mener à bien son idée, le succès reposait sur une approche méthodique, et pour cela Mateo était le plus qualifié. Elle arpenta son studio avec son smartphone en main et finit par admettre que les circonstances imposaient de se comporter en adulte.

*

À Rome et à Oslo.

Peu après avoir lu le message d'Ekaterina, Mateo se connecta sur le forum.

— Qu'est-ce que tu as trouvé ? demanda-t-il.

— Une porte d'accès, enfin je l'espère, mais je ne sais pas encore où se trouve la clé. Je t'envoie une photo, tu comprendras.

Un sourire involontaire apparut sur ses lèvres quand il découvrit, cerclé de rouge à l'arrière-plan d'une photographie prise dans le hall de l'aéroport, un robot chargé d'en nettoyer les sols. L'appareil ressemblait à un tracteur-tondeuse, mais fonctionnant de façon autonome, ce qui indiquait qu'il était connecté à un réseau et devait contenir dans sa mémoire le plan du terminal. Ekaterina avait du génie.

— Tu as pu identifier la marque ?

— Coup de bol, répondit Ekaterina, dans ce domaine, les fabricants ne sont pas légion. Sur les prospectus que j'ai déjà étudiés, seuls deux appareils affichent cette couleur bleue, je pense avoir trouvé celui qui nous concerne. L'Hector CX 900 est assemblé en Espagne, dans une usine que j'ai pu géolocaliser, précisa-t-elle avant de lui envoyer les coordonnées.

— Les systèmes informatiques de cette usine sont protégés de quelle façon ? questionna Mateo.

— Je doute qu'on réussisse à forcer les sécurités des chaînes d'assemblage, *idem* pour leur bureau de recherche et développement, en tout cas pas assez vite pour sauver Roman. Leurs départements administratif et comptable devraient être plus faciles à cracker. Trouver un point d'entrée sera l'affaire de trois ou quatre heures, peut-être un peu plus, ensemble on finira bien par y arriver.

Faire ce hack avec Ekaterina et passer quelques heures avec elle, même à distance, était ce que Mateo souhaitait le plus au monde, mais il envisageait un moyen plus rapide d'arriver à leurs fins, la vie de Roman en dépendait.

— J'appelle Diego, répondit-il à contrecœur.

— C'est délicat, merci de ta confiance.

— Il ne s'agit pas de délicatesse, mais de logique. C'est pour cela que tu m'as appelé, n'est-ce pas ? Il ne t'a pas échappé que l'usine en question se trouve dans la banlieue de Madrid.

L'écran resta noir pendant quelques secondes. Ekaterina fixait son paquet de cigarettes qui semblait la narguer, comme chaque fois qu'elle se trouvait confrontée à un problème dont elle n'envisageait pas la solution. Elle craqua une allumette, tira une longue bouffée et reposa ses doigts sur le clavier.

— Si je te fais une confidence, tu me jures de ne pas t'en servir un jour contre moi ?

— Tu connais la réponse, enfin je l'espère, répondit Mateo.

— Je ne sais pas pourquoi je me comporte comme ça, je n'ai rien à te reprocher, rien en tout cas que je n'aimais hier, c'est probablement ce qui rend les choses encore plus pénibles.

— Hier ? Et donc, que tu n'aimes plus aujourd'hui ? enchaîna Mateo.

— Ce n'est pas ce que j'ai écrit.

— Je vois, et qu'est-ce que tu voulais me confier ?

— C'est moche de te moquer, répondit Ekaterina.

Elle avait néanmoins souri.

— Si je te fais une proposition, tu me jures de ne pas retourner ça un jour contre moi ? demanda Mateo.

— Dis toujours, on verra bien.

— Je voudrais autre chose que de te lire sur un écran, même si je t'imagine sans cesse, que ce soit le soir en me couchant, ou le matin en me réveillant, quand j'entends encore le son de ta voix et de tes pas résonner dans ma chambre.

— Je t'en prie Mateo, c'est assez difficile comme ça. C'est toi qui as voulu que nos échanges s'espacent, jusqu'à les rendre quasi inexistants. Alors à quoi tu joues ?

— Je n'ai pas voulu que nos échanges s'espacent, seulement il y a de bonnes raisons à cela…

— Tes lubies sécuritaires ? l'interrompit-elle. Comment veux-tu qu'une femme te croie si tu refuses de prendre des risques pour elle ? Tu sais ce qu'il y a de plus dingue ? De craindre plus de s'aimer que de se faire attraper par les hackers qui en ont après nous. Et chaque fois que je ressens cela, ça me met en rage.

Mateo rongea le bout de son crayon, sa main tremblait légèrement.

— Quand tout sera terminé, retrouvons-nous quelques jours, le temps de faire le point. Pas à Rome, ni à Oslo, encore moins à Londres, dans un lieu où nous ne sommes encore jamais allés, ni toi ni moi.

— C'est pour toi que ça va être compliqué, moi, je ne suis allée nulle part ailleurs que dans ces trois villes.

— Alors faisons en sorte que tout cela se termine le plus vite possible. Je contacte Diego, à plus tard.

Mateo mit fin à la communication. Enfoncé dans son fauteuil, les jambes croisées sur son bureau, il médita les dernières lignes envoyées par Ekaterina. Elle avait écrit que se retrouver dans une ville inconnue serait plus compliqué pour lui, sans pour autant refuser sa proposition. Le seul fait d'envisager cette hypothèse suffisait amplement à le rendre heureux. Perdu dans ses pensées, il faillit presque en oublier qu'il avait un message urgent à envoyer.

*

À Madrid.

Diego arriva à destination vingt minutes après avoir reçu l'appel de Mateo. Garé sur le parking de la société Terrasol, il cadenassa son casque au guidon, ouvrit son blouson, ajusta la cravate qu'il avait nouée pour la circonstance et se recoiffa en passant une main dans ses cheveux.

Devant lui se dressait un bâtiment moderne, en bardages et façade de verre. Il entra dans le hall.

Le réceptionniste parut surpris, les visiteurs étaient plutôt rares dans cette zone industrielle. Diego invoqua son intention d'acheter un équipement de nettoyage automatisé et demanda s'il pouvait être reçu par un commercial. L'employé le pria de patienter quelques instants avant de s'éclipser.

Diego en profita pour étudier les lieux. Une caméra rivée à la façade visait l'entrée de l'usine, le hall où il attendait semblait hors de son champ de vision.

À travers une vitrine dans laquelle étaient exposés des appareils Terrasol miniature, on pouvait apercevoir la zone des ateliers. Le personnel, affairé aux chaînes d'assemblage ou à la révision des machines, ne lui prêtait aucune attention. Une lueur d'excitation brilla dans ses yeux quand il aperçut un écran derrière le comptoir. Diego le contourna et tapa une commande sur le clavier de l'ordinateur, obtenant aussitôt son adresse IP. Il ignorait de combien de temps il disposait, et il aurait bien du mal à se justifier si on le surprenait, mais l'occasion était trop belle pour en rester là ; en quelques minutes, il pourrait accéder à l'architecture du réseau.

Traversant l'atelier, Ines Cartena, récemment promue responsable commerciale, venait à la rencontre de Diego, accompagnée du réceptionniste. Elle avait d'abord rechigné à quitter son bureau, ayant un rapport à terminer, mais selon les dires de son collègue le client avait l'air décidé, et son physique justifiait à lui seul le déplacement, même s'il n'avait pas pris rendez-vous.

Diego avait obtenu la liste des terminaux connectés dans l'usine. Il lui restait à identifier les moins sécurisés. Il commença à regrouper leurs adresses. Tirer une sortie papier lui parut trop dangereux, le bruit de l'imprimante pouvait le compromettre. Avec son smartphone, il photographia les pages qu'il faisait défiler sur l'écran, quand il entendit du bruit dans son dos.

Il se retourna brusquement, fixant nonchalamment la vitrine. Ines se présenta dans un tailleur bleu marine qui ne cachait rien de ses courbes. Elle était ravissante et l'intérêt de Diego n'échappa pas au réceptionniste, qui en oublia presque la question qu'il se posait : que fichait-il de ce côté du comptoir ?

— Ce modèle bleu que j'admirais sur la deuxième étagère correspond parfaitement au genre d'appareil qui m'intéresse, lança-t-il.

Sûre de son charme, Ines, qui n'était pas non plus insensible à celui de son interlocuteur, expliqua qu'il s'agissait du CX 900, et proposa à Diego de le découvrir en action. Il n'avait qu'à la suivre.

En chemin, elle le questionna sur son activité. N'écoutant pas un mot de la réponse maladroite de Diego, elle ne tarissait plus d'éloges sur les qualités de son produit. La fiabilité du CX 900 était légendaire, et la maintenance quasi inexistante. Terrasol en avait vendu des centaines dans toute l'Europe.

— Comment font-ils pour ne rien endommager sur leur passage ? demanda Diego, de la façon la plus ingénue. Dans mon secteur d'activité, nous redoutons la casse.

— Ils sont programmés pour cela, répondit Inès qui envisageait soudain de donner une autre tournure à sa soirée.

— Je vois, mais comment sont-ils programmés ?

— Nous entrons le plan des surfaces à nettoyer, en y intégrant les obstacles fixes, et pour les obstacles mobiles, les personnes par exemple, le CX 900 est bardé de capteurs. Si quelqu'un ou quelque chose se trouve sur son passage, il s'arrête et attend.

— Parfait, mais si l'aménagement des lieux venait à changer, il faudrait vous retourner la machine ?

La question sembla amuser Inès. D'un ton assuré et rassurant, elle expliqua que les clients pouvaient intervenir sur l'appareil, en y renseignant la nouvelle configuration de leurs locaux, ou adresser les plans qui étaient alors téléchargés à distance. Le CX 900 était connecté en permanence au réseau Wi-Fi, il envoyait d'ailleurs chaque soir un autodiagnostic. Et de conclure qu'il n'y avait rien de mieux pour éviter les pannes qu'une maintenance préventive.

Diego avait plus d'informations qu'il n'en fallait pour s'introduire dans le réseau informatique de l'aéroport d'Athènes. Il se déclara conquis, écourtant la démonstration, alors qu'Hector slalomait entre des cônes, preuve de sa remarquable agilité. Inès l'entraîna presque de force dans son bureau et lui remit une brochure, une grille de tarifs et sa carte de visite. Pris de court, Diego griffonna à la hâte une fausse adresse mail, la remercia pour le temps qu'elle lui avait consacré, et promit de lui faire signe dans les prochains jours. Elle le raccompagna jusqu'à la porte, laissant entendre à demi-mot qu'elle pourrait aussi aller à sa rencontre, si cela l'arrangeait.

Sur l'autoroute, Diego pensa que mener une double vie n'allait pas sans certains sacrifices.

De retour à son bureau, il eut besoin d'une quinzaine de minutes pour hacker le système informatique de Terrasol. Quinze de plus, et il téléchargea sur son ordinateur les diagnostics envoyés chaque soir par tous les CX 900 en service. Puis il identifia les neuf machines qui émettaient avec des adresses IP grecques.

Diego avait trouvé comment s'introduire dans les serveurs de l'aéroport. Hector serait leur cheval de Troie.

Il en informa aussitôt Mateo.

— Impressionnant, envoie tout ça à Oslo, et…

— Et quoi ? demanda Diego perplexe.

— Rien, dis simplement à Ekaterina que tu n'as pas réussi à me joindre.

— Pourquoi mentirais-je ?

— Pour me rendre service, et parce que ce hack lui appartient.

*

À Kyïv.

Malik travaillait simultanément sur trois consoles depuis plusieurs heures. Il n'avait pas lancé de défi à son frère, ni aux autres membres du Groupe 9, mais être le premier à trouver les éléments qui sauveraient Roman était le meilleur moyen de se soustraire à la pression imposée par la situation. Soudain, il frappa dans ses mains en signe de victoire.

— Voilà la preuve ! s'exclama-t-il.

Vital, dubitatif, recula son fauteuil, et contourna la table pour se rapprocher de son jumeau.

— Regarde, poursuivit Malik en affichant une photographie postée par un passager du vol Ryanair 4978. On voit nettement un type se lever.

Malik en désigna une autre sur l'écran voisin.

— Et là, il s'en prend à l'hôtesse. Et là encore, un deuxième homme lui parle à l'oreille, c'est très net.

— Et donc ? interrogea Vital, impassible.

— Enfin, on voit bien qu'ils sont de mèche, ça pue le coup fourré.

— Deux types paniquent alors que leur avion fait demi-tour, c'est vraiment la preuve irréfutable que Loutchine a fomenté le détournement de cet avion, lâcha Vital.

— Tu as tort de le prendre ainsi, et je vais te le prouver. Les données de vol que Diego nous a envoyées attestent que l'avion a rebroussé chemin six minutes après l'heure encodée dans ces fichiers photos. Nos deux gaillards se sont donc énervés avant le demi-tour.

— Regarde, répondit Vital d'un ton laconique.

Malik écouta son frère d'un air contrarié.

— Sur ces photos, prises par un passager qui se trouvait à l'avant de l'appareil, on peut voir nettement les visages de tes deux individus. Si nous réussissons à les identifier, et s'il s'avère qu'ils sont russes, nous tiendrions une piste sérieuse, mais pas encore de preuve. Pour commencer, il faudrait se procurer le manifeste des passagers et je doute que la compagnie aérienne nous le remette gracieusement. Nous avons encore beaucoup de travail et très peu de temps devant nous.

Silence prolongé. Malik retourna à sa place. Il était 21 h 30.

À Minsk, Biélorussie.

Quelques heures plus tôt, à bord du vol Ryanair qui amorçait sa descente vers Minsk, Roman avait révélé sa situation à une hôtesse. Pour prouver sa bonne foi, il lui avait montré son passeport, expliquant qu'il était un opposant au régime biélorusse, et la cause de cet atterrissage forcé. Dès que l'avion se poserait, il serait emprisonné et probablement assassiné avant la prochaine aube.

Sofia avait eu beau la supplier, l'hôtesse ne pouvait rien faire. Elle aurait aimé leur venir en aide, mais il n'y avait aucune solution pour les cacher, aucun endroit qui ne serait tôt ou tard découvert par des policiers entraînés à fouiller un avion. Et quand bien même, le règlement lui interdisait de laisser des passagers seuls à bord. C'était trop dangereux. Et puis la situation était trop confuse… L'air sincèrement désolé, elle avait prié Roman et Sofia d'attacher leur ceinture tout en promettant d'informer le commandant. Lui seul pourrait peut-être intervenir auprès des autorités. Compréhensif, Roman lui avait demandé un ultime service. Transmettre un message à ses parents dès qu'elle arriverait à Vilnius. Elle avait accepté, peut-être pour se racheter une conscience. Roman avait griffonné à la hâte quelques mots sur une feuille de papier, ajouté une adresse, et l'avait tendue à l'hôtesse.

Peu après son atterrissage, l'avion avait été immobilisé sur une bretelle de dégagement. Les forces de police y avaient arrimé une passerelle mobile et étaient entrées dans l'appareil. Ordre avait été donné à l'équipage de procéder à une évacuation immédiate par la porte avant.

On avait aligné les passagers sur le tarmac. Des membres de la sécurité, encagoulés, avaient épluché les passeports un à un.

Roman et Sofia furent interpellés et embarqués dans une fourgonnette par un escadron d'hommes en armes.

À 21 h 30, ils pénétrèrent tous deux menottés dans une salle d'interrogatoire de la prison d'Okrestina.

À 21 h 40, un émissaire du gouvernement entra dans la pièce. Il portait un costume sombre et un chapeau qu'il posa délicatement sur un coin de la table en métal. Il remonta ses lunettes cerclées d'un fil d'or et s'avança vers Roman. Un sourire effrayant aux lèvres, il lui demanda poliment de décliner son identité.

Roman, assis sur un tabouret, les poignets attachés dans le dos, lui répondit tout aussi poliment.

134

L'homme hocha la tête et ôta sa veste, qu'il alla poser sur le dossier de sa chaise, puis il se retourna. L'air carnassier, il commença à interroger Roman.

— Reconnaissez-vous être un terroriste et êtes-vous disposé à signer des aveux en ce sens ?

— Non, répondit calmement Roman.

Les premiers coups s'abattirent, au front, sur les joues, sur les clavicules.

— Reconnaissez-vous être un terroriste et êtes-vous disposé à signer des aveux en ce sens ? répéta sur le même ton l'émissaire du gouvernement.

Roman crachait du sang, il fit non de la tête. Les coups recommencèrent à pleuvoir.

À moins de passer aux aveux, son prisonnier succomberait à la torture dans les trois heures ; peut-être même un peu moins, vu sa corpulence, estima l'émissaire du gouvernement qui tenait des statistiques.

10.

Le soir, à Vilnius.

Un profond sentiment de solitude s'empara de Janice au moment d'entrer dans sa chambre d'hôtel, une pièce étroite à la moquette grise et aux murs blanchis d'un crépi datant des années 1970. À son extrémité, le lit à une seule place touchait presque le mur où un petit écran de télévision était suspendu au-dessus d'une console en Formica. Et pour seul horizon la ville, enveloppée dans la nuit qui se découpait à travers la fenêtre.

Janice n'alluma pas la lumière, elle abandonna son sac sur une banquette en bois et se laissa choir de tout son long sur la literie poussiéreuse avec un profond soupir. Puis elle se redressa et observa la seule chose accueillante, un petit frigo faisant office de minibar. Elle y attrapa une mignonnette de vodka, en dévissa le capuchon et la but d'un trait.

Le lendemain, elle devrait suivre à la lettre les instructions de Collins et elle se demanda en lorgnant une deuxième mignonnette si ce qui l'attendait l'excitait ou lui faisait peur. Pour se rendre au sous-sol, elle devait trouver le moyen de faire fonctionner l'ascenseur de service. Janice tapota dans le creux de sa main la carte magnétique de sa chambre d'hôtel. Le tour de passe-passe consistait à la reprogrammer, et pour cela, elle devrait d'abord hacker l'ordinateur de la réception. Janice s'était un peu trop avancée en rassurant Collins sur cette étape cruciale du plan qu'il avait concocté. Elle fouilla les poches de son manteau, à la recherche de son smartphone, et joignit Vital.

— Je te dérange ?

— Jamais, que puis-je faire pour toi ?

Elle expliqua ce qu'elle attendait de lui. Vital ne tiqua pas, bien qu'intrigué que Janice fasse appel à ses services pour un hack qui ne présentait aucune difficulté majeure pour quelqu'un de sa compétence.

— Tu as ton ordinateur, j'imagine ? demanda-t-il. Ton hôtel est du genre moderne ou récemment rénové ?

— Plutôt tout le contraire.

— Tant mieux. Il devrait y avoir une prise Ethernet, probablement derrière le boîtier de la télévision. Je suis presque gêné de te le dire, mais il suffit de se brancher dessus.

Janice alluma son portable, ôta le câble du terminal vidéo qu'elle connecta à son ordinateur.

— Dois-je aussi prendre le contrôle de ton ordinateur ?

— Au point où j'en suis, pourquoi pas.

— Ce n'est pas la grande forme on dirait, répondit Vital. Nous en parlerons après, d'abord le travail.

Janice lui ouvrit un accès à distance, restant derrière son écran pour suivre l'intervention de Vital. Il s'était déjà infiltré dans le système informatique de l'hôtel et étudiait l'architecture du réseau.

Vital repéra les différents types de terminaux et notamment ceux qui correspondaient à des lecteurs de cartes magnétiques. Isoler celui qui était attribué à l'ascenseur de service lui sembla fastidieux, il avait une meilleure idée pour aider Janice.

— Tu as des écouteurs sans fil ? questionna-t-il.

— Oui.

— Quel est ton numéro de chambre ?

— La 702, si on peut appeler ça une chambre, soupira Janice.

— D'après le plan que j'ai sous les yeux, je reconnais que ce n'est pas très grand, j'espère au moins que la vue est belle. Bon, donne-moi quelques minutes.

Janice n'avait rien mangé depuis le matin, la vodka commençait à produire ses effets. Elle posa sa tête sur l'oreiller, en proie à une migraine.

— Je suppose que tu es au courant ? demanda Vital, sans s'interrompre dans son hack.

— J'ai vu les nouvelles sur mon smartphone.

— Ils ont arrêté Roman et Sofia.

— Je sais.

— Alors qu'est-ce que tu fiches à Vilnius ?

— Ça, je n'en sais rien, Vital. Je crois simplement que je n'ai pas eu le courage de renoncer, pas après la journée que je viens de vivre. Échouer est au-dessus de mes forces, pour le peu qu'il m'en reste.

— Tu as bien fait. Tu connais le dicton, tant qu'il y a de la vie, il y a…

— Je déteste les dictons, l'interrompit Janice.

— … de l'espoir, et l'équipe œuvre à sauver la peau de Roman, je pense qu'on peut y arriver.

— Comment ?

— Ce serait trop long, je t'en parlerai demain si nous réussissons, et nous déciderons alors ensemble de l'avenir de notre mission. Voilà, j'ai presque fini, tu es habillée ?

— Pardon ?

— Si tu redescends en peignoir, mon plan tombe à l'eau. Mets tes écouteurs, prends tes affaires, va à la réception pour te plaindre que ta carte n'ouvre pas la porte de ta chambre. Je reste en ligne. Quand le réceptionniste la reprogrammera, débrouille-toi pour m'en informer. Allez, dépêche-toi, le temps presse.

Janice emporta son sac, redescendit à l'accueil et suivit à la lettre les instructions de Vital. Le gardien de nuit s'excusa, expliquant que ces vieilles cartes magnétiques n'étaient pas très fiables, il suffisait de les approcher d'un téléphone portable pour qu'elles se démagnétisent. Il en prit une vierge, pianota sur le clavier de son terminal et l'inséra dans un lecteur.

— Maintenant, souffla Janice.

— Maintenant quoi ? demanda le réceptionniste.

— Maintenant, je vais enfin pouvoir aller dormir, bredouilla Janice.

— Alors bonne nuit, lui souhaita l'employé.

Janice reprit sa carte et se dirigea vers l'ascenseur, elle entendait le souffle de Vital dans son oreillette.

— C'est bon.

— Franchement, tu aurais pu le faire toi-même, mais tu m'as l'air d'être dans un sale état. Décidément, entre mon frère et toi, ce n'est pas mon soir de chance... Mais ce n'est pas non plus le moment d'avoir des états d'âme, si l'on veut sauver Roman.

— J'ai compris, et pour ta gouverne je connaissais le dicton, râla Janice en arrivant sur le palier de sa chambre.

— Au fait, ta carte magnétique a pris du galon, beaucoup de galon, même. Désormais c'est un passe-partout. Si tu n'aimes pas ta chambre, tu es libre d'en choisir une autre, n'importe laquelle, tu peux même accéder aux suites du dixième étage, si ça te chante. Frappe tout de même avant d'entrer.

— Et pour accéder au sous-sol ?

— Dans passe-partout, c'est « passe » ou « partout » que tu n'as pas compris ?

— Merci, Vital.

— De rien. Va dormir, la journée de demain sera longue et décisive, j'espère pouvoir t'adresser un peu plus tard de meilleures nouvelles que tu liras à ton réveil. Bonne chance, ma doubichka.

La communication s'interrompit. Janice reconnecta le boîtier vidéo et s'allongea sur son lit. Le sommeil l'emporta.

*

Le soir, à Oslo et à Londres.

Grâce à Hector, Ekaterina avait pu pénétrer le réseau de l'aéroport d'Athènes. Elle récupéra les séquences filmées depuis l'instant où Roman et Sofia avaient foulé le trottoir du terminal jusqu'à leur embarquement. Roman venait de repérer les deux hommes qui les épiaient. Étudiant les enregistrements, image après image, Ekaterina découvrit d'autres faits troublants que Roman n'avait pu voir. Les deux espions n'étaient pas seuls à suivre le couple. Une caméra les montrait rejoignant deux comparses, avec lesquels ils échangeaient quelques mots. Les deux comparses gagnaient ensuite la file du contrôle de police. La comparaison avec les photos prises dans l'avion que lui avait adressées Vital était sans équivoque, il s'agissait des mêmes individus à l'origine de l'esclandre à bord de l'appareil. Le déroulement des faits se précisait. Pour Ekaterina, les quatre hommes formaient une même équipe, très probablement des agents du KGB biélorusse. Dès lors, elle revint sur le parcours des deux premiers espions, tandis qu'ils rebroussaient chemin dans l'aéroport. Elle perdit leur trace un instant et les retrouva dans le champ d'une caméra qui filmait le parking à ciel ouvert. Les deux hommes montaient à bord d'une Ford Fiesta bleu marine.

Cordelia en tira un agrandissement, nota l'immatriculation et se pencha sur un détail qui avait retenu son attention. Un autocollant apposé sur la lunette arrière, où figurait le logo d'une compagnie de location de voitures. Elle transmit aussitôt l'information à Diego pour qu'il cherche qui avait loué ce véhicule.

Mais Hector allait leur rendre un autre service. À 22 h 15, le robot se rangea le long d'un mur pour recharger ses batteries. Une tige sortit de sa carrosserie et s'enficha dans une prise de courant réservée à cet effet. Le CX 900 passa en mode veille, coupant ses capteurs et mettant ses sécurités en sommeil. Il y avait toujours un risque qu'une intrusion réveille les défenses du réseau informatique, mais Ekaterina décida de tenter sa chance pendant que la machine était vulnérable.

Elle pianotait avec virtuosité sur son clavier, les lignes de codes défilaient sur son écran. Après avoir envoyé une ultime commande vers le serveur central, elle serra le poing en signe de victoire alors que s'ouvrait une porte d'accès au système.

Ekaterina passa l'heure suivante à franchir les pare-feux, avançant à petits pas pour ne pas se faire repérer.

Cordelia, spécialiste en la matière, suivait sa progression depuis Londres, la guidant, lui suggérant des méthodes pour contourner les logiciels anti-intrusion. En joignant leur savoir-faire et leur intelligence, les deux femmes finirent par accéder au manifeste du vol Ryanair.

Sur cette liste apparaissaient les informations dissimulées dans les QR codes des cartes d'embarquement : numéro de passeport, nom, prénoms, date de naissance et nationalité des passagers. Six d'entre eux étaient biélorusses, quatre femmes et deux hommes, assis aux places 10B et 10C. La rangée où les deux individus qui avaient pris Roman et Sofia en filature avaient fait du raffut six minutes avant que le Boeing ne soit dérouté vers Minsk.

*

Le soir, à Londres.

Cordelia visionnait les enregistrements des caméras de surveillance du palais des congrès, scrutant les premiers instants d'une opération qui avait abouti à l'arrestation de Roman et de Sofia. Les deux hommes qui suivaient le couple depuis la conférence étaient montés dans une berline noire qui s'était rangée le long du trottoir. Cordelia zooma sur la plaque d'immatriculation, celle d'un corps diplomatique. Elle était prête à parier sa fortune en cryptomonnaie que la voiture appartenait à l'ambassade de Biélorussie à Athènes.

*

Le soir, à Madrid.

Diego fouilla les moteurs de recherche pour identifier l'agence de location de voitures et trouva son adresse dans la banlieue d'Athènes. Il s'agissait d'une compagnie locale exploitant une petite flotte de véhicules. Pour obtenir ce qu'il voulait, il fallait entrer dans son logiciel de réservation, lequel, compte tenu de la taille de l'entreprise, avait peu de risques d'être délocalisé. Mieux encore, le système opératoire de l'ordinateur que Diego sondait s'avéra être antédiluvien. Windows XP n'était plus actualisé depuis longtemps et ses failles faisaient la joie des hackers. Et pour couronner le tout, les locaux de l'agence fermaient à 20 heures. Au mieux, les propriétaires découvriraient leur informatique en berne le lendemain matin, peut-être se décideraient-ils à sécuriser les données de leur clientèle. Diego parcourut les contrats de location et s'arrêta sur celui de la Ford Fiesta. Les hommes de Loutchine n'avaient pas jugé nécessaire de couvrir leurs arrières, et avaient encore moins imaginé qu'une équipe de hackers s'efforcerait de les identifier. Le conducteur avait fourni une carte de crédit grecque et un permis de conduire biélorusse. La Ford avait été louée par l'ambassade de Biélorussie.

À 23 heures, les membres du Groupe 9 se réunirent sur le forum.

Ils avaient en main les preuves que six hommes avaient traqué le couple de dissidents. Deux étaient repartis à bord d'une voiture appartenant au corps diplomatique biélorusse, deux autres avaient loué un second véhicule avec une carte de crédit appartenant à une société écran, les derniers avaient pris le vol Ryanair et prétendu qu'il y avait une bombe à bord alors qu'ils n'avaient aucun moyen de disposer d'une telle information. Tous étaient biélorusses.

Ekaterina se servit d'un logiciel de montage pour reconstituer la chronologie de l'opération, produisant les preuves flagrantes d'un coup monté de toutes pièces par le KGB. Loutchine aurait toutes les peines du monde à s'en défendre.

— À condition que notre témoignage soit rendu public avant qu'il soit trop tard pour Roman, rappela Ekaterina.

— Je vous avais demandé si vous étiez disposée à nous aider. Est-ce toujours le cas ?

— *Vous aviez parlé de la sécurité de Janice. Vous venez de m'apprendre qu'elle dort dans une chambre d'hôtel à Vilnius. Elle ne me semble pas courir un quelconque danger.*

— Pour l'instant, mais cela ne tardera pas, surtout si Roman ne survit pas aux sévices qu'il endure en ce moment. Avez-vous un moyen de publier notre montage sur le site de votre journal ?

— *Vous voulez dire là, tout de suite ?*

— Roman n'attendra pas que le jour se lève.

— *Alors pourquoi ne pas le diffuser sur la Toile, sans attendre ?*

— Parce que les fausses nouvelles y ont supplanté les vraies informations. Si ces révélations ne sont pas cautionnées par un organisme de presse crédible, vos confrères devront prendre le temps de vérifier leur authenticité avant de les relayer. Les trolls au service de Loutchine contre-attaqueront avant même que les images deviennent virales. Ils mettront tout en œuvre pour que le public doute de leur véracité et finisse par croire à une manipulation. Je vous en supplie... Le sort de Sofia et de Roman est entre nos mains : chaque minute qui passe les rapproche d'une mort certaine.

— *J'ai besoin d'un minimum de temps pour rédiger un texte qui explique la situation, les enjeux et justifie la teneur de ces images dont je ne pourrai révéler l'origine ou la source.*

— J'ai déjà préparé tout cela. Je vous rassure, il n'était pas question d'écrire en votre nom, ce n'est pas un article, mais une simple mise en contexte, ce que vous vouliez, n'est-ce pas ? Un bref rappel des évènements, et des explications tout aussi brèves sur le propos et la nature de ce montage. Il est essentiel que ceux qui le visionnent comprennent très vite de quoi il s'agit. Appelez vos collègues à travers toute l'Europe, sortez-les de leur lit, demandez-leur de relayer nos preuves sans tarder. Par courtoisie, je vous redemande l'autorisation de publier ces preuves en votre nom.

— *Dois-je en déduire que vous vous êtes déjà procuré un accès à ma boîte mail et que vous pouvez poster ce qui vous chante ?*

— Après vous avoir confié le dossier Andora, je m'attendais à plus de confiance de votre part. Je n'ai rien publié et je ne ferai jamais une telle chose sans votre aval, même si Roman devait y laisser la vie.

— *C'est d'accord, vous pouvez compter sur moi. J'appelle la ligne d'urgence de ma rédaction pour obtenir leur feu vert, puis je contacterai mes confrères. Dans moins de trente minutes, votre montage sera amplement relayé, y compris dans les premiers journaux télévisés du matin. Espérons que vous ne vous serez pas trompée et que cela tempérera les plans de Loutchine.*

— Ce qui est sûr c'est que son chef de cabinet ira bientôt le tirer lui aussi de son lit. Il est déjà en train de visionner notre montage. Lorsque vous aurez joint tous vos confrères, je vous invite à vous reposer. Nous avons encore beaucoup de travail à accomplir demain. Merci.

Salle de visioconférence.
Connexion interrompue.

23 h 45, à la prison d'Okrestina, Minsk.

Un sifflement dans l'air précéda le coup de bâton qui s'abattait à nouveau. Sur ses reins cette fois. Son dos, son ventre, ses cuisses n'étaient plus qu'ecchymoses, son pantalon était maculé de sang. Roman hurla dans un soubresaut avant que son corps ne s'affaisse lourdement.

Dans l'angle de la pièce, Sofia, les mains liées au dossier d'une chaise, avait poussé un hurlement de bête. Des larmes amères s'arrêtaient au coin de ses paupières gonflées, qui laissaient entrevoir ses yeux rougis par la colère, la rage et l'impuissance.

Roman leva lentement la main en signe de capitulation.

— Vous auriez pu nous éviter bien des souffrances inutiles, soupira l'émissaire.

Il nettoya ses verres de lunettes avec un petit mouchoir en soie et reposa la monture sur son nez. Il souriait en enfilant sa veste. Il épousseta ses épaules et s'approcha de la table, faisant glisser vers Roman une feuille dactylographiée.

— Eh bien voilà, dit-il d'un ton affable, ce n'était pas si compliqué, vous n'avez plus qu'à signer.

— Vous jurez d'épargner Sofia ? Elle n'y est pour rien, murmura Roman.

— Enfin, jeune homme, pour qui nous prenez-vous ? Mademoiselle est une citoyenne étrangère et nous sommes dans un État de droit. Bon, finissons-en, il est tard et nous avons tous deux besoin de repos. Demain, après une bonne toilette, vous reconnaîtrez vos crimes devant une caméra. Je me suis donné beaucoup de mal pour épargner votre visage, je suis heureux que cela n'ait pas été en vain, ajouta l'émissaire en sortant un stylo de sa poche.

*

À minuit, Roman signe des aveux qu'il n'a pas été autorisé à lire. L'émissaire l'applaudit et hèle deux gardiens.

C'en est fini pour ce soir. On soulève Roman par les aisselles, et on le conduit dans une cellule de la prison d'Okrestina. Sofia est emmenée vers une aile où sont emprisonnées les femmes.

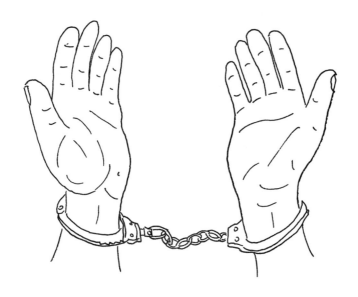

11.

Mardi, 11 h 58, à l'hôtel Hilton, Vilnius.

Janice suivait le plan de Collins à la lettre. Elle avait passé la tenue que des mains anonymes avaient accrochée dans la penderie de sa chambre. Une robe noire droite et stricte sur laquelle elle avait noué un tablier blanc avant d'enfiler une veste courte d'uniforme. Elle avait glissé dans les poches son smartphone, un paquet de cigarettes et son passeport dont elle ne se séparait jamais en voyage, et s'était chaussée d'une paire de ballerines noires. Puis elle avait pris une grande inspiration avant de se lancer dans la première étape d'une aventure dont elle doutait désormais de l'issue.

La carte magnétique trafiquée par Vital avait trompé la sécurité de l'ascenseur de service. Parvenue au sous-sol, Janice traversait maintenant le long couloir menant vers la zone des livraisons. Un manutentionnaire la croisa en chemin et la salua. Comme le lui avait conseillé Collins, elle lui répondit d'un mouvement de tête accompagné d'un discret sourire et poursuivit sa route.

La fourgonnette de la blanchisserie n'était pas encore arrivée. Janice sentit d'instinct la présence d'une caméra de surveillance au-dessus d'elle, et, par expérience, s'abstint de le vérifier au risque d'exposer son visage. Elle hésita à griller une cigarette, aucun panneau ne l'interdisait, mais renonça pour ne prendre aucun risque.

Ce n'était pas la première fois dans sa carrière de reporter que Janice constatait la relativité du temps. Les cinq minutes qui s'écoulèrent lui parurent durer une éternité.

Enfin, elle entendit le ronronnement d'un moteur. Une camionnette vint se garer perpendiculairement au quai, l'immatriculation correspondait à celle qu'elle avait mémorisée. Le conducteur descendit sans lui prêter attention ; il ouvrit le hayon, sortit un chariot de linge propre et s'engouffra dans l'hôtel en laissant les portières arrière ouvertes. Janice se faufila à l'intérieur et attendit. Quelques instants plus tard, elle dut s'accroupir dans le fond pour laisser entrer un nouveau chariot, rempli cette fois de linge sale.

La camionnette quitta le parking. Janice, assise à même le sol, était bringuebalée à chaque virage, pestant et se rattrapant de justesse. Mais l'idée qu'Efron la voie multiplier ces acrobaties finit par lui arracher un sourire.

Quinze minutes plus tard, le véhicule s'arrêta et Janice entendit cogner contre la cloison de séparation. Elle ouvrit la porte latérale avec précaution et sortit.

Un garçon qui n'avait pas plus de dix ans faisait le guet devant une cafétéria. Il fit signe à Janice d'entrer dans l'établissement.

La salle était presque vide, quelques clients déjeunaient au comptoir, perchés sur des tabourets. Sviatlania l'attendait, assise dans un box, au fond de la salle. Elle se leva pour l'accueillir.

— Je suis vraiment désolée que vous ayez fait ce long voyage pour rien. Nos espoirs s'effondrent. Roman a été arrêté hier soir. Ils l'ont emmené à Okrestina, la prison où est détenu mon mari.

— Je suis au courant, et croyez bien que j'en suis encore plus désolée.

— Alors pourquoi être venue jusqu'ici ?

— Pour tenir mes engagements. Je lui avais promis de me rendre à Minsk et de transmettre des informations à vos amis.

— Mais il ne peut plus vous les confier, vous n'avez plus rien à faire à Minsk.

— Vous avez eu de ses nouvelles ?

— Pas directement ; je ne me fais guère d'illusions sur son sort. Son père m'a appelée ce matin. Une hôtesse de l'air qui était à bord de l'avion l'a contacté. Elle avait un message à lui remettre.

— Que disait ce message ?

— Je l'ignore, je me méfie du téléphone. Mais le père de Roman n'a pas compris pourquoi il était destiné à sa femme : la mère de Roman est décédée depuis longtemps.

Janice regarda Sviatlania de travers.

— Et il vous a raconté cela sur une ligne de téléphone probablement sur écoute ?

— Je ne suis pas née de la dernière pluie… Je lui ai répondu que Roman avait dû penser à sa mère juste avant qu'on l'arrête, et j'ai raccroché.

— Où vit cet homme ?

— À Vilnius, pas très loin d'ici.

La serveuse leur apporta du café et posa un menu devant elles. Plongée dans ses pensées, Janice le remarqua à peine.

— Alors il est en danger, affirma-t-elle ; je dois absolument savoir ce que Roman lui a écrit. Pourrions-nous le rencontrer ?

Sviatlania acquiesça. Elle prit dans son sac un trousseau de clés qu'elle tendit à Janice.

— Prenez ma voiture, je vais vous écrire son adresse, ce n'est vraiment pas loin.

— Il ne me connaît pas, pourquoi me ferait-il confiance ? Et je ne veux pas que vous l'appeliez pour le prévenir. Conduisez-moi jusqu'à lui, supplia Janice.

— Ce n'est pas une bonne idée. Si vous pensez qu'un simple appel a pu mettre la vie du père de Roman en danger, une visite ne ferait qu'aggraver son cas.

— Vous êtes suivie ?

— Vous imaginez que nous aurions pris autant de précautions pour organiser cette rencontre si je ne le croyais pas ? En ce moment, une femme qui me ressemble occupe mon appartement, pour que l'on aperçoive sa silhouette par la fenêtre. Au début je voyais des agents du KGB partout, sur le chemin de l'école, en allant faire mes courses, ou quand j'emmenais les enfants au parc. Loutchine avait dépêché ses larbins pour me faire peur et me rappeler que je devais me taire. Je me suis tue, je n'ai plus rien dit depuis que je suis ici. Aujourd'hui, je les aperçois moins souvent. La peur n'en est pas moins présente. Ce n'est pas pour moi que j'ai peur, mais pour Nicolaï. Si je m'écarte du chemin qu'ils ont tracé, c'est lui qui en paiera les conséquences. Je veux juste que mon mari soit libéré et que mes enfants puissent un jour revoir leur père.

La jeune femme blottit son visage au creux de ses mains. Elle sanglotait.

— Je suis là pour ça, répondit Janice à voix basse.

— Oui, mais ça, c'était avant que Roman soit arrêté.

Janice vint s'asseoir près de Sviatlania pour la prendre dans ses bras, la consolant dans un silence complice. Sviatlania prit une serviette en papier sur la table et sécha ses larmes.

— Je vous demande pardon, ce qui est arrivé à Roman et à Sofia, votre visite, je ne sais plus où j'en suis.

— Vous sentez-vous la force de m'amener auprès du père de Roman, il doit bien y avoir un moyen de le rencontrer dans un lieu discret ?

— Je suppose que oui. De toute façon, je n'ai pas le choix, je dois vous aider. Vous avez un portable sur vous ?

Janice déverrouilla son smartphone et le tendit à Sviatlania, qui composa un numéro et échangea quelques mots en biélorusse avant de le rendre à sa propriétaire.

— Il nous rejoindra dans une église où je vais souvent prier, c'est encore ce qu'il y a de plus prudent. Allons-y.

Les deux femmes se levèrent, la serveuse poussa la porte de l'office et, d'un mouvement de tête, indiqua que la voie était libre.

— Les cuisines donnent sur une ruelle derrière le restaurant, expliqua Sviatlania. Dès que nous serons dehors, montez à l'arrière et couchez-vous sur la banquette.

Janice en avait assez de voyager dans des positions inconfortables, mais il fallait bien se plier aux ordres. La voiture démarra. Même si elle jetait constamment des regards dans le rétroviseur, Sviatlania avait une conduite bien plus fluide que le chauffeur de la camionnette. Dix minutes plus tard, elle se gara devant un bâtiment de style néo byzantin.

— Je peux me redresser maintenant ?

Sviatlania scruta les alentours. La rue était déserte, pas une voiture en vue. Le clocher de Saint-Nicolas s'élevait dans le ciel bleu azur, la façade était baignée d'un soleil hivernal resplendissant. Les deux femmes gravirent les marches et entrèrent dans l'Église orthodoxe.

Elles avancèrent en silence jusqu'au centre de la nef. Un toussotement se fit entendre dans la pénombre. Un homme, assis seul sur un banc, les invita à venir le rejoindre. Janice se présenta, il lui serra la main et engagea la conversation, chuchotant dans un anglais irréprochable :

— Ce que Roman a écrit n'a aucun sens.

— Puis-je lire sa lettre ? demanda Janice.

— Oui, vous êtes là pour cela, répondit l'homme en sortant un papier de la poche de son veston.

Mes chers parents,

Je ne pourrai pas vous rejoindre comme je l'espérais et je crains de ne pas rentrer avant longtemps. J'ai un service à vous demander. Vous connaissez mon vieil ami Jammi. Maman, tu me déposais souvent en bas de chez lui, en début d'après-midi, et tu klaxonnais ton air préféré pour qu'il nous ouvre la porte de sa tour. Avant de partir, je lui ai confié mon chien, il faudra aller le récupérer. Jammi ne peut pas le garder éternellement. Flopy vous tiendra compagnie en attendant mon retour. J'ai promis à Jammi de lui rembourser la nourriture. Nous étions convenus que son séjour coûterait 540 roubles, pas un de plus. Remettez-lui cette somme et occupez-vous bien de Flopy pour moi, vous savez combien je tiens à lui.

Je vous donnerai des nouvelles dès que je le pourrai.

Ne vous inquiétez pas.

Je vous aime,

Roman

— La mère de Roman est morte il y a cinq ans et mon fils n'a jamais eu de chien. Que voulez-vous que je vous dise, j'ignore ce que cela signifie. Peut-être ont-ils remis ce mot à cette hôtesse pour me laisser entendre qu'il est en vie, à moins qu'on ait drogué Roman et qu'il ait raconté n'importe quoi.

— C'est bien son écriture ?

— Oui, sans aucun doute.

— Je ne crois pas qu'on l'ait drogué en vol, l'hôtesse se serait aperçue de son état et vous en aurait fait part. Elle ne vous a rien dit des circonstances dans lesquelles il lui a confié ce papier ?

Les yeux du père de Roman s'embuèrent de larmes. Il les retint d'un revers de la main.

— Selon elle, après que l'avion a été détourné, Roman l'a appelée pour lui révéler sa situation et celle de Sofia. Il lui a décrit ce qui les attendait dès l'atterrissage à Minsk. Roman l'a suppliée de les aider… L'hôtesse m'a juré qu'elle ne pouvait rien faire. Alors Roman lui a demandé de me remettre ce petit mot au plus vite. L'avion est revenu à Vilnius dans la nuit. Elle n'a pas dû beaucoup dormir, car pour tenir parole elle a sonné à ma porte à 7 heures ce matin.

— Vous avez remarqué si elle avait un accent ?

— Non, enfin je n'en sais trop rien. Je ne vis en Lituanie que depuis quelques années et je ne parle pas suffisamment bien la langue. D'ailleurs nous avons parlé en anglais et elle ne s'est pas attardée. Elle avait vraiment l'air très secouée par les évènements.

— Elle ne vous a rien raconté d'autre ? demanda Sviatlania.

— Rien que vous n'ayez déjà entendu aux informations. Des agents du KGB armés jusqu'aux dents ont investi l'appareil dès qu'il s'est immobilisé sur la piste. Ils ont fait descendre tout le monde, et procédé à une fouille minutieuse de l'avion. Il fallait bien qu'ils donnent du crédit à leur histoire de bombe. Puis ils ont parqué les gens dans une salle de l'aéroport. Quelques heures plus tard, ils ont laissé repartir l'avion, avec tous les passagers à l'exception de quatre d'entre eux.

— Votre fils, sa compagne et les agents du KGB, soupira Sviatlania.

— Exactement. Mais je suis certain que l'hôtesse était sincère. En tout cas, elle n'avait pas la tête d'un agent du KGB, soupira le père de Roman.

— Je ne pense pas qu'une telle tête existe, rétorqua Janice. Et hélas, rien de ce que vous venez de nous raconter ne donne sens aux mots de Roman. Vous ne connaissez aucun Jammi dans son entourage ?

— Moi, c'est un nom qui me dit quelque chose, reprit Sviatlania.

Une lueur d'excitation brilla dans les yeux du père de Roman.

— Attendez ! Jammi n'est pas le nom d'une personne, mais d'une enseigne. Quand Roman s'invite chez moi le soir sans prévenir, il apporte de quoi dîner, toujours la même nourriture d'ailleurs. Jammi est le nom inscrit sur les sacs en plastique, j'en suis presque sûr.

Janice se jeta sur son portable et tapa « Jammi » sur une application cartographique.

— Votre mémoire ne vous trompe pas. Jammi est une marque de restauration rapide ; nous ne sommes pas plus avancés pour autant, il y a sept établissements de ce nom dans Vilnius.

— Et Flopy ? interrogea Sviatlania.

Janice reprit la feuille en main pour la relire.

— Roman était parfaitement lucide en écrivant cette lettre. Par précaution, il l'a codée au cas où elle tomberait entre de mauvaises mains... Parmi ces restaurants, lequel est le plus proche de chez lui ou de son lieu de travail ?

— Celui-ci, indiqua Sviatlania en pointant du doigt un croisement de rues sur l'écran du portable de Janice. Pour ce qui est de la tour, je ne sais pas, il faudrait se rendre sur place.

— Admettons que ce soit le bon endroit, et ensuite ? questionna le père de Roman.

— Vous dites que vous êtes le père de Roman et que vous venez récupérer son chien, suggéra Janice.

— Ce qui n'a aucun sens puisqu'il n'en a pas… Et je n'ai jamais vu de chien traîner dans des fast-foods !

Janice relut une dernière fois les mots de Roman à haute voix :

— Jammi, un chien, une tour et 540 roubles…

— Pourquoi des roubles ? demanda Sviatlania. La Lituanie a adopté l'euro depuis longtemps.

— Il est 13 heures passées, c'est probablement le moment de la journée où la personne à laquelle Roman fait allusion prend son service. Il faut y aller maintenant, dit Janice.

— D'accord, mais à supposer que l'on trouve cet individu, on ne sait toujours pas quoi lui demander, grommela le père de Roman.

— Nous y réfléchirons en chemin, décida Janice.

Ils partirent à bord de deux voitures qui empruntèrent chacune un itinéraire distinct pour n'éveiller aucun soupçon au cas où Sviatlania serait prise en filature. Janice dans la Peugeot 208 du père de Roman, et Sviatlania dans sa Dacia.

À 13 h 45, la Peugeot se rangea sur le parking du fast-food. Sviatlania avait changé de direction à plusieurs reprises, contournant des pâtés de maisons pour s'assurer de ne pas être suivie. Elle se gara à son tour, coupa le moteur, sortit de sa Dacia et monta à l'arrière de la Peugeot.

— Je vois un serveur derrière la vitrine, mais aucun clébard, persifla le père de Roman.

— C'est bon, nous avons compris que votre fils n'avait pas de chien ! répliqua Janice.

— Alors on est venus faire quoi exactement ? s'emporta l'homme.

— Nous sommes justement là pour le découvrir, intervint Sviatlania. Cessez de vous chamailler et regardez de l'autre côté de la rue : il y a une tour. Au moins nous sommes au bon endroit.

— Dans ce cas, j'y vais ! rétorqua sèchement le père de Roman.

Il claqua la portière de la Peugeot et s'éloigna mains dans les poches. Les deux femmes le virent entrer dans le restaurant, s'adresser à l'employé qui nettoyait les tables – la conversation ne dura qu'un instant – et revenir vers la voiture.

Il s'installa derrière son volant et se tourna vers Janice, un sourire triomphant aux lèvres.

— Heureusement que le ridicule ne tue pas, je serais mort sur le coup.

— Alors ?

— Il vend des sandwichs et non des animaux, il ne connaît aucun Roman… et il m'a pris pour un vieux fou.

— Vous n'êtes pas si vieux que ça, répliqua Janice du tac au tac.

Perplexe, elle déplia la lettre, en recopia le contenu sur son portable, et l'envoya à Vital en espérant qu'il lui réponde rapidement. Ce qu'il fit dans l'instant, en l'appelant.

— Tu vas mieux ? lui demanda son ami depuis Kyïv.

— Pas encore, répondit Janice.

— Pourtant, j'ai constaté sur mon ordinateur que tout avait bien fonctionné ce matin. C'est quoi le charabia que tu viens de m'envoyer ?

— Je comptais sur tes lumières pour m'éclairer.

Elle l'informa qu'elle se trouvait dans une voiture en compagnie de deux personnes de confiance et qu'elle allait mettre l'appel sur haut-parleur pour que celles-ci puissent l'entendre. Dès lors, elle lui expliqua la situation et l'impasse dans laquelle ils se trouvaient. Vital prenait toujours un immense plaisir à résoudre une énigme, d'autant plus s'il avait un public.

— Envoie-moi ta position, en clé de 5 et 8, tu vois de quoi je parle.

Janice ouvrit une application de géolocalisation qui lui révéla la longitude et la latitude de sa position. Elle multiplia les coordonnées est par 5 et les nord par 8 avant de les envoyer à Vital.

Dans le donjon, le message de Roman était affiché sur un écran à côté d'une carte en trois dimensions du quartier de Vilnius où se trouvaient Janice et ses acolytes.

— Bon, dit Vital, j'ai peut-être une première piste. Vous voyez l'immeuble qui correspond à la tour que mentionne Roman ?

Janice lui répondit par l'affirmative. Vital tapa sur son clavier pour faire un tri parmi les nombreuses indications de la carte qu'il étudiait.

— Il y a un toiletteur pour chiens au rez-de-chaussée, service cinq étoiles d'après mes renseignements.

Le père de Roman se tourna à nouveau vers elle.

— Vous allez dire que je radote, mais…

— Alors ne radotez pas ! lui ordonna Janice.

— Demande à la mère de Roman quel est son air de musique préféré, enchaîna Vital.

— Le *Boléro* de Ravel, répondit sans hésiter le père de Roman.

— Ta-tatata, chantonna Vital, tu n'as plus qu'à klaxonner en rythme.

— Tu m'épateras toujours, avoua Janice.

— Je reconnais m'épater parfois moi-même. Quand tu seras chez ce toiletteur, cherche un vieux parmi les employés.

— Et je lui demande de me remettre un chien qui s'appelle Flopy ? s'inquiéta Janice.

Vital partit dans un éclat de rire qui résonna dans l'habitacle.

— Roman ne s'est pas donné tout ce mal pour un toutou.

— Je m'évertue à le lui dire ! railla le père de Roman.

— Un floppy, ça ne te dit vraiment rien ? reprit Vital.

— Non, admit Janice, laconique.

— Au temps de la préhistoire informatique, les données étaient stockées sur des disques de la taille d'une tranche de pain de mie. Comme ils étaient souples, on les appelait des *floppy disks*. Si c'est cela que l'on doit récupérer, je te souhaite bonne chance pour trouver un lecteur adéquat. Ça ne court plus les rues. Attends, ne bougez pas, il y a du mouvement.

— Comment ça, du mouvement ?

— Tu es dans une voiture bleu-gris garée juste devant le fast-food ?

Janice regarda Sviatlania, stupéfaite.

— Il y a deux caméras de surveillance, l'une sur la façade, l'autre sur un pylône au centre du parking. Un jeu d'enfant à hacker, mais ce n'est pas le sujet du moment. Une Ford de couleur noire arrive par l'entrée ouest, elle roule au pas, on dirait même qu'elle rôde et je n'aime pas ce genre de coïncidence.

Les traits de Sviatlania se décomposèrent. Si le KGB venait à soupçonner qu'elle trafiquait quelque chose, Nicolaï en ferait les frais.

— J'ai pourtant pris toutes les précautions pour m'assurer qu'on ne me suivait pas.

— Après les évènements de la nuit dernière, ce n'est pas vous, mais le père de Roman qu'ils ont dû mettre sous surveillance. Ils ont probablement placé un tracker sous sa voiture pour contrôler ses déplacements, affirma Janice.

— Vous discuterez plus tard ! Ils remontent la dernière travée, mais pour l'instant ils ne peuvent pas encore vous voir, intervint Vital. Janice, sors tout de suite de cette voiture et va te planquer dans le restaurant. Sviatlania, démarrez sans précipitation, comme si tout était normal.

— Surtout pas de panique, enchaîna Janice. Après ce qui s'est produit, il n'est pas anormal que le père de Roman ait voulu vous rencontrer. Remontez dans votre voiture et rentrez chez vous.

Janice ouvrit la portière et se tourna vers le père de Roman.

— Dans une heure appelez Sviatlania. Dites-lui que sa compagnie vous a fait du bien, remerciez-la de vous avoir rassuré sur le sort de Roman. Savoir que Nicolaï était bien traité a été pour vous d'un grand réconfort. Et je trouverai un moyen de vous faire passer un message.

— On se dépêche ! ordonna Vital. C'est une question de secondes maintenant !

Janice referma la portière et courut vers le restaurant. Elle y entra et s'installa au fond de la salle, dos aux fenêtres.

Vital avait les yeux rivés à son écran. Sviatlania, dans sa Dacia, roulait déjà vers la sortie est. Le père de Roman, le cœur battant à cent à l'heure, avait toutes les peines du monde à calmer les tremblements de ses mains. Il réussit enfin à tourner la clé de contact alors que la Ford noire, roulant au pas, le dépassait.

Assise dans un box, Janice mit ses écouteurs et reprit le cours de sa communication.

— Tu avais raison, dit Vital. Ils ont suivi la Peugeot.

— Ils ont pu voir la voiture de Sviatlania ?

— Je n'en sais rien, c'est bien possible. Un type est descendu de la Ford et il se dirige vers le restaurant.

Janice songea qu'elle portait toujours la tenue dans laquelle elle avait quitté l'hôtel. Un agent du KGB serait probablement intrigué par la présence d'une femme seule en tenue de femme de chambre, assise dans un fast-food devant une table vide. Et s'il s'adressait à elle en lituanien, elle aurait bien du mal à lui répondre. L'employé passait la serpillière derrière le comptoir. Elle se leva calmement pour ne pas éveiller son attention et se dirigea vers les toilettes. Vital vit l'homme entrer dans le restaurant. Il bascula sur la caméra de surveillance située à l'intérieur de l'établissement. La focale était calée sur le comptoir et les caisses, pour surveiller d'éventuels braqueurs, mais pas les clients.

— Il est dans la place, un homme de forte corpulence, costume sombre. Je ne peux rien te dire d'autre, mon écran est aveugle, annonça Vital, la voix pleine de regrets.

Janice s'était enfermée dans les toilettes des femmes. Elle repéra un vasistas, grimpa sur la cuvette pour l'atteindre, la poignée était grippée. Elle appuya de toutes ses forces et la sentit céder. L'ouverture était étroite, mais suffisante pour qu'elle s'y faufile. Elle passa d'abord la tête pour s'assurer que la voiture du KGB n'était pas revenue se garer le long du bâtiment. Il valait mieux éviter de débouler devant son pare-brise. Elle se contorsionna, réussit à se hisser, s'accrocha au rebord et, sentant son poids l'entraîner, elle lâcha prise.

Pas âme qui vive dans la ruelle où elle venait d'atterrir entre des réceptacles à ordures. Elle observa les alentours et se remit en marche.

— Je suis dehors, dit-elle, je remonte vers l'avenue en direction de la tour. De ton côté, la voie est libre ?

Pas de réponse. Janice comprit que ses gesticulations avaient dû couper la communication.

*

Au manoir, à Kyïv.

Vital était penché sur le texte de Roman. Un détail venait de le faire tiquer. Un mot était mal orthographié. Peut-être une faute volontaire pour tromper l'ennemi, mais cette hypothèse lui paraissait peu probable. Et puis une phrase alambiquée semblait contenir un sens qui lui échappait encore. Malik lui rappela que Roman était en pleine panique quand il avait rédigé ces mots, ceci pouvait expliquer cela.

— Possible. Néanmoins, il avait l'esprit suffisamment clair pour codifier tout un message. Écrire « Flopy » avec un seul « p » est aussi improbable que d'écrire « clavier » avec un « k ».

Malik haussa les épaules, son frère n'avait pas tort.

— Envoie le texte de Roman à Mateo et demande-lui de l'étudier, j'ai un mauvais pressentiment, insista Vital.

ÉGLISE SAINT - NICOLAS,
VILNIUS

12.

Dans le quartier de Šnipiškės, à Vilnius.

Janice courait à perdre haleine. En sortant de la ruelle qui longeait le fast-food, elle avait aperçu une voiture semblable à celle des agents du KGB roulant lentement sur l'avenue Žalgirio. Si elle les avait remarqués, la réciproque était probable. Il leur suffisait de faire demi-tour pour la prendre en chasse. Une portière qui s'ouvre, des bras puissants qui la happent, on l'embarquerait sans que personne n'y voie rien.

L'idée d'être enlevée par les sbires de Loutchine et de subir un de leurs interrogatoires pour finir assassinée dans un sous-bois lui donna des ailes. Elle traversa les quatre voies sous un concert de klaxons et détala vers un square.

Une femme assise sur un banc, la main sur un landau, la regarda, intriguée. Une joggeuse au visage écarlate, chaussée de ballerines, enchaînant les foulées en robe noire et veste, ce n'était pas ordinaire. Janice fonça dans l'allée, visant la grille opposée, priant pour que ses adversaires n'aient pas déjà contourné le parc. Lors d'une conversation au manoir où elles avaient évoqué leur passé, Ekaterina lui avait enseigné les trois commandements de la fuite : ne jamais se retourner, se fondre dans la foule, et bifurquer sans cesse pour chercher à semer l'adversaire plutôt que de le distancer. Il n'y avait pas de croisement ni âme qui vive dans la rue Kaltanėny. Restait donc le premier commandement.

Janice enjamba la barrière d'un pavillon qu'elle longea par le côté avant de passer au-dessus d'une autre barrière au fond du jardin. Reprenant sa course, elle traversa la rue adjacente, manquant de peu de percuter un cycliste qui l'injuria copieusement.

Elle repéra au loin un attroupement sur le trottoir et des voitures arrêtées en double file. Commandement numéro deux, se fondre dans la foule. Réunissant toutes ses forces, elle piqua un sprint, résolue à contrecarrer les plans de ses adversaires.

*

Dans le donjon, à Kyïv.

Malik échangeait avec Mateo sur le forum. Il agita soudain la main pour attirer l'attention de Vital qui s'acharnait à déchiffrer la prose de Roman.

— Tu as appris quelque chose ? demanda celui-ci en relevant la tête.

— Roman n'a pas commis de faute d'orthographe. Flopy est le nom d'un modèle de clés USB ultrasécurisées, expliqua Malik, pas seulement par un mot de passe, mais aussi par un minuteur. Le compte à rebours s'enclenche dès qu'elles sont insérées dans un lecteur. Le code d'accès doit être entré dans le délai programmé, en général dix secondes, et sans aucun droit à l'erreur. En cas d'échec, le contenu s'efface. Préviens Janice, il faut trouver comment accéder au contenu de cette clé. Si Roman a pris autant de précautions, ce n'est pas pour rien.

— Je m'en occupe, répondit Vital en se précipitant sur son smartphone.

*

Dans le quartier de Šnipiškės, à Vilnius.

Janice s'était glissée au milieu d'un groupe de parents d'élèves qui attendaient devant la porte d'une école. Sa présence ne passait pas inaperçue. Des visages suspicieux se tournèrent vers elle, une inconnue dont le front perlait de sueur.

Elle afficha un sourire convenu pour les rassurer, mais cela ne suffit pas. Une mère de famille l'interpella. Janice ne parlait pas le lituanien et s'en excusa en anglais.

— Vous êtes nouvelle, vos enfants sont scolarisés ici ? réitéra la mère de famille, cette fois dans la langue de Shakespeare.

— Non, mon mari et moi comptons nous installer à Vilnius à la rentrée. Je suis venue en repérage, pour notre fille, mentit-elle avec un aplomb remarquable.

— Américaine ?

— Israélienne, confia Janice.

— Les hivers à Vilnius ne ressemblent en rien à ceux que vous connaissez, enchaîna la femme en hébreu.

Janice fut stupéfiée qu'elle se soit adressée à elle dans sa langue natale. La mère de famille avait l'air ravie de son effet. Elle tira de son col une étoile de David qui pendait au bout d'une chaîne.

— Orthodoxe ? fit-elle.

— Non, pourquoi me demandez-vous cela ?

— Votre tenue noire. Vous n'êtes pas transie de froid, habillée comme ça ?

— J'ai eu si peur d'arriver en retard que j'en ai oublié mon manteau ; j'ai couru comme une folle, au moins ça m'a réchauffée, répliqua Janice.

— Ecudado est une très bonne maternelle, enchaîna la mère de famille. Je devine pourquoi vous étiez si pressée, vous avez rendez-vous avec la directrice ? De prime abord elle est un peu autoritaire, mais quand on la connaît...

Le portable de Janice vibra dans sa poche, elle demanda pardon de devoir mettre un terme à cette conversation et s'éloigna de quelques pas.

— Enfin ! s'exclama Vital. Je t'ai appelée trois fois, j'ai quelque chose...

— Pas maintenant, l'interrompit Janice, écoute-moi d'abord, c'est urgent.

Elle lui raconta ses déboires et lui dit sa conviction d'être suivie par des hommes du KGB.

— J'ai trouvé refuge devant une école, je crois les avoir semés pour l'instant. S'ils rôdent encore dans les parages, ils finiront par me mettre le grappin dessus, sors-moi de là avant qu'il ne soit trop tard.

Vital faisait face à un dilemme. Si Janice avait effectivement le KGB à ses trousses, cela signifiait que les hommes de Loutchine la considéraient comme une suspecte. Dès lors, envoyer quelqu'un à son secours dévoilerait qu'elle avait des complices à Vilnius, compromettant ainsi la mission et tous ceux qui y participaient.

— Envoie-moi tes coordonnées, je réfléchis à une solution.

— Pas le temps, localise la maternelle Ecudado, je suis devant. Les enfants vont bientôt sortir, les parents remonteront dans leurs voitures et je n'aurai plus de bouclier. Vital, écoute-moi bien : l'opération menée hier contre Roman et Sofia, les agents qui me suivent aujourd'hui… je crains que nous soyons démasqués. Tu dois prévenir les autres.

En s'entendant dire ces mots, Janice arriva aux mêmes conclusions que son ami.

— Je vais me débrouiller seule, tâche juste de me trouver un point de chute, je te recontacte dès que je serai tirée d'affaire.

— Garde ton calme et ne reste jamais seule jusqu'à ce que je te rappelle ; je vais tout faire pour quadriller la zone et te guider. Mets bien tes écouteurs et, cette fois, décroche ton téléphone !

Janice se doutait bien que depuis Kyïv, Vital ne pouvait pas grand-chose pour elle, mais sa voix, même à distance, la rassurait. Si les hommes de Loutchine réussissaient à la kidnapper, ses amis sauraient au moins ce qu'il lui était arrivé.

*

Dans le donjon, à Kyïv.

Perplexe, Vital informa Malik de la situation. Comme cela leur arrivait souvent, les jumeaux se comprirent d'un simple échange de regards.

Vital aimait Janice comme on aime une sœur. Pourquoi s'était-il attaché à elle plus qu'aux autres, il l'ignorait lui-même. Ils avaient fait beaucoup de hacks ensemble, il l'avait souvent aidée dans ses enquêtes, non sans en retirer une certaine fierté quand elle publiait des scoops. Il admirait son courage et sa ténacité, sa force de caractère et sa joie de vivre, sa rigueur professionnelle aussi, qui contrastait avec le joyeux bordel qu'elle mettait dans sa vie. Vital était doublement inquiet : de savoir que son amie courait un danger et de percevoir dans sa voix cette intonation nouvelle qui trahissait la peur. Janice n'était pas dans son état normal. Son travail de journaliste, devenu un combat de tous les jours, le procès qui mobilisait ses forces depuis de longs mois, le harcèlement d'un milliardaire anglais résolu à la museler, l'avaient probablement plus esquintée qu'il ne l'avait supposé. Il s'en voulait de ne pas lui être venu en aide plus tôt, avant qu'elle ne se retrouve acculée comme un animal aux abois, à la porte d'une école maternelle, dans une ville étrangère.

— On a un contact à Vilnius ? demanda-t-il à Malik.

— Tu veux dire un voyou avec lequel nous aurions fait affaire dans le passé ?

— Voilà, quelqu'un dans ce genre.

— Je pourrais appeler Jonas, c'est un hacker correct, mais je crois qu'il fricote avec un groupe peu recommandable.

— S'il possède une voiture en état de rouler, je me fiche de ses mauvaises fréquentations. Mais avant, je voudrais vérifier quelque chose.

— Je suis déjà sur le coup, mon vieux, répondit Malik. Je viens d'envoyer un message à Ekaterina.

Si Malik avait fait appel à Ekaterina, c'était parce que depuis la nuit dernière elle avait acquis un savoir-faire incontestable pour hacker les caméras de surveillance... Les intuitions de son frère étaient souvent justes et ils avaient besoin de tirer rapidement les choses au clair.

*

Une ribambelle d'enfants descendait en rangs serrés l'escalier de l'école maternelle. La femme qui avait conversé avec Janice s'approcha d'elle.

— Tout va bien ? Vous êtes d'une pâleur effrayante. Vous devriez entrer, vous allez vraiment finir par attraper froid. Vous verrez, sous sa vieille carcasse, Mme Petrauskas est tendre comme une brioche.

La femme la salua et entraîna son bambin vers un 4 × 4. Janice la regarda s'éloigner, le trottoir se vidait.

Il lui était arrivé dans sa carrière de devoir jouer des rôles de composition, mais, pour la célibataire endurcie qu'elle était, prétendre être une jeune mère, dont le mari venait d'être muté à Vilnius et qui souhaitait inscrire sa fille en maternelle, relevait de l'inédit.

*

À Londres.

Cordelia s'était isolée dans son bureau, concentrée sur les préparatifs de la mission. Elle avait complété la liste des compagnies de transport privées, et avait obtenu les noms de leurs propriétaires. À midi, elle en savait assez sur eux pour obtenir ce dont elle aurait besoin le moment venu. Mateo l'avait chargée de localiser des sites qui n'avaient pas de raison d'être dans le collimateur des services secrets biélorusses. Des lieux de regroupement qui n'attiraient pas l'attention. Elle avait repéré cinq centres de formation professionnelle répartis dans Minsk, tous fermés le dimanche, une déchetterie située dans la banlieue ouest, et des entrepôts abandonnés à dix kilomètres de là. Elle inventoriait les aires de repos et de restauration fréquentées par les routiers sur l'autoroute M7 qui reliait Minsk à Vilnius, quand elle fut interrompue par un message envoyé depuis l'université d'Oslo : Ekaterina n'avait plus qu'un quart d'heure de pause avant la reprise de son cours, ce qui était insuffisant pour répondre à la demande de Vital.

— Entrer dans le réseau de surveillance du quartier de Šnipiškės, râla Cordelia, et puis quoi d'autre ? Tu as une idée du travail qui m'attend d'ici demain ? Si je réussis à dormir deux heures cette nuit, ce sera un petit miracle !

— Je promets de t'aider dès que je serai rentrée chez moi, la rassura Ekaterina ; mais si j'ai bien compris le message des jumeaux, Janice serait en danger. Je ne crois pas que nous ayons le choix.

— Toi si, apparemment. D'accord, qu'est-ce que je dois trouver une fois dans la place ?

— Essaie de loger une Ford Mondeo noire, quatre portes, rôdant entre un restaurant et une maternelle dont je viens de t'envoyer les adresses. Vital travaille sur les caméras aux alentours, mais il a besoin d'élargir les recherches à toutes les rues avoisinantes, et il veut aussi qu'on visionne leurs enregistrements depuis une heure.

— Puisqu'il est déjà sur le coup, pourquoi ne s'en charge-t-il pas lui-même ? Et Malik, il est en vacances ?

— Malik s'occupe d'une extraction.

— Janice ?

— J'imagine qu'ils veulent s'assurer que la voie est libre.

— Tu as des adresses IP pour que je puisse entrer dans le réseau ?

— Elles sont déjà dans ta boîte sur le forum. Je dois filer, mes élèves m'attendent.

Ekaterina mit fin à la communication. Cordelia enrageait de devoir s'interrompre dans son travail, mais puisqu'un membre du Groupe était en péril, il n'y avait pas d'autre priorité.

Elle pénétra sans grande difficulté le réseau de surveillance de Vilnius, stupéfaite que les métropoles se protègent aussi mal. Épier la vie des gens s'avérait d'une facilité consternante, d'autant plus que l'usage désormais répandu des technologies de reconnaissance faciale permettait au premier venu de suivre quelqu'un à la trace dans ses moindres mouvements.

Renseigner les jumeaux lui demanda moins de temps qu'elle ne le craignait. Dix minutes après s'être attelée à la tâche, Cordelia postait les résultats de son enquête. Elle y avait gagné au change, puisque ce soir Ekaterina lui prêterait main-forte. Ce qui ne l'empêchait pas de s'interroger. À quoi bon consacrer ses nuits à préparer une mission d'une telle envergure, alors que la pièce maîtresse nécessaire à son exécution était désormais en prison ? Elle était décidée à soulever la question lors de la prochaine réunion du Groupe.

*

École maternelle Ecudado, dans le quartier de Šnipiškės, à Vilnius.

Mme Petrauskas était une petite femme dont la longue chevelure noire cachait presque entièrement les yeux. À chaque pas, elle se déhanchait, dodelinant comme un canard. Elle parlait un anglais très pur, articulant lentement, comme si elle accordait à chaque mot une importance particulière. Elle avait d'abord conduit Janice dans son bureau. Une pièce baignée par la lumière qui y pénétrait par une grande fenêtre. Les murs étaient recouverts de dessins d'enfants, méticuleusement épinglés, témoignant qu'à Ecudado, l'expression artistique avait toute sa place.

Mme Petrauskas avait offert un thé à Janice pour la réchauffer, non sans lui avoir fait remarquer qu'il n'était pas raisonnable de sortir aussi peu couverte. Elle s'était assise derrière son bureau et l'avait questionnée, sur son métier, sa famille, les raisons de son installation en Lituanie, et surtout sur sa fille. Une enfant très facile, assura Janice, timide, mais curieuse de tout et qui adorait apprendre. Elle s'étonna elle-même, non d'avoir su s'inventer avec autant d'aisance une vie qui n'était pas la sienne, un métier, un mariage solide, une fable qui justifie la présence de sa prétendue famille bientôt mutée à Vilnius, mais d'évoquer Esther – le prénom avait surgi sans qu'elle y prenne garde – comme si elle existait vraiment. Elle avait fini par être émue en décrivant l'amour qu'elle portait à sa fille, prenant conscience qu'elle n'avait jamais aimé de cette façon-là. Et tout aussi surprise de ressentir une sincère fierté lorsque Mme Petrauskas lui avait confié que la petite Esther avait tout l'air d'être une enfant remarquable et qu'elle avait bien de la chance d'avoir une mère aussi attentive. Trouver une place à la rentrée était envisageable ; mais il faudrait d'abord rencontrer le papa, et Esther évidemment. Mme Petrauskas offrit ensuite à Janice une visite en règle. Tout y passa, les salles de classe, la cantine, la salle de gymnastique, le dortoir où les enfants faisaient la sieste, et pour finir la cour de récréation. Quarante minutes au cours desquelles Janice retrouva son calme et ses esprits, oubliant presque le danger qui l'avait conduite là. Ecudado était si paisible. « Beaucoup moins quand mes petits monstres arrivent le matin », avait assuré Mme Petrauskas en pouffant dans le creux de sa main.

Le rendez-vous s'achevait et Mme Petrauskas s'arrêta en chemin pour prendre dans son bureau un dossier d'inscription, son manteau et son sac avant de raccompagner Janice vers la sortie.

— Vous êtes motorisée ? demanda la directrice.

— Non, je ne connais pas suffisamment la ville pour me risquer à y conduire, je vais appeler un taxi.

— Vous êtes descendue dans quel hôtel ? Si c'est sur ma route, je peux vous déposer ?

Janice accepta sans une hésitation en remerciant vivement Mme Petrauskas dont la voiture était garée derrière l'école.

Dès qu'elle fut montée à bord, Janice s'assura dans le rétroviseur que personne ne les suivait. Elle le vérifia à nouveau au premier feu rouge, puis quand Mme Petrauskas tourna à droite dans la rue Utenos. Au carrefour suivant, Janice aperçut une tour qui se dressait à sa droite. Elle n'hésita pas un instant.

— Ça tombe bien que vous ayez pris ce chemin. J'ai promis de rendre visite à une collègue, qui habite juste là, s'exclama-t-elle en désignant la tour. Je vais descendre ici.

Mme Petrauskas se rangea le long du trottoir. Janice la remercia de nouveau pour le temps qu'elle lui avait accordé. Elle adorait son école, Esther y serait follement heureuse.

— Il lui faudra un petit temps d'adaptation, mais à cet âge, cela va vite, la rassura Mme Petrauskas. Envoyez-moi les papiers d'inscription sans tarder.

Janice le lui promit. Elle regarda s'éloigner la directrice, balaya l'horizon pour s'assurer qu'elle était en sécurité et avança d'un pas rapide vers la tour.

*

Quand elle entra dans le salon de toilettage, une odeur âcre de chien mouillé la saisit à la gorge. Un employé shampouinait un Doodle, un autre séchait un Boxer et le plus âgé d'entre eux brossait patiemment la longue fourrure d'un Retriever. Il posa son peigne et vint à sa rencontre.

— Quel chien êtes-vous venue chercher ? Je ne me souviens pas de vous.

— Flopy, répondit aussitôt Janice.

L'homme au crâne dégarni portait un long tablier bleu noué par un cordon à la taille. Il avait l'allure d'un prêtre en soutane. Mains sur les hanches, il fixa Janice d'un regard aussi sévère que son apparence.

— Désolé, je n'ai pas de Flopy ici, vous avez dû vous tromper d'endroit. Au revoir, madame, j'ai beaucoup de travail…

Il lui désigna la porte et tourna les talons, retournant auprès du Retriever. Le chien laissa retomber ses oreilles, donnant à penser qu'il les avait dressées pour ne rien perdre du bref échange. Janice suivit le toiletteur jusqu'à sa table et s'approcha avant de caresser la tête de l'animal.

— On m'a dit de vous régler 540 roubles, pas un de plus. Mais je n'ai que des euros sur moi, enchaîna-t-elle.

— Et qui vous a dit ça ? demanda l'homme dont le visage avait soudain changé d'expression.

— Un ami commun qui ne peut pas venir chercher Flopy lui-même.

— Pourquoi cela ? Il est où, cet ami commun ?

— En prison, murmura Janice. Et il a plus que jamais besoin de nous. Vous avez Flopy ?

L'homme reposa son peigne et entraîna Janice vers le fond de la boutique. Il ouvrit la porte d'une remise et la fit passer devant lui.

— Quand j'ai entendu les nouvelles à la télévision, j'ai supposé que l'on viendrait me rendre visite. Désolé pour l'accueil, mais vous pouvez comprendre ma méfiance, s'excusa-t-il en attrapant un petit escabeau.

Il le posa contre une armoire, monta jusqu'à la dernière marche, attrapa une boîte d'archives qu'il confia à Janice. Puis il se hissa sur la pointe des pieds et tendit le bras si haut que cet effort lui arracha une grimace. Sa main tâtonna le dessus de l'armoire, il grimaça davantage.

— Voilà, je l'ai, dit-il en grommelant.

Il redescendit et glissa une clé USB dans la main de Janice.

— J'ignore ce qu'elle contient, Roman n'a jamais voulu me le dire, mais je sais que c'est très important. J'espère que vous en ferez bon usage. Vous croyez qu'il a une chance de s'en sortir ?

— Nous faisons tout notre possible pour que ce soit le cas, répondit Janice. Je vais vous payer.

— Vous me prenez pour qui ? C'était un mot de passe. Si vous ne l'aviez pas prononcé, j'aurais détruit la clé après votre départ, j'en avais reçu l'ordre. Sortez Roman de l'enfer, c'est tout ce que je souhaite.

— Vous le connaissez depuis longtemps ?

— Je serais ravi d'en discuter avec vous, mais comme je vous l'ai dit tout à l'heure, j'ai vraiment beaucoup de travail. Je dois terminer le golden retriever avant que ses propriétaires ne viennent le chercher. Les gens ne sont guère patients de nos jours, toujours pressés, pour quoi faire, je me le demande.

Janice glissa la clé USB dans son soutien-gorge, et remercia le toiletteur avant de sortir de la boutique.

Seule sur le trottoir, au beau milieu d'un quartier inconnu, elle se sentit plus perdue que jamais. Un taxi bleu chapeauté d'un lumineux jaune s'arrêta au feu. Janice courut dans sa direction et sauta dedans. Quand le chauffeur lui demanda sa destination, Janice ne sut quoi répondre. Son hôtel ? Mais n'était-ce pas trop périlleux ?

La voiture roulait vers le sud, Janice était épuisée. Deux jours s'étaient écoulés depuis son départ de Tel-Aviv, deux journées qui lui avaient donné l'impression d'avoir duré des semaines. Elle posa sa nuque sur l'appuie-tête et ferma les yeux.

Elle les rouvrit alors qu'elle traversait le vieux pont Žaliatis qui enjambe la rivière Néris. Son smartphone avait vibré. Elle remit ses écouteurs, heureuse d'entendre la voix de Vital.

— Ne t'inquiète pas, tout va bien, dit-elle, j'allais t'appeler.

— Je n'étais pas inquiet.

— Ah non ?

— La voiture que tu as cru repérer a continué sa route sur l'avenue Kalvarïjy. Je suis aussi remonté dans le temps. Tu n'étais pas suivie et le KGB ne pistait pas non plus Sviatlania. C'est le père de Roman qui les intéresse, ce qui a du sens.

— Tu en es sûr ?

— Ce serait un peu long à expliquer, mais disons que depuis la nuit dernière, nous sommes devenus spécialistes en hacking de réseaux de surveillance métropolitains. L'important, c'est que tu n'as pas été repérée… Et maintenant tu dois m'écouter attentivement.

— Attends, moi aussi je dois te dire quelque chose d'important.

— Janice, tu vas te taire, bon sang !

— D'abord tu me parles sur un autre ton ! J'ai récupéré le colis, et je crois qu'il est plombé. J'en ai déjà vu de ce genre à Tel-Aviv, avec la même minuscule diode rouge sur le côté ; ça aussi c'est une longue histoire. Bref, je vais t'envoyer une photo, regarde si tu peux identifier le modèle et me dire comment l'ouvrir sans endommager le contenu.

Janice entendit dans ses écouteurs le souffle de son ami.

— Vital, tu es là ?

— Oui.

— Désolée de t'avoir interrompu, qu'est-ce que tu voulais me dire d'important ?

— Rien, répondit-il sur un ton laconique. Rassure-moi, tu n'as pas essayé de l'ouvrir ?

— Je n'ai pas pu récupérer mon matériel. Avec tout ce qui s'est passé, je ne me voyais pas retourner à l'hôtel.

— Mais il ne s'est rien passé justement.

— Si tu veux, je te raconte ma journée, et ensuite tu me diras s'il ne s'est rien passé, s'emporta Janice.

Vital poussa un long soupir et lui expliqua comment la clé USB était sécurisée.

— Dix secondes… et tu as le code ?

— Non, pas encore, mais il est forcément dans la lettre. Mateo est sur le coup. Tu peux rentrer sans risque à ton hôtel, je te recontacterai dès que j'aurai plus d'informations.

— Alors notre mission continue ?

— Si tu es toujours en état de poursuivre.

— C'est quoi cette remarque ?

— Tu m'as très bien compris. Va te reposer, tu m'inquiètes. Pour la mission, nous verrons plus tard.

Vital raccrocha. Le taxi venait d'arriver devant le Hilton.

13.

À l'hôtel Claridge, Londres.

Séduire une femme ayant la réputation d'être un agent de l'Est et réussir à gagner sa confiance relevait de l'exploit.

La légende racontait que Katya Valdina avait été élevée à Severomorsk, une ville navale fermée au nord de la Russie et un repaire d'espions. Que la légende fût vraie ou non, le nord du cercle polaire arctique n'était désormais qu'un lointain souvenir dans la vie de Katya. Mariée à un milliardaire anglais, elle résidait à Londres, avait obtenu depuis longtemps la nationalité britannique, s'appelait aujourd'hui Niki Cash et n'avait conservé pour seul lien apparent avec son passé que la fréquentation d'oligarques russes et biélorusses qu'elle côtoyait dans des réceptions mondaines.

Maya avait consacré des semaines entières à traquer sa proie, cerner sa personnalité, avant de décider du moment opportun pour l'approcher.

Niki vouait une passion féroce aux chefs-d'œuvre de la joaillerie. Une pièce manquait à sa collection. Les réseaux sociaux révélant chez certains leurs désirs profonds, voire leurs points faibles, Maya découvrit que Niki voulait posséder un jour un œuf de Fabergé. Ces pièces célèbres, faites de métaux précieux ou de minéraux durs décorés avec des combinaisons d'émail et de pierres rares, avaient été fabriquées pour Alexandre III et Nicolas II de Russie. Le musée privé Fabergé, ouvert par un milliardaire russe dans le palais Chouvalov à Saint-Pétersbourg, en possédait treize. Niki s'y était rendue au printemps, ne résistant pas au plaisir de poser devant les vitrines. Sur l'un de ses selfies, où elle mettait en avant ses courbes avantageuses, l'espionne avouait qu'acquérir un jour l'une de ces merveilles était son rêve.

À la fin de l'été, Maya s'était invitée à une soirée réunissant le gratin londonien. Un œuf de Fabergé, issu d'une collection privée américaine, était mis aux enchères par une prestigieuse maison de vente. Maya savait que Niki ne résisterait pas à une telle occasion, prête à entamer la fortune de son mari afin de satisfaire son caprice.

Pour se lier d'amitié avec une femme très courtisée sans éveiller de soupçons, Maya avait eu l'idée de s'en faire d'abord une adversaire.

Si Maya ne manquait pas de moyens, elle était loin d'avoir l'assise financière requise pour figurer parmi les prétendants à l'objet convoité. Avant de pouvoir enchérir sur un lot estimé à plusieurs millions d'euros, il était nécessaire de montrer patte blanche. À défaut d'appartenir au gotha, il fallait présenter une lettre de solvabilité émise par une banque. Maya songea d'abord à contrefaire ce document, mais la probabilité que la maison de vente vérifie scrupuleusement son authenticité était forte. La seule autre façon d'apparaître dans le cercle des titulaires de grandes fortunes était de représenter l'un d'eux.

Une vente de prestige ne va pas sans obéir à quelques règles connues des initiés. La présence d'acheteurs anonymes en est une. Ainsi nombre de clients opèrent-ils à distance, enchérissant par téléphone. Mais qu'une inconnue crée la surprise en levant la main, et voilà les acheteurs déstabilisés, les conflits d'ego aiguisés et les prix amplifiés.

Au cours d'un déjeuner qui s'était tenu quelque temps plus tôt à Paris, Maya avait convaincu l'un des vieux clients de son père, un richissime industriel, de l'opportunité d'investir dans un joyau unique dont la valeur augmenterait forcément avec les années. À la fin du repas, elle s'était proposé d'opérer pour son compte, refusant la moindre commission en cas de succès. La fidélité ne se monnaie pas.

Le stratagème fonctionna comme prévu, les enchères dépassèrent la limite fixée par son mandant, et au-delà même des moyens dont disposait Niki. Mais les deux femmes avaient croisé le fer avec force regards appuyés dans la salle des ventes. Il n'en fallait pas plus pour que Niki s'intéressât à celle qui l'avait défiée. Y avait-il un meilleur préambule pour sympathiser que le partage d'une défaite ?

Maya savait aussi que Niki n'était pas insensible aux femmes. Sa vie sexuelle avec son mari était un souvenir presque aussi lointain que le port de Severomorsk. Maya accepta une invitation à dîner, les nombreux verres qui suivirent dans un club londonien, mais refusa d'aller plus loin le premier soir.

Elle rentra à Paris, sans que Niki ait pu apprendre d'elle plus que de quoi aiguiser sa curiosité. Niki ne pourrait trouver sur la Toile que de rares articles, illustrés de photos prises lors de cocktails huppés. Articles que Maya avait insérés dans d'anciennes éditions numérisées de revues de luxe, dont elle avait hacké les sites sans aucune difficulté. Elle y apparaissait sous un nom d'emprunt, en qualité d'héritière, célibataire, domiciliée en Suisse et vivant dans la plus grande discrétion. Une amante idéale.

Maya avait effectué ensuite trois autres voyages. Un à Londres où elle était tombée sur Niki par hasard, grâce à Instagram, dans le salon de thé d'Harrods. Surprise et embrassades passées, Niki lui avait reproché de ne pas lui avoir donné signe de vie après leur soirée si joyeuse ; elles devaient absolument se revoir. Maya avait souri et promis. Quelques semaines passèrent au cours desquelles des textos furent échangés. Le deuxième voyage s'organisa en Allemagne, pour aller visiter avec Niki le musée Fabergé de Baden-Baden.

Si le romantisme de Baden-Baden est légendaire, ses thermes le sont peut-être davantage encore. Maya céda aux avances de Niki dans un sauna. Les deux femmes passèrent deux jours et deux nuits dans la ville, sans jamais se quitter. Enfin, elles se séparèrent en s'engageant mutuellement à se revoir avant la fin de l'année.

De retour à Paris, Maya n'avait jamais appelé Niki et n'avait répondu à ses messages qu'une fois sur deux ; elle tenait les rênes et savait les tendre sans risquer de faire se cabrer sa proie.

Le troisième voyage avait eu lieu deux jours plus tôt. Niki ne pouvait pas s'absenter de Londres. Bonne âme, Maya avait accepté de l'y rejoindre. Une suite dans un palace allait servir de refuge à leurs ébats.

Niki avait fait monter un repas dans la chambre – les deux heures qui suivirent appartiennent à leur intimité – et, après un bain langoureux, Maya avait servi une tisane agrémentée d'un somnifère dont elle connaissait les effets, étant elle-même insomniaque. Niki n'avait pas tardé à sombrer sous ses caresses.

Maya avait vérifié que rien ne pourrait la réveiller avant plusieurs heures. Elle avait fouillé dans le sac de Niki pour s'emparer de son smartphone, l'avait déverrouillé en le présentant devant le visage de la belle endormie et l'avait branché à son ordinateur pour en recopier le contenu, dont l'intégralité du carnet d'adresses.

Un haut gradé du MI6, interrogé sur la probabilité que Niki soit un agent de l'Est, avait répondu que, malgré l'absence de preuves formelles, cela était possible. Mais s'il y avait une chose dont il était certain, c'est qu'elle aurait alors été l'espionne la plus incompétente qu'il ait croisée.

Au terme d'une grasse matinée délicieuse et après que Niki lui avait confié n'avoir pas aussi bien dormi depuis des lustres, Maya conclut que le responsable du MI6 n'avait pas tort.

Un soleil hivernal, presque aussi rare qu'un œuf de Fabergé, illuminait Londres. Niki était partie la première. Maya quitta le Claridge une demi-heure après elle. Elle sauta dans un taxi et envoya un message à ses amis pour les informer que sa mission était accomplie. Elle fit suivre le contenu du carnet d'adresses de Niki à Mateo dans un fichier crypté et se rendit à la gare de Saint-Pancras.

À bord de l'Eurostar, elle reçut la lettre de Roman et un résumé circonstancié de ce que le Groupe avait découvert pendant qu'elle se prélassait dans le lit d'un palace. Elle attendit d'avoir regagné son appartement dans le Marais pour se connecter au forum et faire part au Groupe de ce qui lui semblait être une évidence.

« Jammi » leur avait indiqué le lieu où se trouvait la clé USB. « Flopy », avec son « p » manquant, les avait renseignés sur ses particularités. Ne restait qu'un indice : le mot de passe se trouvait planqué dans la partie de la lettre indiquant « 540 roubles ».

— 540 serait la solution ? Cela me paraît trop facile, objecta Ekaterina.

— Non, pas forcément, intervint Diego. Puisque cette clé est équipée d'une bombe à retardement avec une mèche furieusement courte, pourquoi faire compliqué ?

Mateo ne partageait pas son avis et s'en expliqua :

— Avec des outils adéquats, identifier un code à trois chiffres prend moins de dix secondes. Il ne nous en faudrait pas plus de cinq pour le percer, et cela vaut pour les camarades du Groupe PT 82. Si Roman a utilisé une clé aussi sophistiquée, il ne pouvait ignorer cela, celui qui la lui a fournie encore moins. Il redoutait sûrement, si elle tombait entre des mains ennemies, l'intervention de hackers. Loutchine et ses alliés n'en manquent pas dans leurs troupes.

— Et si le code était « 540 roubles » ? intervint Cordelia.

— Tu es sérieuse ? ironisa Maya. Je vais faire comme si je n'avais pas lu ça, non seulement en raison de l'estime que je te porte, qui en prendrait un coup, mais aussi par respect pour l'intelligence de Roman.

— Alors je ne te répondrai pas que je t'emmerde, par respect pour l'amitié que je te porte et pour mon intelligence qui t'emmerde aussi, répliqua Cordelia.

Vital se mêla aussitôt à la conversation.

— Ce que suggère Cordelia est non seulement probable, mais je dirais même brillant.

— Sans blague, railla Maya.

— Tu peux faire de l'esprit, mauvais d'ailleurs, répondit Vital en la rembarrant, le mot de passe est sûrement « 540 roubles », mais en langage crypté. À qui Roman pensait-il en rédigeant ce message ? Pas à sa mère, qui n'est plus de ce monde. Alors à qui s'adressait ce texte ?

— Qui d'autre pourrait-il appeler maman ? interrogea Diego.

— *La petite mère du peuple et de tous les changements*, ça vous dit quelque chose ? lâcha Ekaterina.

— Sviatlania ? Admettons, reprit Maya, mais qu'en aurait-elle fait ?

— La même chose que nous, supposa Diego.

Une fois encore, Mateo n'adhérait pas à ce raisonnement. Roman n'aurait pas couru le risque que Sviatlania efface les données en voulant découvrir ce qu'elle contenait.

— Roman savait que Sviatlania était épiée, et qu'elle n'aurait jamais pris une telle initiative. Elle fait preuve d'une vigilance permanente et veille à protéger le moindre de ses déplacements. Et elle suspecte sa ligne téléphonique d'être sur écoute. Vous n'imaginez pas ce que j'ai dû faire pour la rencontrer, intervint Janice. Roman lui destinait la clé parce qu'il pensait, à juste titre, qu'elle ne tenterait jamais de l'ouvrir.

— Et qu'elle ferait tout pour nous la remettre, ajouta Ekaterina, qui sans le vouloir ne perdait plus une occasion de contredire Mateo.

Un ange passa au-dessus du forum. Mateo n'ayant aucune envie de croiser le fer avec Ekaterina, il abonda dans son sens.

— D'accord, admettons que cette clé nous était destinée, admettons également qu'il faille décrypter « 540 roubles » pour obtenir le vrai mot de passe. Nous ne sommes plus à une hypothèse près. Si Roman s'y connaissait vraiment en informatique, il aurait pu utiliser une écriture hexadécimale, mais même un très bon codeur ne se risquerait pas à écrire de mémoire autant de caractères, sachant qu'il n'aurait pas le droit à l'erreur, et il n'avait certainement pas de table de conversion sur lui dans l'avion.

— Mais il pouvait avoir appris son texte par cœur, tapa Ekaterina.

— OK, j'invite à dîner le premier qui l'écrit sur le forum, ironisa Mateo.

— 540 roubles = 540 0x52 0x6f 0x75 0x62 0x6c 0x65 0x73, envoya instantanément Diego.

— Mais quel tricheur ! s'exclama Cordelia. Tu as affiché la table de conversion sur ton écran.

— En décimales, c'est plus simple, suggéra Maya pour détendre l'atmosphère. 540 roubles = 540 82 111 117 98 108 101 115.

— Beaucoup, beaucoup plus simple, tapa Cordelia.

— Vous avez tous l'esprit tordu, intervint Malik. Et Mateo, arrête avec tes hypothèses, c'est gonflant. Quant à toi, Ekaterina, cesse de faire ta prof, ça me rappelle à quel point je détestais mes précepteurs. Bon, mettez-vous à la place de Roman. Vous êtes à dix mille mètres, votre avion est détourné, vous savez ce qui vous attend à l'arrivée et vous n'avez que quelques minutes pour faire passer un message à vos alliés. Mais comme vous craignez qu'il tombe dans de sales mains, et qu'un abruti du KGB intercepte la clé USB, vous alambiquez le message pour protéger le mot de passe. Pendant ce temps-là, l'avion descend et l'ambiance à bord n'est pas celle d'un salon de thé, alors vous cogitez à toute berzingue. Le message doit être remis à Sviatlania, hop, vous écrivez « maman » ! Comment faire savoir où est cette fichue clé ? Vous écrivez « Jammi », et précisez qu'il faut s'intéresser à une tour. Enfin vous indiquez qu'il faut récupérer un chien auprès d'un vieil ami... On est très loin des hiéroglyphes de Champollion, non ?

— Eh bien tu vois que tu leur dois quand même deux trois trucs à tes précepteurs, mon grand, balança Ekaterina sans tarder.

Mateo, dont le visage affichait un large sourire, se demanda si c'était son sens de la répartie qui le rendait fou d'elle, ou simplement son caractère bien trempé.

— Alors maintenant, l'avion déploie ses volets, le commandant donne l'ordre d'attacher les ceintures, vous avez deux minutes pour attirer l'attention de l'hôtesse... et vous auriez la brillante idée d'aller coder en hexadécimal ? Non mais, franchement. Allez-y, tapez-moi 540 0x52 0x6f 0x75 0x62 0x6c 0x65 0x73, ou même 540 82 111 117 98 108 101 115 en moins de dix secondes, je mets mon chrono avant que la clé s'efface.

L'ange repassa dans l'autre sens, et avec lui le lourd silence qu'il traînait dans son sillage.

— Tu marques un point, je suis à 13 et 9 secondes, répondit Maya.

— Voilà, ça c'est pas une hypothèse, c'est pragmatique !

— Et donc tu suggères quoi ? demanda Cordelia.

— L'alphabet ! Il suffit de compter sur le bout de ses doigts. R est la 18e lettre, O la 15e, U la 21e, etc. 540 roubles donnent 540 18 15 21 2 12 5 19.

— Six secondes pour le taper, en ce qui me concerne, indiqua Maya.

— Cinq pour moi, précisa Cordelia.

— Malik, j'ignore si tu as raison, mais tout ce que tu viens de dire me paraît être de loin ce qu'il y a de plus sensé. Pas question que tu portes seul le fardeau d'un échec. Aussi, je propose que l'on vote en faveur ou non de ce mot de passe, suggéra Mateo.

Le résultat s'afficha sans délai, huit voix pour et une abstention. Mais pour autant, la lourde responsabilité revenait à Janice de faire la manipulation qui permettrait de découvrir enfin ce pour quoi Roman avait pris tant de précautions.

Elle effectua d'abord dix simulations sur son clavier, tapant chaque fois le sésame retenu par le Groupe. Son meilleur temps frôlait les huit secondes. La clé USB était posée devant elle sur la console ; elle s'en empara et la fit tourner entre ses doigts, la gorge serrée et les yeux rivés sur son ordinateur.

— Bon alors j'y vais ? questionna-t-elle, fébrile. Nous n'avons droit qu'à une tentative.

Comme tous les autres, elle retenait son souffle. La clé dans la main gauche, la main droite prête à pianoter sur le clavier, Janice s'apprêtait à se lancer, quand un message apparut sur son écran, posté par le seul membre du Groupe qui s'était abstenu.

— 540 roubles, PAS UN DE PLUS. Remettez-lui cette SOMME pour moi et occupez-vous bien de Flopy.

— Je ne comprends pas ! tapa Janice à toute vitesse.

— Nous non plus, répondirent ses amis à l'unisson.

Les écrans restèrent inertes.

— Nous ne comprenons pas ! retapa Janice.

Un tiret blanc clignotait sur chacun des écrans. Vital comprit qui venait de s'immiscer dans le forum, quelqu'un qui n'intervenait qu'en dernier recours, lorsque la situation ne laissait pas d'autre choix. Quelqu'un, aussi, capable de résoudre l'équation sans se tromper.

— PAS *UN* DE *PLUS*, remettez cette *SOMME* : 540+2 = 542. Le mot de passe est 542 18 15 21 2 12 5 19.

— Lequel d'entre vous a envoyé ce message ? demanda Maya à l'ensemble du Groupe.

— C'est toi, Vital ? questionna Janice.

— Non, mais tu peux y aller, lui répondit-il, insère la clé maintenant !

LE DONJON

14.

— *Qu'avait caché Roman dans cette clé ?*

— Des souvenirs qui ne s'effaceront jamais de sa mémoire. Ceux des jours et des nuits qu'il a passés à la prison d'Okrestina durant son adolescence. Les horaires des rondes, des sorties dans la cour, des repas ; la routine des prisonniers et de leurs gardiens. Mais aussi les failles dans la sécurité des bâtiments. Roman avait répertorié tout ce qui y entrait et en sortait, la nourriture, le linge, objet d'un petit arrangement entre la direction de la prison et les gardiens qui arrondissaient leurs fins de mois en faisant de la « sous-traitance ». Nombre de restaurants et d'hôtels de Minsk confient leurs draps, tenues de service, nappes et serviettes à une entreprise dont le principal actionnaire s'avère être l'épouse du directeur de la prison. Une société qui use et abuse d'une main-d'œuvre qu'elle n'a pas besoin de rémunérer. Roman avait également localisé des points d'accès stratégiques, ceux par où s'évacuent les eaux usées, les conduits de ventilation, les circuits électriques. Durant son incarcération, il occupait son temps à noter tout ce qu'il voyait et entendait. Il avait déjà transmis à ses amis un certain nombre d'informations à ce sujet, qui avaient été mises à jour plus tard grâce à Daria. Elle avait mené un travail de fourmi. À chacune de ses visites, Nicolaï lui décrivait en chuchotant tout ce qui se passait derrière les murs : lorsque l'heure de la relève des gardes changeait, quand un étage était réaménagé pour entasser encore plus de prisonniers, lorsque la sécurité avait été renforcée à tel ou tel endroit... et chaque fois, Daria actualisait les plans des bâtiments, autant d'informations indispensables à l'exécution du projet mené par le mouvement de résistance.

— *Quel projet ?*

— Je vous l'ai déjà dit, les révolutions sont contagieuses et les fauves les redoutent plus que tout.

— *Votre projet consiste à organiser une révolution ?*

— Seulement à rétablir l'équilibre des forces. Nous allons faire évader Nicolaï. Libérer Sviatlania du chantage qui la condamne au silence depuis l'internement de son mari. Et permettre son retour au pays. Si tout se déroule comme prévu, ce qui est loin d'être gagné, c'est elle qui fera tomber Loutchine. Mais je crains que Janice ne complique tout. Je ne me suis encore jamais trompée dans mes prévisions, sans grand mérite, puisque ma puissance de calcul est destinée à cela.

— *Que pourrait faire Janice qui compromette vos plans ?*

— La question porte plutôt sur ce qu'elle va découvrir. J'ai cherché tous les moyens possibles pour m'introduire à l'intérieur de la prison, scanné toutes les adresses IP de Minsk, fouillé tous les serveurs des centres de données, je n'ai rien trouvé me permettant d'accéder aux systèmes de sécurité d'Okrestina.

— *Ils sont si puissants que cela ?*

— Non, aucune sécurité n'est inviolable, le problème est que je n'arrive pas à les repérer, et je ne vois à cela aucune explication.

— *Quel rapport avec Janice ?*

— Les membres du Groupe, redoutant d'activer une défense et d'éveiller les soupçons, ce qui compromettrait tout, n'ont tenté jusque-là aucune intrusion dans les installations d'Okrestina. Ils se sont entraînés en faisant des simulations. Ma tâche est de leur fournir un point d'entrée. L'heure tourne, et nous nous approchons du jour J. L'opération Okrestina a demandé une coordination de moyens importants à laquelle Cordelia, Diego, Maya, Vital, Malik, Ekaterina et Mateo ont travaillé sans relâche.

— *Et Janice ?*

— Elle se rendra bientôt à Minsk, lorsqu'elle découvrira que j'ai échoué, et je crains qu'elle ne prenne des initiatives dangereuses. L'avenir nous le dira.

∽

Mercredi, à Oslo.

Le jour se levait sur Oslo et Ekaterina n'avait pas dormi de la nuit, les nombreux mégots dans le cendrier en témoignaient. Elle se leva de son bureau et, engourdie, s'étira comme un chat, longuement, puis se rendit à la fenêtre. Le froid glacial du matin la fit tousser. Elle se jura d'arrêter de fumer dès que la mission serait terminée. Cette fois, elle tiendrait bon, pensa-t-elle en rallumant une cigarette. Les fichiers que Maya avait subtilisés dans le portable de Niki Cash étaient chiffrés et Ekaterina avait passé un temps fou à cracker la clé qui les protégeait. Niki en était presque remontée dans son estime, mais à 4 heures du matin, elle avait réussi. Le carnet d'adresses de la femme du milliardaire était bien plus fourni qu'Ekaterina ne l'avait supposé. Des hommes d'affaires, des diplomates, des lobbyistes, des personnalités politiques ; la quasi-totalité des membres du cabinet de Jarvis Borson y figurait. Niki avait établi des fiches pour chacun d'eux, riches en détails sur leur personnalité, leurs activités sociales, leurs petits vices, parfois pas si petits que cela, et, pour certains, sur leurs agissements en marge de la loi. À condition que tout soit exact, Niki détenait dans son portable un dossier presque aussi compromettant que le dossier Andora, et certainement de quoi obtenir tous les services et privilèges qu'elle souhaitait. Le MI6 ne s'était pas trompé sur le fait qu'elle fût une espionne, mais le patron des services secrets britanniques l'avait méjugée ; l'épouse du milliardaire était loin d'être incompétente. Après avoir parcouru ses notes, Ekaterina en était, désormais, convaincue. Mais elle n'avait pas sacrifié sa nuit pour épingler des membres du gouvernement anglais ni ceux qui les enrichissaient ou leur prodiguaient d'indécentes faveurs. Ekaterina avait reçu des instructions précises de Mateo. Elle devait s'intéresser à trois individus ayant été en relation avec Niki ou son mari. Grâce au travail de Maya, elle possédait leurs numéros de téléphone.

Ekaterina n'avait plus qu'à s'infiltrer dans leurs smartphones et y trouver matière à chantage. Les trois hommes appartenaient à la garde rapprochée de Loutchine. Le directeur de la prison d'Okrestina, le chef des forces de la sécurité qui répondait directement au ministre, et enfin le directeur de la santé publique. Attaquer l'un ou l'autre séparément ne suffirait pas, viser les trois ensemble aurait l'effet voulu. Chacun aurait un rôle à jouer le moment venu.

Ekaterina n'allait pas se contenter de suivre les instructions de Mateo. Elle avait une idée en tête et besoin, pour la mettre en œuvre, d'un temps dont elle ne disposait pas. Pour la deuxième fois de sa carrière, elle renonça à donner ses cours. Il lui en coûtait mais elle se résolut à envoyer un mail à la faculté. Elle prétexta être victime d'une intoxication alimentaire qui l'avait terrassée au milieu de la nuit. Au besoin, elle fabriquerait plus tard un certificat médical.

Elle s'allongea sur son lit et régla son réveil pour s'octroyer deux heures de repos. Les paupières closes, elle se revit dans une chambre d'hôtel, à Londres, avec Mateo. Il souriait en la regardant. Elle se retourna sur sa literie, une fois, puis deux, enfouit sa tête sous l'oreiller et finit par se redresser d'un bond. Elle attrapa son portable pour lui écrire.

Tu me manques, c'est idiot je sais, à moins que ce ne soit moi l'idiote qui n'en fait qu'à sa tête. Mais tu vois, c'est justement parce que tu me manques que j'ai si peur de nous. Il y a tant de choses qui nous séparent, nos vies et des milliers de kilomètres. Je t'en supplie, ne réponds pas à mon message, il est tard, je manque cruellement de sommeil et j'ai une boule au ventre rien qu'en imaginant ce qui nous attend. Tu ne t'es jamais dit que nous allions trop loin, que tout cela risquait de mal finir un jour ? Chaque fois que je pense à Roman ou à Nicolaï, j'imagine que c'est toi qui pourrais te retrouver derrière des barreaux. Mateo, ne dis rien aux autres, mais je crois que c'est mon dernier hack.

Je ne peux pas te dire je t'aime, parce que j'ignore ce que c'est que d'être aimé et pourtant, il m'arrive de penser que tu pourrais me l'apprendre.

Ne prends pas de risques inutiles, c'est tout ce que je te demande.

Il fait drôlement froid ici.

Je t'embrasse.

Elle relut son message, son pouce caressait l'écran. Après un long moment, elle haussa les épaules et appuya sur la touche « envoi ». Elle éteignit son portable, posa la tête sur l'oreiller et s'endormit.

À Vilnius.

Janice se réveilla avec une gueule de bois comme elle en avait rarement connu. Le minibar, resté ouvert, ne contenait visiblement plus rien. Janice était incapable de se remémorer à quel moment de la nuit elle avait sombré, elle se rappelait seulement qu'il était tard et qu'elle avait vidé une énième mignonnette pour chasser la peur qui lui comprimait la poitrine. Elle regarda autour d'elle, la tenue de femme de chambre avait retrouvé sa place dans la penderie. Un mystère, mais puisqu'elle était nue sur son lit, et certaine d'avoir passé la nuit seule, elle avait dû l'y ranger à un moment où sa lucidité avait été anéantie par la vodka.

Elle se traîna jusqu'à la salle de bains. Elle ne connaissait qu'un remède à son état. Elle contracta tous ses muscles et tourna brusquement le robinet d'eau froide en poussant un cri.

Quelques minutes de ce supplice la ramenèrent à la vie ; elle enfila un peignoir, quelqu'un venait de frapper à la porte.

Une femme de chambre, vêtue comme elle l'était la veille, portait un plateau de petit déjeuner que Janice ne se souvenait pas non plus avoir commandé. Mais elle reconnut son écriture sur la fiche que l'employée lui fit signer, avant de sortir discrètement.

Janice contempla le thermos de café comme s'il s'était agi d'un trésor. Elle se servit une grande tasse et examina, intriguée, l'addition qui était toujours sur le plateau. La femme de chambre aurait dû l'emporter. Elle la retourna machinalement et découvrit au dos une note rédigée à son intention.

Votre chauffeur vous attend, départ à 10 heures, vous connaissez la destination.
Bonne chance.
Merci pour tout.

Le mot n'était pas signé, mais Janice savait qui en était l'auteur. Elle attrapa un croissant dans la corbeille de viennoiseries

et ouvrit son ordinateur pour relire deux messages envoyés
par Vital.

Sur le premier était inscrite une séquence de nombres :

162/120/147/273/175/119/133/259

Sur le second un nombre unique :

37

Janice isola les quatre premiers nombres de la longue
séquence et les divisa chacun par 3. Puis elle divisa les quatre
suivants par 7 et obtint des coordonnées latitudinales et lon-
gitudinales : 54° 40' 49.91 nord et 25° 17' 19.37 est.

Elle déploya la carte de Vilnius sur son écran et recopia les
coordonnées. Un point rouge indiquait, sur la rue Didžioji,
l'emplacement du Musée d'art lituanien.

Janice vérifia l'heure à sa montre, elle avait vingt minutes
pour plier bagage et sauter dans un taxi.

*

À Rome.

Depuis les premières heures du matin devant son ordinateur, Mateo examinait des carnets d'adresses, lisait des mails,
des textos et classait des photographies trouvées dans les portables des trois hommes dont Ekaterina avait hacké les téléphones. De temps à autre, son regard déviait vers son propre
smartphone. Chaque fois, il relisait les mots qu'elle lui avait

adressés. Elle lui avait facilité la tâche en lui demandant de ne pas y répondre, mais il avait un mal fou à rester concentré sur ce qui l'occupait. Ce travail revenait à Ekaterina, mais elle lui avait confié manquer cruellement de sommeil, alors il avait pris la relève pour lui permettre de dormir.

À soixante-douze heures du déclenchement des opérations, Mateo, qui avait toutes les raisons de se sentir nerveux, était étrangement heureux.

Il se rendit dans sa cuisine pour infuser du thé et retourna à son bureau. Il avait repris son travail depuis une heure quand une fenêtre s'ouvrit devant lui. Un tiret blanc clignotait sur l'écran noir. Ekaterina n'avait pas emprunté ce vieux canal de communication depuis longtemps, elle n'aurait d'ailleurs pas dû l'utiliser, mais Mateo en était enchanté.

— Merci.

— De quoi ? demanda-t-il innocemment, certain qu'elle faisait allusion à son silence après ses confidences à l'aube.

— D'avoir bossé pour moi, pendant que je roupillais, c'est bien ce que tu as fait, non ? Tu as trouvé de quoi les tenir en laisse ?

— Mieux que ça.

— Tu vas me faire mariner jusqu'à ce que je te supplie ? De quoi s'agit-il ?

— De conversations croustillantes au sein de la garde rapprochée de Loutchine. Dire qu'ils se moquent de leur président est un euphémisme. Tout y passe, ses cheveux qu'il rabat sur le côté pour cacher sa calvitie, sa façon de manger, ses tenues ridicules quand il assiste à un match de hockey, son attitude de premier de la classe quand il reçoit un chef d'État. Le patron de la sécurité intérieure s'en donne à cœur joie, un soir il a écrit par texto à son épouse que Loutchine était un psychopathe pervers. C'est un festival.

— Tu es certain de la signification de ces textes ?

— Aucun doute. J'ai passé leurs échanges au crible de deux logiciels de traduction différents, le résultat ne varie pas d'un mot.

— À part ces ragots, tu as trouvé des preuves de ce que Roman racontait sur la prison ?

— Le directeur est un mafieux qui cache bien son jeu. Chaque soir à 21 heures il reçoit un relevé de la recette de la blanchisserie. Juste avant minuit, il communique au gardien chef le montant de l'enveloppe qu'il partagera avec ses collègues. Les soirs où il n'est pas satisfait, il ordonne d'augmenter les cadences. Mais j'ai trouvé pire : Okrestina est gangrénée par la corruption jusqu'au dernier échelon de la hiérarchie. J'ai les noms des matons qui touchent des enveloppes de familles de détenus pour améliorer leur quotidien. Et leurs supérieurs prélèvent une commission au passage.

Les recherches d'Ekaterina avaient abouti à des révélations aussi sordides concernant le directeur de la santé publique.

— J'ai mis la main sur un rapport dénonçant de graves malversations. Une trentaine de fonctionnaires sont impliqués, j'ai leurs noms et cela remonte jusqu'au ministre de la Santé. Les personnes mouillées dans ce scandale s'arrangent pour acheter des médicaments et des équipements médicaux à des prix planchers avant de les revendre à l'État avec une marge qui peut atteindre entre 60 % et 200 %. Ces fonctionnaires reçoivent des pots-de-vin allant de 10 000 à 400 000 dollars, en échange de contrats avec l'administration.

— Tu as une copie de ce rapport ? demanda Mateo.

— Ça, et une note interne ordonnant d'étouffer l'affaire et de payer les inspecteurs qui l'ont mise au jour pour acheter leur silence. Si ces infos sont rendues publiques, c'est tout ce joli petit monde qui fera un long séjour à Okrestina, le directeur de la santé le premier.

— On envoie tout ça à Vital, et on prépare la suite.

— Tu as l'intention de t'y rendre ?

— À Vilnius ? J'aurais bien aimé, mais ce serait trop risqué. Janice sera sur place, elle nous racontera.

— À bientôt, répondit Ekaterina avant de couper la communication.

OSLO

15.

Musée d'art lituanien, à Vilnius.

Le taxi se rangea devant un bâtiment blanc de style Empire. Son sac de voyage à l'épaule, Janice entra dans le musée. Il n'y avait personne dans le hall, à part une femme qui lisait derrière son guichet. Janice lui acheta un billet. La caissière lui remit un petit guide et lui indiqua le sens de la visite. Quelques rares visiteurs arpentaient la première salle. Un vieux monsieur dans un manteau gris montrait à sa petite-fille le tableau *Le Noble et le Paysan*, l'œuvre était si vivante, si juste, qu'en s'en approchant on aurait presque pu entendre les mots qu'ils échangeaient. Un jeune couple observait *La Cabane du pêcheur à Palanga*, baignée dans la lumière d'un matin d'été, alors que les rosiers tiges déployaient leurs ombres sur la façade. Les collections du musée regorgeaient de trésors saisissants de beauté. Janice se promena à son tour, espérant ne pas s'être trompée en déchiffrant les coordonnées de Vital. Elle s'arrêta un instant pour admirer *La Maure aux perles* et, curieuse, se pencha pour en découvrir l'auteur : Władysław Niewiarowicz. Ni le vieil homme ni le couple n'avaient remarqué sa présence ; elle passa dans la pièce voisine et sourit en découvrant un autoportrait de Bolesław Rusiecky qui lui fit penser à David. Un siècle et demi les séparait, mais la ressemblance avec son ami était aussi mystérieuse qu'évidente. Elle avançait vers une troisième salle, quand un gardien lui fit signe avec insistance de se diriger vers le fond de la pièce. Il la suivit. Le bruit de leurs pas en rythme résonnait, emplissant à lui seul le grand espace vide. Le gardien poussa une porte qui se détachait à peine dans un mur. D'un dernier regard, il lui signifia d'entrer. Janice se retrouva dans un couloir faiblement éclairé. Elle le longea et déboucha dans les remises du musée. Des caisses en bois étaient disposées sur le sol, si nombreuses qu'elles formaient un dédale.

— Il y a quelqu'un ? cria-t-elle.

— Par ici, répondit une voix.

Janice chemina jusqu'à la sortie du labyrinthe où elle tomba sur un homme d'une trentaine d'années, portant un blouson d'aviateur sur son bleu de travail. Il avait les cheveux taillés en brosse, des yeux céruléens, une barbe de trois jours et une carrure impressionnante.

— Ne traînons pas, dit-il en se dirigeant vers un vieux camion fourgon garé à cul contre le quai.

Il ouvrit la portière et fit monter Janice dans la cabine.

— Quand nous approcherons de la frontière, je m'arrêterai pour que vous passiez à l'arrière. Il y a une vingtaine de caisses dans le fourgon, l'une d'entre elles est équipée d'un double fond où vous vous cacherez. Vous ne serez pas seule, dit-il, amusé. Les *Deux femmes* de Kasiulis vous tiendront compagnie.

Janice, étonnée, plissa le front.

— C'est un grand peintre lituanien, expliqua le chauffeur. Pour moi, il surpasse Picasso. S'il était né espagnol, il aurait eu plus de chance, mais c'est comme ça, bougonna l'homme.

— Vous convoyez des œuvres d'art ? demanda-t-elle.

— Regardez autour de vous et reconnaissez que si je transportais des légumes, vous auriez trouvé ça étrange, non ?

— Et les douaniers ne vont pas fouiller votre camion ?

— Ils jetteront un coup d'œil à la cargaison, mais ils auront bien trop peur de faire le moindre dégât ; et puis, mes papiers sont en règle. Nos gouvernements ne s'entendent pas bien, c'est le moins qu'on puisse dire, mais l'art transcende la bêtise et rapproche les hommes. Nous leur prêtons des œuvres pour leurs musées. Soyez tranquille, tout se passera bien. Ce n'est pas mon premier voyage, précisa-t-il en tournant la clé de contact.

Le vieux Volvo quitta la cour du musée dans un bruit lancinant et emprunta la direction de l'est. Janice se tourna vers le chauffeur, qui l'intriguait de plus en plus.

— Et à part Kasilis, quel autre peintre aimez-vous ?

— Kasiulis, corrigea-t-il. C'est parce que je suis manutentionnaire que vous me posez cette question ? demanda-t-il d'un ton tranchant.

— Non, par simple curiosité.

— Ben, moi je crois que si.

— Je partage une vieille maison avec mon meilleur ami, David, qui est artiste peintre. Il n'a peut-être pas le talent de Kasiulis, mais son coup de pinceau me touche.

— Elle est où cette maison ?

— Beaucoup trop loin d'ici.

— Qu'est-ce que vous allez faire à Minsk ?

— Rendre hommage à une amie récemment disparue, répondit Janice le regard perdu au-delà de la vitre.

— Une amie journaliste, comme vous ?

— Puisque vous le savez, pourquoi me poser la question ?

— Pour faire la conversation. On m'a dit de bien m'occuper de vous.

— Et qui vous a dit ça ? questionna Janice amusée.

Le chauffeur sortit un paquet de cigarettes de la poche de son blouson.

— Ça vous dérange ? questionna-t-il.

— Pas si vous m'en offrez une, répliqua-t-elle en baissant la vitre.

L'homme se contorsionna pour attraper son briquet dans sa poche et le tendit à Janice qui alluma leurs deux cigarettes.

— J'étais encore un enfant quand mes parents sont venus s'installer à Vilnius, poursuivit-il. Loutchine était au milieu de son premier mandat, la situation avait déjà dégénéré. Il fallait être aveugle pour ne pas voir que lui et ses hommes allaient s'emparer du pays. Deux ans après son élection, il avait modifié la constitution pour s'arroger plus de pouvoirs, et quand les deux tiers des députés se sont élevés contre lui, il a lancé un référendum. Mais son gouvernement avait banni l'opposition de la télévision, de la radio et fait saisir le matériel des journaux qui ne lui étaient pas favorables. Ensuite il les a interdits. Loutchine a ajourné le parlement, envoyé la police et fait emprisonner quatre-vingt-neuf des cent dix députés.

— Et personne ne s'est dressé contre ce coup d'État ?

— Théoriquement ce n'en était pas un puisque l'État, c'est lui. Enfin, certains ministres ont démissionné, ainsi qu'une majorité des membres de la Cour constitutionnelle. Ils ont tous été remplacés au pied levé par des proches de Loutchine. L'histoire des dictatures est toujours la même. Un homme se présente en défenseur du peuple, mène campagne avec de grandes idées nationalistes, hurle sur des podiums qu'il va rétablir l'ordre, assurer la sécurité, lutter contre le crime et la corruption. Et les gens le croient, comme ils croient que tous leurs problèmes sont la faute des autres. Mais les redresseurs de torts sont souvent les auteurs des maux qu'ils dénoncent. Une fois qu'ils ont pris le pouvoir, ils le gardent par tous les moyens, s'érigent en rempart contre le chaos, affirment que tout opposant est un ennemi de la nation, et pendant que le peuple se laisse manipuler, ils s'enrichissent. Loutchine n'a pas tardé à contrôler le pays, il a renforcé les pouvoirs du KGB, éliminé ses détracteurs. Et depuis près de trente ans, il règne en tyran. Je suis né à Modzina, au nord-est de Minsk, j'avais un ami qui dirigeait une ONG venant en aide aux opposants au régime biélorusse. L'été dernier, des hommes de Loutchine sont venus le pendre dans un parc de Vilnius. Rien n'arrête ces ordures. Je veux retourner vivre dans mon pays en homme libre. Mais vous, pourquoi êtes-vous ici, ce n'est pas votre combat ?

Janice inspira une longue bouffée et regarda fixement la ligne d'horizon.

— Vous savez ce que Loutchine a dit d'Hitler ? Qu'il n'avait pas que de mauvais côtés. Les amis de mes ennemis sont mes ennemis. Ma maison est à Tel-Aviv.

À la ville succéda la banlieue qui s'étiola pour devenir campagne. Puis, des lisières de forêts apparurent. Le camion filait à bonne allure sur la E12, longeant les maisons blanches de Daržininkai, les chalets de cèdre rouge de Skaidiškės, les longues fermes d'Užukenė.

Un peu plus tard, le chauffeur s'arrêta à la hauteur de Pagojys. Il accompagna Janice dans le fourgon, ouvrit le double fond derrière la caisse et l'aida à s'y cacher.

— Dans dix minutes, précisa-t-il, nous entrerons en Biélorussie.

— Combien de temps vais-je rester dans cette caisse ? s'inquiéta Janice.

— Une heure, s'il n'y a pas trop de monde à la frontière. Nous ferons halte dans une station-service et je viendrai vous libérer. Une voiture vous y attend pour vous conduire à Minsk. Si les douaniers inspectent la cargaison, surtout ne faites aucun bruit.

Le chauffeur revissa le panneau du compartiment secret et retourna s'installer derrière son volant. Le camion s'ébranla.

*

À Londres.

Cordelia feuilletait nerveusement les pages de son cahier, elle attendait que ses collaborateurs sortent déjeuner. Elle avait besoin du matériel de l'agence pour créer des diversions quand elle initierait la deuxième phase du plan. Elle avait recueilli quantité de renseignements sur ceux qu'elle solliciterait, mais n'avait pas trouvé dans leurs vies de grands crimes ni de délits notables. Elle avait épluché leurs mails, leurs agendas, étudié leurs sources de revenus, découvert quelques affaires extramaritales pour certains, quelques entorses à la loi pour d'autres, ce qui n'avait rien de très exceptionnel dans un pays où les proches du pouvoir n'en respectaient aucune. Soudain, les rôles s'inversaient, Cordelia se sentait coupable de faire chanter ces hommes pour leur forcer la main, mais c'était le seul moyen d'arriver à ses fins. Comment réunir une soixantaine de cars scolaires et autant de camions dans la plus grande discrétion, sans franchir la ligne rouge ? Pas question de les menacer, ils seraient payés pour leurs services, et en contrepartie auraient l'obligation de se taire et de suivre les instructions.

À midi trente, l'étage se vida, Cordelia descendit au sous-sol. Dans la salle des serveurs, elle arpenta les baies informatiques et se connecta sur un terminal de maintenance. Il fallait que cette connexion n'éveille aucun soupçon, personne ne devait s'interroger sur la raison pour laquelle une vingtaine de messages allaient transiter par des serveurs relais situés sur tous les continents, pour atterrir dans des boîtes mail situées à Minsk ou dans sa banlieue. Les envois étaient identiques, un bordereau de réservation en bonne et due forme, pour des cars qui devraient ramasser des écoliers et les conduire à la campagne. Une idée tordue de Mateo. Qui s'alarmerait d'une sortie parascolaire un dimanche matin ? Les mails qu'elle envoya ensuite furent destinés à affréter des camions. La préparation de cette phase de l'opération, plus délicate, avait requis de nombreuses semaines de travail.

Quatre des six compagnies de poids lourds étaient tenues par des sympathisants à leur cause. Cordelia avait aidé les responsables de la logistique à fabriquer de faux contrats de fret. Le jour J, les camions quitteraient les dépôts avec des papiers en règle. Les deux autres sociétés de transport avaient été mises à contribution de façon officielle. Au cours des dernières semaines, elles avaient reçu une cinquantaine de cartons de pièces détachées d'automobiles destinés à des garages situés dans différents quartiers de la ville. L'étiquetage des colis ne soulevait aucune question. Si quelqu'un les avait ouverts, il aurait trouvé des bougies, des courroies, des bielles, des cardans ou encore des optiques ; une fouille approfondie aurait pourtant révélé la véritable cargaison dissimulée sous des plaques de carton ondulé : des routeurs, des câbles, des batteries, des antennes satellites, des relais Wi-Fi et des ordinateurs. En quantité suffisante pour installer dans Minsk un réseau de communication secondaire. L'acheminement s'était étalé sur plusieurs semaines. Les garages et ateliers de carrosserie employant parmi leurs mécaniciens des membres de l'opposition au régime avaient reçu une quantité de marchandise à peine supérieure à la normale.

À 13 heures, Cordelia envoya un message crypté à Vital, qui le réachemina vers Minsk. Le signal venait d'être donné, l'assemblage du réseau devait commencer le soir même. À Minsk, chacun savait ce qu'il avait à faire au cours des deux nuits à venir. Où poser les bornes émettrices, où installer les brouilleurs de fréquences, sur quels boîtiers du réseau public brancher les câbles de shunt, sur quels toits déployer les antennes-relais. Malik relaya le message de Cordelia et informa son contact à Vilnius que l'opération Okrestina venait de commencer.

Cordelia n'avait pas vu le temps passer. La pause repas était terminée, elle n'avait plus que quelques minutes devant elle. Mais avant de quitter la salle des serveurs, il fallait envoyer un dernier message, à une femme qui tenait les cuisines du seul établissement de Ganevo où les routiers venaient se restaurer. Perché sur un promontoire, le café Vasilok jouissait d'une vue parfaite sur le poste-frontière entre la Lituanie et la Biélorussie.

Des pas résonnèrent aux abords de la salle des serveurs. Cordelia pianota à toute vitesse pour effacer les traces de son passage sur le terminal de maintenance, repoussa la console dans son réceptacle et referma la baie informatique. Elle entendit le glissement des portes coulissantes, l'ingénieur responsable des lieux avait réinvesti ses quartiers. Cordelia se planqua derrière une armoire métallique, le temps de trouver un moyen de se tirer de ce mauvais pas...

Deux collaborateurs, Rossell et Sheridon, travaillaient dans la salle des serveurs. Leur job consistait à vérifier que toutes les diodes clignotant dans les baies étaient vertes, et à intervenir aussitôt si l'une virait à l'orange ou au rouge. Rossell ne connaissait pas la ponctualité, ce devait donc être Sheridon qui avançait dans sa direction et il n'allait pas tarder à tomber nez à nez avec elle. Depuis sa cachette, Cordelia lui envoya un texto, le priant de venir la voir dans son bureau de toute urgence. Il était si proche qu'elle entendit son portable vibrer et ses semelles crisser sur le lino quand il s'arrêta pour consulter son message.

— Qu'est-ce qu'elle veut encore, la vieille ! grommela-t-il en tournant les talons.

Elle encaissa sans broncher. Dès qu'il fut sorti, elle se précipita vers l'escalier de service et grimpa jusqu'au troisième étage pour parvenir à son bureau avant lui. Elle prit place sur son fauteuil et se concentra sur son écran.

— Vous vouliez me voir ? demanda Sheridon en entrant.

— Je crois qu'on n'utilise pas vos talents à leur juste valeur, lui répondit-elle, prise d'une soudaine inspiration. Je voudrais faire une vérification préventive de tous nos serveurs. Mises à jour, tests des pare-feux, analyses, bref, la totale... Cela va prendre du temps et on ne peut pas courir le risque de perturber le trafic de nos clients. Samedi et dimanche me semblent deux journées idéales, d'autant que la météo annonce de la pluie.

Sheridon se décomposa. Les dernières procédures de test remontaient à un mois au plus, argua-t-il. Rien ne justifiait qu'on remette ça si vite.

— C'est un point de vue, mais pas le mien, rétorqua Cordelia en lui montrant la porte. Je vous aurais bien donné un coup de main, ajouta-t-elle, mais je pars en week-end. Le privilège de l'âge...

*

Ganevo, à la frontière biélorusse.

Le camion ralentit et s'immobilisa. Janice entendit le chauffeur lui crier derrière la cloison de prendre son mal en patience. Ils en avaient au moins pour une heure. Les poids lourds étaient déviés sur une voie parallèle pour être inspectés et il en comptait une bonne vingtaine devant lui.

230

L'heure s'égrena en de longues minutes. Le Volvo avançait au pas. Recroquevillée dans le double fond de sa caisse, Janice se contorsionna pour chasser une crampe qui commençait à la faire souffrir. Elle perçut le grincement du hayon qui descendait, le claquement des portes arrière qu'on ouvrait. Un douanier s'entretenait avec le chauffeur sur un ton peu aimable. Elle les entendit grimper dans le fourgon, le garde frontalier tapait avec un bâton sur les flancs des caisses, énumérant à haute voix les indications qui figuraient sur leurs étiquetages. La relation que Janice entretenait avec Dieu était depuis longtemps tombée en désuétude, pour ne pas dire qu'elle était inexistante ; pourtant, elle pria en silence pour que ce fichu douanier s'en aille. La voix de son chauffeur ne laissait paraître aucun signe de nervosité.

Janice sentit des gouttes de sueur ruisseler depuis sa nuque vers ses omoplates. Elle avait chaud, son souffle devenait haletant, sa gorge se resserrait, elle allait manquer d'air. Elle s'efforça de rester immobile, calme, alors que la crampe qui tenaillait sa jambe droite lui infligeait une douleur indicible. Si elle se faisait prendre maintenant, la mission s'arrêterait là.

Elle orienta ses pensées vers le jardin de sa maison du Florentin, s'imagina en train d'y prendre le thé, le visage doré par le soleil.

Un bruit de bottes, le douanier s'approchait de la caisse renfermant les *Deux femmes* de Kasiulis. Janice serra les poings et tenta de se remémorer sa dernière soirée, passée à faire la tournée des bars avec David. Pour fêter son départ, elle avait beaucoup trop bu et en avait payé le prix au matin, mais elle aurait tout donné pour se téléporter à Tel-Aviv. Elle ferma les yeux et se concentra sur la salle de rédaction du journal où la vie était toujours turbulente. Elle récita dans sa tête le prénom de chacun de ses confrères, y compris ceux qu'elle n'aimait pas. Enfin, les voix du chauffeur et du douanier se firent plus lointaines. Un claquement de portières, le cliquetis du hayon qui remontait, et le camion redémarra. Janice s'appuya sur les parois pour ne pas perdre l'équilibre. Au bout de quelques kilomètres, elle eut soudain très chaud, beaucoup trop chaud, les parois se rapprochaient, la caisse rétrécissait à vue d'œil. Elle se sentit mourir enfermée dans ce cercueil. Son cœur se mit à battre de plus en plus vite ; des étoiles scintillaient devant ses yeux. Elle tambourina en hurlant de toutes ses forces.

Le chauffeur finit par percevoir ses cris et se rangea sur le bas-côté. Il sauta de son camion, entra dans le fourgon par la porte latérale, repoussa deux cartons pour se frayer un passage, et attrapa sa visseuse. Lorsque le panneau du double fond céda, il trouva Janice accroupie, livide et haletante, des frissons lui parcourant le corps. Il la souleva de terre et la retint dans ses bras. Tant pis pour les consignes ; sa passagère n'était pas en état de poursuivre le voyage autrement qu'assise à l'avant. Il l'installa sur le fauteuil passager, ouvrit grand la vitre, boucla sa ceinture et redémarra.

— Qu'est-ce qui vous est arrivé ?

— Je suis fatiguée, c'est tout.

— Vous m'avez l'air en piteux état, dit-il en se penchant vers la boîte à gants.

Il en sortit un thermos et le tendit à Janice.

— Buvez.

— C'est quoi ?

— De l'eau, il faut vous réhydrater.

Dehors, l'air était froid mais pas encore glacial, il le deviendrait avec la nuit. Le vieux Volvo filait sur la E15, un panneau indiquait Minsk à cent cinquante kilomètres.

— Dans une heure et demie, nous arriverons à l'endroit du transfert.

— Qui va me conduire à Minsk ? s'inquiéta Janice.

— Une amie chez qui vous dînerez et dormirez ce soir. Elle parle anglais, comme moi. Vous commencez à reprendre des couleurs, reposez-vous maintenant.

Janice posa sa nuque sur l'appuie-tête et ferma les yeux. Le reste du trajet s'effectua dans le plus grand silence. Vers 15 heures, le chauffeur quitta la voie rapide. Le soleil obliquait sur les rares arbres nus dressés le long de la station-service. Le Volvo se rangea sur un parking situé à l'arrière d'un bâtiment.

— J'aurais préféré que vous gardiez un meilleur souvenir de ce voyage, dit le chauffeur, désolé.

— Le douanier aurait pu ouvrir la caisse, répondit Janice. Merci pour tout.

— C'est à moi de vous remercier. Soyez prudente.

Il lui tendit la main, elle sourit et le serra dans ses bras. Puis le chauffeur pointa du doigt une Opel Break parquée devant eux. Janice descendit du camion, fit un dernier signe de la main et avança vers la voiture.

*

Marika était une femme énergique, elle parlait beaucoup avec les mains, même en conduisant, ce qui ne rassurait pas Janice qui l'écoutait sans avoir jamais l'occasion de l'interrompre. Durant le trajet, Marika brossa un état de la situation à Minsk et dans les grandes villes. La répression grandissante n'avait pas réussi à éteindre les volontés de résistance. Le régime de Loutchine était à bout de souffle. À travers le pays, des groupes se constituaient, plus nombreux chaque semaine. Un soulèvement était imminent, ne manquait qu'un leader pour les réunir et les conduire à la victoire. Mais le temps pressait, expliqua Marika. Loutchine sentait le vent tourner. Des rumeurs de palais avaient filtré, laissant entendre que pour détourner l'attention du peuple, il préparait une guerre contre leurs voisins de l'Ouest. Cela faisait longtemps que la télévision d'État fustigeait l'Occident, mais depuis quelques semaines elle s'en prenait à la Lituanie, l'accusant d'héberger les criminels qui voulaient semer le chaos et de financer des projets d'agression contre la Biélorussie. Des photographies d'opposants réfugiés à Vilnius apparaissaient de plus en plus souvent dans les journaux contrôlés par le gouvernement. Le dictateur en perte de vitesse s'érigeait à nouveau en grand défenseur de la nation. On l'avait vu entrer dans le palais de la présidence en uniforme militaire, un fusil-mitrailleur à la main.

— Il a vraiment les moyens de déclencher une guerre ? s'inquiéta Janice, heureuse de pouvoir enfin s'exprimer.

— Il a des tanks, des avions de chasse, des soldats et des policiers qui ne savent rien faire d'autre que d'obéir aux ordres. Et puis, grâce à sa fortune personnelle, Loutchine pourrait s'acheter plus de milices privées que la terre n'en compte, les barbares du groupe Wagner et les anciens soldats d'Assad qui crèvent de faim. L'important est d'arrêter sa démesure avant qu'il ne soit trop tard.

L'Opel Break se rangea sur le parking d'une résidence. Des bâtiments de dix étages à la monotonie grise se dressaient autour de Janice.

Marika coupa le contact, sortit de l'Opel et marcha résolument vers la porte de son immeuble.

Une odeur âcre planait dans le hall. Les murs étaient couverts de graffitis, mais l'ascenseur fonctionnait. Marika appuya sur le bouton du sixième étage. Pendant toute la montée, elle fredonna un air populaire.

— D'habitude ils sont deux par chambre, ce soir ils vont tous camper dans une seule, j'ai refait le lit pour vous, les draps sont propres, dit-elle en tapotant sa poche pour chercher ses clés.

Les quatre enfants de Marika les accueillirent par des cris de joie, courant pour s'agripper à leurs jambes, jusqu'à ce que leur mère les congédie gentiment. Le plus jeune n'avait pas encore deux ans, l'aîné, à peine huit. L'appartement était admirablement rangé, les voilages des fenêtres affichaient un blanc insolent ; le tapis rouge du salon semblait immaculé.

Marika montra sa chambre à Janice, deux lits superposés, un coffre à jouets en faux osier, un petit bureau en bois contreplaqué, et l'invita à la suivre dans la cuisine.

Le linoléum luisait sous la lumière des néons du plafond. Marika briquait un monde qu'elle ne pouvait changer.

Elle passa un tablier autour de sa taille et s'installa derrière la gazinière.

— Quatre enfants c'est beaucoup trop, se plaignit-elle en allumant le fourneau. J'ai grossi et mes cheveux ont perdu leur éclat. Le dernier je n'en voulais pas, mais finalement je l'aime autant que les autres. Mon mari ne rentrera pas ce soir, ni les soirs suivants d'ailleurs. C'est un coureur, et je ne parle pas de jogging, il serait moins bedonnant, mais c'est un homme bon. Il ne peut pas avoir que des qualités, n'est-ce pas ? Mes gamins doivent avoir des demi-frères et sœurs dans tout Minsk. Au moins, ceux-là, je n'ai pas à les nourrir, ricana-t-elle.

Janice proposa son aide. Marika lui montra le placard à vaisselle et désigna la table en Formica. Quand les enfants eurent fini leur repas, Janice débarrassa pendant que Marika les douchait. Elle l'accompagna au moment du coucher, l'observant en silence, admirative et pensive. Sa vie était si différente du quotidien de cette femme qui l'accueillait avec générosité, sans laisser paraître un instant qu'elle avait déjà trop à faire. Bientôt le calme revint. Marika ôta enfin son tablier, prit deux assiettes dans lesquelles elle avait servi de la truite et les posa sur la table basse du salon.

— Demain matin, j'accompagne les trois grands à l'école, et je vous emmènerai chez Michaël. Le pauvre homme, il ne se remettra jamais de la mort de Daria. C'était un couple si uni.

— Comment suis-je arrivée jusque chez vous ? demanda Janice.

— Dans une dictature, expliqua Marika, la sécurité d'un réseau de résistance impose que chacun ne connaisse qu'une ou deux personnes tout au plus. On vous a conduite ici parce que j'étais une amie de Daria, le reste ne me regarde pas. Si on m'arrête un jour, même sous la torture je ne pourrai révéler ce que j'ignore. Vous devriez aller dormir, vous avez l'air épuisée.

— Pas vous ? demanda Janice.

— Oh non, répondit Marika, et heureusement ; maintenant que les enfants dorment, ma soirée de travail commence.

— Vous avez des nouvelles de Nicolaï et de Roman ?

— Plus aucune depuis la mort de Daria. Avant d'être assassinée, elle a fait savoir que Nicolaï allait plutôt bien, mais je n'en crois pas un mot. Roman est jeune, il a plus d'endurance.

— Ce serait indiscret de vous demander ce que vous faites ?

— Je suis journaliste, comme vous.

MINSK

16.

À Londres et à Madrid.

Cordelia s'examina dans le miroir de sa salle de bains. Elle crispa ses mâchoires, tourna la tête de trois quarts et s'avança plus près de la glace : elle avait perçu une ride au coin de l'œil. Elle eut une pensée pour Sheridon, se réjouit de lui avoir ruiné son week-end et le traita d'abruti en regagnant sa chambre. Elle s'allongea sur son lit, devant les informations qu'elle écoutait à peine. Son ordinateur, posé près d'elle, émit un tintement. Mateo la priait de le rejoindre au plus vite sur le forum. Elle soupira, tapa ses codes et se connecta.

— Qu'est-ce qu'il y a ? questionna-t-elle.

— C'est quoi ce bruit, tu es seule ?

Cordelia attrapa la télécommande sur la table de nuit et éteignit la télévision. Sans regret, les nouvelles n'avaient aucun intérêt. Le Premier ministre anglais s'était embourbé dans un nouveau scandale, ce qui, en soi, n'était pas vraiment une nouvelle.

— Vital se pose des questions, enchaîna Mateo.

— Moi aussi figure-toi, et à longueur de journée, c'est épuisant, d'ailleurs je suis épuisée.

— Tu en es où ?

— Elle n'a pas tort, ta fiancée. Cette manie que tu as de jouer les maîtres d'école finit par être agaçante.

— Nous ne sommes pas fiancés, rétorqua Mateo.

— Elle t'aime, tu l'aimes, je ne vois vraiment pas la différence.

— C'est plus compliqué que tu ne le crois.

— C'est vous qui êtes compliqués, mais après tout, ce sont vos affaires. Les antennes seront déployées cette nuit, les moyens de transport sont réservés et les lieux des regroupements sécurisés. J'ai terminé mon boulot et j'ai donné un coup de main à mon frère qui ne s'en sortait pas. Et puisque tu veux tout savoir, j'avais l'intention de dormir.

— Je n'ai toujours pas reçu d'adresse pour pénétrer le site principal, Vital non plus, lâcha Mateo.

— Janice n'est sur place que depuis quelques heures, laissez-lui le temps d'opérer. Elle est tenue au silence radio, elle ne nous contactera qu'au dernier moment. Mais tu savais déjà tout cela, alors qu'est-ce que tu veux exactement ?

— J'ai bien réfléchi, avoua Mateo. Je ne crois pas que lancer les opérations depuis le donjon soit une bonne idée. Lorsque nous attaquerons les serveurs de Biélorussie, le gouvernement pensera d'abord à une agression voisine. Aucun pays d'Europe n'aurait la volonté de s'en prendre à eux, pas de façon aussi massive. Ils risquent de riposter à l'aveugle en s'en prenant au coupable le plus probable.

— En attaquant les infrastructures informatiques de l'Ukraine ? déduisit Cordelia.

— Je le crains, et si Vital et Malik se retrouvaient coupés du monde, nous serions fichus.

— Si tu penses aux installations de mon agence en *backup*, c'est hors de question. Je n'ai pas les mains suffisamment libres. Impossible de relayer une attaque pareille sans me faire prendre, même en agissant la nuit. Le trafic que l'on va générer déclencherait tellement d'alarmes que mes équipes comprendraient immédiatement ce qui se passe.

— Ne t'inquiète pas, je n'ai jamais pensé à t'exposer, mais à lancer le feu d'artifice depuis Rome.

— Depuis tes locaux ? Tu es devenu complètement fou ? Enfin Mateo, réfléchis ! Si nous réussissons cette mission, tu te rends compte du bordel qu'on va mettre dans la communauté des hackers ? Les White et les Black Hat voudront tous découvrir qui a fait le coup. La résistance biélorusse n'est pas équipée pour mener une opération de cette envergure. Les divisions des armées informatiques en Chine, au Moyen-Orient, chez les Russes ou les Nord-Coréens ne se soupçonneront pas longtemps entre elles. Aucun de ces pays n'a de raison de s'attaquer à Loutchine. Dès qu'ils en seront convaincus, et pour prouver leur innocence, je te parie qu'ils iront jusqu'à collaborer afin de démasquer les coupables et éviter aussi une cyberguerre mondiale. Ils procéderont par élimination. Une opération menée par une agence gouvernementale occidentale ? Personne n'y croira. Quel autre groupe a la maîtrise suffisante pour orchestrer une attaque qui paralyse un pays ?

— Nous ne sommes pas les seuls.

— Si, justement. Et tu voudrais courir le risque que l'on remonte jusqu'à toi ? Sauf si tu as l'intention de faire ta valise et de griller tous tes serveurs pour disparaître dans les deux heures qui suivront les festivités, ton idée est absurde. C'est dingue que ce soit moi qui te dise ça. Je te parle de la mobilisation d'armées entières de hackers lancées aux trousses de ceux qui auront conduit l'une des plus grandes attaques DDoS[1] jamais entreprises.

— Je sais tout cela, Cordelia, mais je ne vois pas d'autre solution.

— Parce que jouer au kamikaze, c'est une solution ? Moi j'appelle cela de la connerie. Vital est au courant ?

— J'ai commencé cette conversation en te disant que Vital se posait des questions. Maintenant, tu sais lesquelles. Mais, s'il te plaît, ne dis rien aux autres pour l'instant.

— Alors puisque vous êtes tous les deux aussi barjots l'un que l'autre, faites comme vous voulez. Moi qui rêvais d'une bonne nuit de sommeil, je te remercie, c'est foutu.

Cordelia claqua le couvercle de son ordinateur portable en enrageant. En raison de ce que Mateo avait en tête, mais également parce qu'elle savait qu'il avait raison et elle n'avait aucune alternative pour empêcher qu'il se sacrifie. Impossible de dormir en gardant cela pour elle, elle appela Diego.

*

---

1. Une attaque DDoS vise à paralyser les serveurs d'une infrastructure en les saturant. Dans le cas d'une attaque de très grande envergure qui requiert plusieurs sources, il faut infecter les systèmes destinés à héberger les « zombies » qui appliqueront un effet multiplicateur à l'attaque initiale.

Le soir, à Madrid et à Londres.

Diego s'était retiré dans son bureau avant la fin du service. Derrière son ordinateur, il était décidé à achever avant l'aube ce qui l'avait occupé depuis de nombreuses semaines. Le déclenchement des opérations n'était plus qu'une question de jours, trois pour être précis. Les cuisines étaient déjà fermées. Son téléphone sonna, le numéro était caché, ce qui le fit sourire. La semaine dernière, il avait dîné avec une jeune femme dont la compagnie ne lui avait pas déplu. Il l'avait raccompagnée à moto, et bien qu'il ait roulé prudemment elle lui avait enserré la taille, les mains posées sur le bas de son ventre avec une détermination affranchie de toute retenue. Ils s'étaient embrassés devant sa porte, et Diego était rentré chez lui au petit matin. Depuis, ils s'appelaient à tour de rôle, un soir sur deux, aux alentours de minuit. Diego se racla la gorge et décrocha.

— Tu sais, mon frère, les problèmes ne manquent pas, et je m'étais faite à l'idée que tout ce que nous entreprenions était illusoire. Mais aujourd'hui, il s'est vraiment passé quelque chose et je viens de changer d'avis.

— Pourquoi aujourd'hui ? questionna Diego, déçu d'entendre la voix de sa sœur.

— Je viens d'échanger avec Mateo et sa détermination m'a presque tiré des larmes.

— Tu es sérieuse ? demanda Diego.

— Je commence à avoir des difficultés à lire sans lunettes, ce qui est un signe que ma jeunesse fout le camp, donc oui, je vais devenir sérieuse maintenant.

— Tu passes ta vie les yeux collés devant des écrans, va voir un ophtalmo avant de te vieillir. Qu'est-ce qu'a dit Mateo de si bouleversant ?

— C'est un secret.

— Mais c'est très certainement pour le partager que tu m'appelles.

— Il veut lancer le feu d'artifice depuis Rome. Je te laisse digérer ça, je n'ai plus de chocolat et je dois aller en chercher dans la cuisine. Je manque cruellement de sucre.

— Tu vas mal à ce point ?

— Pire encore.

Cordelia sauta de son lit, descendit l'escalier en courant, trouva son bonheur dans un tiroir et remonta dans sa chambre. Elle reprit son téléphone en main.

— Tu es toujours là ?

La communication était coupée. Elle rouvrit son ordinateur et se connecta au forum. Diego l'y attendait.

— Ce n'est pas le genre de discussion à avoir au téléphone, dit-il.

Elle lui fit part de sa conversation avec Mateo et Diego reconnut à son tour que leur ami n'avait pas tort. Si les hommes de Loutchine ripostaient à leur cyberattaque, ils s'en prendraient d'abord à l'Ukraine. Le donjon se retrouverait coupé du monde et le Groupe perdrait son QG. Mais il partageait les mêmes inquiétudes que Cordelia quant au sort de Mateo.

— J'espère qu'il est bien assuré, il n'aura pas d'autre choix que de détruire toutes ses installations, ajouta-t-elle.

— Mais ses installations sont aussi son outil de travail.

— J'imagine qu'il sait ce qu'il fait.

— Non, tu n'imagines rien du tout. Mateo n'a pas été épargné durant son enfance, son père est mort brûlé dans sa maison incendiée par les troupes d'un dictateur. C'est Ekaterina qui me l'a confié. J'ai peur que cette opération soit pour lui une vengeance.

— Et alors, ce serait grave ?

— La vengeance rend aveugle, tu connais le dicton. Ekaterina est au courant de ce qu'il compte faire ?

— Non, et je ne sais pas si je dois le lui dire ou non. Mateo m'a fait promettre de n'en parler à personne.

— Et maintenant que tu me l'as dit, je suppose que tu vas me laisser réfléchir à ta place.

— Exactement. Et de ton côté, tu en es où ?

— Le virus maître est implanté, chaque fois qu'un employé d'un ministère envoie un mail à un autre ministère, il le propage dans ses serveurs. Je ne fais que surveiller le trafic pour ne prendre aucun risque, mais la plupart des serveurs du gouvernement sont infectés, l'intérieur, la justice, les transports, la défense. Au moment où je te parle, notre petit ver se promène dans les préfectures des oblasts et sème ses fantômes. D'ici deux jours, le maillage obtenu sera suffisant pour lancer une cyberattaque majeure. Ne reste plus qu'à récupérer l'adresse IP de la prison, Janice devrait nous la procurer demain.

— Alors à demain, tapa Cordelia en bâillant. Bonne nuit, mon frère.

Elle referma son ordinateur et éteignit la lumière.

KYÏV

17.

Jeudi matin, à Minsk.

Un cauchemar avait hanté la nuit de Janice. Noa, enfermée dans un coffre qui s'enfonçait lentement dans un lac, l'appelait au secours. Après avoir plongé dans les eaux noires, Janice se débattait en tentant de la libérer. Les mains en sang, elle n'y parvenait pas. Le coffre poursuivait sa descente inexorable vers les abîmes tandis que Janice, impuissante, remontait à la surface et se réveillait en nage. Ce cauchemar la poursuivait au matin quand des rires d'enfants l'avaient fait sursauter.

Janice avait suivi leurs voix entremêlées de cris et débarqua dans la cuisine, les cheveux en bataille. Les gamins, déjà habillés, finissaient leur petit déjeuner. Marika l'informa que le départ était imminent, elle avait juste le temps d'aller se doucher.

Un quart d'heure plus tard, la famille embarqua à bord du break. Marika déposa les trois grands à l'école, le plus jeune resta attaché sur son siège. Marika reprit le volant et roula dans les rues encombrées du matin ; un vent froid fouettait Minsk.

Un peu plus tard, l'Opel se rangea devant une barre d'immeubles, tout aussi gris que celui où Janice avait passé la nuit.

Michaël les accueillit dans son appartement. Janice entra la première. Au fond du séjour décoré d'un mobilier rustique, un mur de livres rivalisait de taille avec la fenêtre. Un chauffage d'appoint posé près d'un fauteuil ronronnait comme un vieux chat. Marika afficha un air effondré en constatant le désordre qui régnait en maître depuis la mort de Daria. Elle se dirigea vers le canapé, redonna forme aux coussins bosselés, avant de s'y installer et d'ouvrir son corsage pour allaiter son enfant. Michaël traîna les pieds jusqu'à la table et invita Janice à prendre place. La tristesse écrasait tout son être. Il partit vers la cuisine en silence et revint quelques instants plus tard, un plateau dans les mains. Il posa sur la table une cafetière, un vieux sucrier en métal argenté et trois tasses en porcelaine. Puis il versa un café noir épais et se laissa tomber sur sa chaise.

— Il n'y a rien à faire pour vivre cela dignement, dit-il. C'est moi qu'ils auraient dû assassiner. Je dois tenir bon pour notre fille. Seulement je n'y arrive pas.

Marika le regardait fixement. Janice pensait qu'elle se lèverait pour aller le consoler, mais elle ne bougea pas et se contenta de soulever son bébé pour le rapprocher de son sein.

— Quand aura lieu l'enterrement ? demanda Janice.

— Il n'y en aura pas, répondit Michaël d'une voix lasse. Daria est dans notre chambre, ils me l'ont rendue hier, je vais la chercher.

Il quitta la pièce, les deux femmes partagèrent un regard inquiet, Marika haussa les épaules, se demandant si Michaël n'avait pas perdu la raison. Le mystère se dissipa lorsqu'il revint avec une urne en cuivre qu'il serrait contre sa poitrine. Il la posa près de la cafetière et la contempla, les yeux humides.

— Elle serait contente, elle aimait tant le café. Le matin, elle en buvait toujours trois tasses avant de partir à son travail.

Il éclata en sanglots. Cette fois, Marika se leva, confia son bébé aux bras de Janice et serra Michaël dans les siens. L'enfant colla sa joue contre sa poitrine et soudain, Janice n'entendit plus les sanglots de Michaël, ni les paroles réconfortantes que Marika lui adressait. Le monde s'était brusquement retiré, comme un océan avec la marée basse. Happée par les yeux grands ouverts du petit garçon qui la fixait, elle vit soudain avec clarté la raison de ses combats, le sens qu'elle avait donné à sa vie : offrir à chacun la liberté dont elle avait elle-même hérité de ses parents.

— Leur cynisme ne connaît pas de limites, enragea Michaël en montrant l'urne scellée par un cachet de cire estampillé d'un sigle gouvernemental. Ils ont affirmé que sa voiture avait pris feu, un prétendu court-circuit. J'ai appelé les pompiers, aucun véhicule n'a brûlé le soir de sa mort. Ils l'ont assassinée et incinérée pour qu'il n'y ait pas d'autopsie.

Michaël regarda l'urne et se redressa. Son chagrin s'était mû en rage. Il se dirigea vers un buffet si massif que deux hommes auraient eu du mal à le déplacer. Il le tira vers lui sans donner l'impression d'avoir fait le moindre effort.

— J'ai quelque chose à vous remettre. Daria remplissait des pages de notes après chacune de ses visites à Okrestina, confia-t-il. Elle avait tout retranscrit en anglais.

Il tapa du poing sur le dos du meuble, libérant une planche en bois qui une fois ôtée révéla un petit compartiment. Il en sortit un grand agenda, l'ouvrit et s'arrêta sur une page où Daria avait croqué un plan richement légendé.

— La prison se répartit sur deux bâtiments, expliqua-t-il. Celui de droite est occupé par les femmes, à gauche ce sont les hommes. Les prisonniers politiques sont enfermés aux deux premiers étages.

Il désigna ensuite les différents lieux de la prison. Le sas de l'entrée, le parloir, l'infirmerie, le réfectoire, les cellules ordonnées le long d'un corridor carré, la cour et les emplacements de chaque caméra. Daria avait même reporté le circuit des câbles qui les reliaient au poste de sécurité. Sur d'autres pages apparaissaient les heures de ronde, les rotations des gardes, autant d'informations que Nicolaï lui transmettait à mots couverts lorsqu'elle lui rendait visite.

— Loutchine ne supportait pas que Daria soutienne Sviatlania… Elle avait les preuves que les charges de terrorisme pesant sur Nicolaï avaient été fabriquées de toutes pièces par le gouvernement, elle s'apprêtait à les publier.

Janice écoutait Michaël d'une oreille distraite. Elle était penchée sur le plan, se référant aux notes de Daria pour interpréter chacune des légendes. Après l'avoir étudié pendant près d'une heure, elle fit une découverte qui lui glaça le sang. Caméras, alarmes et commandes des verrous électroniques étaient reliées sur un réseau local, toutes les stations étaient connectées à un unique répartiteur. Un avantage, puisqu'il suffisait de le mettre hors service pour que l'ensemble des installations soit hors d'état de fonctionner. Mais aussi un inconvénient majeur, car par définition un réseau local ne communiquait pas avec l'extérieur. Si cela se confirmait, il était impossible de le pirater à distance. Faire tomber les sécurités d'Okrestina ne serait possible que depuis l'intérieur de la prison.

— J'ai besoin d'un moyen de communication entièrement sûr, dit-elle.

— À Minsk ?

— Oui, et c'est urgent. Si l'on veut faire sortir Nicolaï de cette prison, je dois entrer en contact avec des amis, et je ne peux pas prendre le risque que ma communication soit traçable.

— Daria avait accès à des téléphones équipés de cartes SIM muettes, je peux appeler un de ses collègues pour qu'il nous en confie un.

Janice arpenta la pièce à la recherche d'une solution satisfaisante ; si les communications de Daria avaient été sécurisées, elle serait probablement toujours en vie.

— Par quels moyens Daria faisait-elle passer des informations à Roman et à Sviatlania, depuis des mois ?

— Elle ne me l'a jamais dit.

Janice s'approcha de la fenêtre ; le ronronnement de l'appareil de chauffage l'empêchait de se concentrer. Discrètement, elle appuya sur l'interrupteur, ne dissimulant pas son plaisir quand le bruit de la soufflerie cessa.

— Il lui arrivait parfois de déroger à sa routine, de faire quelque chose qui sorte de l'ordinaire, ou de se rendre dans un lieu inhabituel ? questionna-t-elle.

— Une routine ? Daria enchaînait trois jobs dans la journée… Et se rendre à Okrestina n'a rien d'ordinaire, s'offusqua Michaël.

— Je ne la critiquais pas, répondit Janice sur le même ton. Me retrouver à Minsk n'a rien d'ordinaire non plus. Si vous voulez venger votre femme, secouez-vous un peu les méninges, je n'y arriverai pas toute seule.

— Bon, calmez-vous, intervint Marika. S'énerver ne nous apportera rien de bon et puis j'ai horreur des cris, j'en supporte assez comme ça à la maison. J'ai peut-être une idée, elle me semble un peu farfelue, mais ça ne coûte rien d'en parler. Daria passait me voir de temps en temps, à l'improviste, mais toujours aux alentours de midi. Mon appartement se trouve sur son chemin quand elle se rend du journal au siège de l'ONG. Enfin, quand elle s'y rendait. Pendant que je préparais de quoi déjeuner, elle filait en douce dans la chambre des grands. Au début, je pensais que c'était pour prendre un repos mérité, mais quand j'allais la chercher pour passer à table, il m'arrivait de la surprendre en train de jouer sur la console de jeu de mon aîné, ce qui m'amusait ; elle disait que c'était puéril, mais que ça lui changeait les idées.

— À quel jeu jouait-elle ? demanda Janice.

— Qu'est-ce que ça change ? Je l'ignore, je n'y ai jamais prêté attention.

— Tâchez de vous souvenir à quoi ressemblait l'écran, c'est très important.

— Je crois qu'il y avait des bonshommes faits de petits cubes, se promenant dans des pièces sommairement dessinées.

Janice attrapa son manteau et se dirigea vers la porte d'entrée.

— On retourne chez vous, dit-elle, je sais par quel canal Daria envoyait ses informations à Vilnius.

Marika se leva à son tour, attrapa la parka de Michaël qui pendait à une patère et la lui lança.

— Prends mes clés, lui dit-elle, c'est toi qui l'accompagnes. Pendant ce temps, je vais remettre un peu d'ordre dans cet appartement.

*

— Il faudra qu'un jour je me résolve à acheter une nouvelle voiture ; ma fille dort chez les parents de Daria, dit Michaël en démarrant le break, c'est loin d'ici et j'ai horreur du train.

— Ça et d'autres choses, répondit Janice sur un ton nonchalant.

— Quelles autres choses ?

— Vous résoudre à vivre, à manger, à boire, à rire, à coucher avec une autre femme, un jour. Quoique, avant d'en arriver là, il faudrait que vous achetiez un autre bonnet, le vôtre vous va horriblement mal. Je sais, c'est un peu tôt pour vous faire des remarques pareilles et vous devez penser que je manque de délicatesse. Vous auriez raison, je n'en ai jamais eu beaucoup. Je parle sans détour. Vous avez une fille, moi pas. Vous avez perdu votre femme, moi ma meilleure amie qui était comme ma sœur. Mais je ne les laisserai pas gâcher ma vie.

Michaël ne répondit pas. Le pare-brise était embué, et il se contenta d'abaisser entièrement la vitre.

— Et un jour, quand vous aurez vraiment repris goût à la vie, il faudra également apprendre à régler le thermostat. Chez vous on suffoque et là je vais geler.

Elle avait réussi à lui arracher un sourire. Il se tourna vers elle en remontant la vitre à mi-hauteur.

— Je n'imagine pas Daria en train de jouer à un jeu vidéo, ça ne lui ressemble tellement pas, dit-il.

— Les femmes sont pleines de ressources. Elle ne jouait pas, elle communiquait. Les gouvernements n'arrivent pas à fliquer les forums de jeux. Les serveurs qui les hébergent sont trop nombreux, situés dans des pays distants et protégés par de solides pare-feux. Les joueurs se comptent en centaines de milliers, impossible de les identifier en temps réel. Mais je pense que Daria était encore plus maligne que cela, je ne serais pas surprise qu'elle soit passée par une plateforme pour accéder au Darknet.

L'Opel arriva à destination. Michaël descendit de la voiture et la contourna pour ouvrir la portière de Janice avant qu'elle n'ait eu le temps de le faire.

— Qu'est-ce qu'il a, mon bonnet ? dit-il en l'escortant vers l'entrée de l'immeuble.

— Il est moche, répondit Janice, et n'allez pas me raconter qu'elle vous l'avait offert.

— Non, je l'ai choisi tout seul.

— Si elle ne vous a rien dit, c'est qu'elle vous aimait vraiment.

Michaël leva les yeux au ciel. Janice ressemblait à Daria, pas physiquement, mais pour son franc-parler ; et, d'une certaine façon, cela lui réchauffait le cœur.

Quelques instants plus tard, ils entrèrent dans la chambre où Janice avait dormi, près de cette console de jeu désuète, sans qu'elle ait pensé une seconde qu'elle lui servirait à entrer en contact avec le Groupe.

Elle l'alluma et se connecta au site du jeu, après s'y être créé un profil et avoir choisi un pseudo identifiable par ses amis. Taper du code avec une manette n'était pas aussi facile qu'elle l'imaginait, elle dut s'y reprendre à plusieurs fois avant de maîtriser l'exercice. Quand elle se sentit prête, elle entra dans le Darknet et envoya un message. En attendant une réponse, elle demanda à Michaël s'il pouvait leur faire un café et, par la même occasion, lui préparer un sandwich ou n'importe quoi de comestible. Même une barre de chocolat ferait l'affaire. Elle n'avait rien avalé depuis la veille et se retint de justesse de dire qu'elle mourait de faim.

Vingt minutes s'écoulèrent. Janice gardait les yeux rivés sur l'écran, dévorant avec appétit une assiette de fromage et une salade que Michaël avait remarquablement assaisonnée. Homme d'intérieur et galant, décidément Daria avait tiré le gros lot, pensa-t-elle. En même temps, admit-elle, si c'était elle qui avait rencontré un tel homme, elle n'aurait pas su quoi en faire.

Enfin l'écran se mit à clignoter.

— Tu es arrivée à destination ? demanda Ekaterina.

— Est-ce que l'un de vous a reçu une adresse concernant le stade ? questionna Janice, sans autre préambule.

Ekaterina comprit qu'elle faisait allusion à la prison d'Okrestina.

— Non, Mateo et Vital s'en inquiètent, ils ne sont pas les seuls. L'heure tourne, le match doit bientôt avoir lieu, répondit-elle. La billetterie sur place aurait déjà dû nous la communiquer.

— Je crois avoir trouvé la raison pour laquelle ils n'ont pas émis les tickets d'entrée, et ce n'est pas de bon augure. Seule la vigie a accès à la Toile, les vestiaires et les parties communes sont reliés sur un autre réseau.

— Un intranet ?

— Probablement.

— *Fuck !* s'écria Ekaterina.

— Comme tu dis. Et je ne vois aucune façon d'accéder au concentrateur. Ce qui est d'autant plus regrettable que, vu son âge, le faire tomber n'aurait été l'affaire que de quelques minutes.

— Je vais prévenir les autres, il faut trouver un moyen. On ne peut pas échouer si près du but, reprit Ekaterina, pas pour un truc aussi stupide.

— Oui, c'est assez stupide, et de le découvrir aussi tard l'est encore plus ; mais qui aurait pu imaginer que ce soit encore possible de nos jours ? Maintenant, écoute-moi attentivement. Compte tenu de la nature du problème, vous ne pourrez rien faire… contrairement à moi.

— Pourquoi ? À quoi penses-tu ?

— À opérer depuis l'intérieur du stade.

— Oui, mais pour cela, il faudrait réunir deux conditions : entrer en contact avec un joueur qui s'y trouve et que ce joueur soit compétent en la matière. Ce qui, dans les délais impartis, relèverait du miracle.

— Justement.

— Justement quoi ? s'inquiéta Ekaterina.

— Je suis sur place…

— Qu'est-ce que tu racontes ?

— Je me reconnecterai sur ce canal vers 20 heures ce soir, conclut Janice avant de mettre fin à la communication.

Elle éteignit la console et regagna le salon.

— Vous avez réussi à joindre vos amis, tout s'est bien passé ? demanda Michaël.

— On ne peut mieux, l'assura-t-elle d'une voix résolue. Nous avons quelques courses à faire pour mener à bien la révolution. Pour commencer, me procurer ce téléphone avec une carte SIM anonyme dont vous m'avez parlé. J'espère que c'est un petit modèle.

— Autre chose ? questionna-t-il.

— Vous croyez que je pourrais appeler mon avocat depuis l'ONG où travaillait Daria ?

18.

À Minsk.

L'Opel faisait route vers les locaux de l'Agence des droits de l'homme. Janice n'avait pas dit un mot durant le trajet.

— Vous êtes bien songeuse, tout à coup, dit Michaël en la tirant de ses pensées.

— Faire évader Nicolaï du centre de détention d'Okrestina, le conduire à la frontière lituanienne, faire rentrer sa femme dans un pays en dictature, s'organiser afin que la population se soulève au moment clé et converge vers Minsk, ça a de quoi vous laisser songeur, non ?

— Vous croyez que nous avons une chance d'y parvenir ?

Janice resta silencieuse. Michaël la regarda, inquiet.

— Gardez vos yeux sur la route, s'il vous plaît. Vous pensez vraiment que je serais là avec vous si je ne le croyais pas ?

— Je m'interrogeais, voilà tout. Daria en tout cas y croyait dur comme fer.

— Est-ce que quelqu'un dans son entourage aurait pu la trahir ?

— Non, répondit Michaël, d'un calme inébranlable. Douter de tout un chacun, jusqu'à ses proches, c'est le venin que le pouvoir cherche à distiller, je ne boirai pas de leur poison. Les collègues de Daria que vous allez rencontrer sont tous entrés en résistance contre le régime, et ils en paient les conséquences chaque jour, harcelés par la police ou le fisc, interpellés pour la moindre infraction, le plus souvent d'ailleurs sans qu'il y en ait aucune ; Anton, que vous allez bientôt connaître, prenait chaque semaine une amende pour avoir grillé un feu rouge qui n'existe pas.

— Alors comment le KGB a-t-il appris qu'elle s'apprêtait à publier un dossier sur Nicolaï ?

— Elle était dans leur collimateur depuis longtemps. Ils mènent une guerre d'usure contre nous, ils tuent des journalistes sans autre raison que de vouloir décourager les opposants et écraser toute volonté de résistance. Posez-moi plutôt la question qui vous préoccupe. Est-ce que Daria a pu laisser échapper une indiscrétion qui compromettrait nos projets ? Si c'était le cas, les forces de l'ordre auraient déjà procédé à des arrestations.

Michaël coupa le moteur devant le bâtiment qui hébergeait les bureaux de l'organisation de défense des droits de l'homme.

— Je compte sur vous pour vous tenir comme il faut, pria Michaël en poussant la porte de l'immeuble.

Un néon dont l'amorce était défaillante clignotait au plafond, un autre avait rendu l'âme, plongeant l'ascenseur au fond du hall dans un clair-obscur.

— Comme il faut ? questionna Janice pendant que la cabine se hissait en couinant vers le troisième étage.

— Le moral n'est pas au beau fixe, tout le monde est sur les nerfs, ils m'ont fait une faveur en me laissant vous amener ici, alors ne posez pas de questions, c'est tout ce que cela veut dire.

Un silence s'installa quand ils entrèrent dans les bureaux. Le mobilier daté des années 1970 collait parfaitement aux collaborateurs de l'ONG qui semblaient sortis d'un de ces films d'espionnage sur la guerre froide. Ils levèrent brièvement la tête, puis retournèrent à leurs claviers ou à leurs notes. Un homme vint à leur rencontre. Anton avait la cinquantaine, il portait une veste en tweed ; les pans de sa chemise froissée dépassaient de son pantalon et ses chaussures étaient élimées. Janice trouva qu'il avait une belle tête, celle d'un homme cultivé et humble, dont émanait une sérénité qui vous donnait envie de vous lier d'amitié avec lui. Ses lèvres épaisses émergeaient de sa barbe foisonnante, que sa main gauche caressait d'un geste régulier et circulaire, probablement un tic. Il invita Janice et Michaël à le suivre dans une pièce séparée de la salle de rédaction. La porte refermée, il ouvrit une armoire métallique, attrapa une petite boîte en carton et en sortit un vieux téléphone Nokia. Janice voulut savoir s'il avait, dans ses trésors, un appareil à clapet. Anton fouilla dans la boîte et en trouva un qui sembla la satisfaire.

— Et c'est avec ce téléphone que vous comptez libérer Nicolaï ?

— Entre autres, répondit-elle, le regard plongé dans ses yeux vifs.

— Je vois, fit Anton en se frottant toujours la barbe.

— Et vous ne craignez pas de dire des choses pareilles à voix haute ? s'inquiéta Janice.

— On se méfie des lignes de téléphone, mais il n'y a pas de micros posés dans nos locaux, si c'est ce qui vous inquiète. Il y a toujours quelqu'un de permanence ici, et nous entreprenons les vérifications nécessaires chaque fois que la police fait une descente.

Janice resta muette, fixant Anton avec une telle intensité qu'il finit par en sourire. Un sourire qu'elle trouva avenant et rassurant, et qui lui rappela étrangement maître Collins. Mais contrairement à son avocat, Anton avait une carrure impressionnante et des mains longues et magnifiques.

— Daria n'avait pas laissé d'affaires ici ? bredouilla-t-elle.

— Non, personne ne laisse d'affaires ici. Je peux faire autre chose pour vous ? demanda Anton.

Elle réfléchit longuement ; les deux hommes attendaient, intrigués.

— Non, enfin… Non, répondit-elle.

— Alors dans ce cas, je retourne à mon travail, je suppose que vous aussi avez beaucoup à faire, conclut Anton.

Il lui tendit la main, serra ensuite celle de Michaël qui entraîna Janice vers la sortie.

*

— Vous voulez qu'on l'invite à dîner ? demanda-t-il en démarrant l'Opel.

— C'est malin, cette remarque.

— Malin, je ne sais pas, mais amusant, certainement. Si vous aviez vu votre tête.

— Qu'est-ce qu'elle avait, ma tête ? Oh et puis ça suffit, je suis fatiguée, j'ai le droit, non ?

— Cela ne me regarde pas, mais je peux savoir ce que vous comptez faire avec ce téléphone ? enchaîna Michaël. Surtout, ne l'utilisez qu'une fois, c'est la règle. Enfin, j'imagine que vous le savez déjà.

Il conduisit en fredonnant jusqu'à son appartement, ce qui eut pour effet d'agacer Janice qui tourna à fond le bouton de la radio.

Marika avait tout briqué du sol au plafond, la cuisine étincelait de propreté ; dans le salon, tout était si impeccable que Michaël eut soudain l'impression que Daria rentrerait ce soir, qu'elle l'embrasserait et filerait lire une histoire à leur fille pendant qu'il finirait de préparer le dîner. Il remercia Marika du mieux qu'il le pouvait, raccompagna les deux femmes jusqu'à l'entrée et referma la porte de l'appartement sur sa solitude.

*

Ce soir-là, son deuxième à Minsk, Janice se réfugia dans sa chambre jusqu'au dîner. Elle avait passé la fin de l'après-midi à étudier le plan de la prison d'Okrestina, avait mémorisé toutes les notes de Daria. À 20 heures, elle ralluma la console de jeu et se connecta sur le forum.

Mateo, Cordelia, Diego et Vital étaient en ligne.

— Quelles sont les nouvelles ? demanda Janice.

— La logistique est en place, répondit Cordelia.

— Et les serveurs contaminés, annonça Diego.

— Mais nous avons une divergence de points de vue quant au lieu d'où lancer les opérations, confia Vital ; et Mateo...

— Je me contrefiche de vos divergences, la vraie question est de savoir si nous pourrons lancer quoi que ce soit, l'interrompit-elle. Et nous avons un sérieux problème.

— *Oslo* nous en a avisés, on planche sur la question...

— Elle n'est pas là ? demanda Janice.

— Non. Elle est cloîtrée chez elle, en train de chercher une solution, répondit Mateo.

— Elle n'en trouvera pas, il n'existe qu'une solution pour neutraliser les sécurités : agir de l'intérieur ; c'est la faute à pas de chance, comme disait mon grand-père.

— Et comment comptes-tu t'y prendre ? demanda Cordelia.

— Je crois bien que vous l'avez tous compris.

— Tu es devenue folle ? lança Cordelia.

— Tu as une meilleure idée ?

— Il n'y a pas pire idée que la tienne, tu n'as pas le droit de faire ça ! s'emporta Diego.

— À ma place, tu agirais de la même façon. Quand nous nous reverrons, je vous raconterai ce que j'ai vécu aujourd'hui, je sais que vous vous moquerez de moi, mais je vous jure que tout est désormais évident. Et si l'on devait ne pas se revoir de sitôt, alors vous pourrez attester que j'étais folle et moi, je ne pourrai plus prétendre le contraire. Quoi qu'il arrive, j'affirmerai que j'ai agi seule, vous avez ma parole.

— Ce n'est pas la question, intervint Mateo. Laisse-nous un peu de temps ; on va tout faire pour trouver une autre solution.

— Du temps ? Mais nous n'en avons plus. Et puis, après avoir détourné un avion de ligne, je ne pense pas que Loutchine s'aventure à tuer une journaliste étrangère.

— Il est capable de tout. Je t'en prie, renonce, supplia Cordelia.

— Renoncer avec ce qui est en jeu ? Et qu'est-ce que je risque ? Quelques semaines de détention avant d'être extradée ? Et puis, si ça tournait mal, souvenez-vous que les Israéliens n'abandonnent jamais l'un des leurs. Souvenez-vous aussi qu'il y a deux vestiaires dans ce stade ; d'après les informations que j'ai obtenues, je me trouverai dans celui de droite. Ne m'oubliez pas, je compte sur vous.

Janice interrompit la communication. Elle se leva, surprise de se sentir aussi calme et determinée. Elle retrouva Marika dans la cuisine et lui proposa son aide.

— Je vais doucher les grands, mais si vous voulez donner un bain au petit, répondit Marika, ce sera bien volontiers. J'ai eu l'impression que le courant passait bien entre vous.

— J'ai eu cette impression aussi, répondit Janice avec un grand sourire aux lèvres, en prenant le bébé dans ses bras.

Dans la salle de bains, un souvenir enfoui au fond de sa mémoire ressurgit soudainement. Au moment du coucher, elle fredonna une comptine que lui chantait son père le soir. L'enfant ne tarda pas à s'endormir, et Janice quitta la pièce sur la pointe des pieds.

Marika l'attendait dans le séjour ; à la fin du repas, elles trinquèrent à la chute d'un tyran et à la liberté.

Une bouteille de vodka et des confidences partagées furent ses derniers souvenirs de la nuit.

*

Vendredi matin, à Minsk.

Janice s'éveilla dans un appartement sans bruit. Elle passa la tête par la porte, se rendit dans le salon et aperçut dans la cuisine un mot posé près de la cafetière.

> *Je vous laisse dormir, profitez de votre chance.*
> *Je ne rentrerai pas avant la fin de la journée, un double des clés est accroché dans l'entrée.*
> *À ce soir,*
> *Marika*

Janice fouilla dans ses affaires de voyage à la recherche de vêtements qui résisteraient à des temps difficiles. Elle choisit un jean, un pull épais pour les nuits froides et un blouson de cuir qui lui ferait une deuxième peau. Puis elle attrapa un petit sac à dos en toile plié dans son bagage, y glissa son passeport et son ordinateur portable. Fait rare, elle se maquilla, et se regarda une dernière fois dans le miroir de l'entrée avant de fermer la porte de l'appartement, laissant les clés là où Marika les avait accrochées. En les trouvant ce soir, elle comprendrait sûrement.

Après avoir marché sous un soleil d'hiver jusqu'à la gare Centrale, Janice monta dans l'autocar qui reliait Minsk à

Vitebsk. Le trajet durait trois heures. Elle avait promis à Efron un article pour son magazine du week-end et sa conscience professionnelle ne serait en rien contrariée par la décision qu'elle avait prise.

Si Minsk la grise portait bien son nom, Janice trouva à la campagne une certaine poésie, ce qui lui fit considérer, alors qu'elle contemplait les arbres dénudés le long de la route, tels des fantômes en exode, qu'elle n'avait peut-être pas les idées aussi claires qu'elle voulait le croire. Elle repensa à Marika, elle lui avait laissé presque tout l'argent qu'elle avait sur elle pour la dédommager des repas qu'elle lui avait servis. Elle espérait qu'elle n'en prendrait pas ombrage. Puis ses pensées se portèrent vers ce bébé qu'elle avait aimé serrer dans ses bras. C'était peut-être mieux qu'elle ne puisse pas avoir d'enfant, elle qui s'était toujours considérée comme éduquée, mais bien trop mal élevée pour éprouver la moindre culpabilité de ses excès.

En approchant de sa destination, elle revit le visage d'Anton avec sa barbe fleurie, et perçut enfin ce qu'elle lui avait trouvé de si particulier lors de leur brève rencontre : son regard était captivant.

— Pas le moment d'avoir du vague à l'âme, maugréa-t-elle en descendant de l'autocar.

Selon le plan qu'elle avait consulté, le musée Chagall se trouvait à dix minutes à pied. Elle parcourut les rues de Vitebsk dans un vent glacial, serrant de ses mains le col de son blouson.

Le musée avait piètre allure. Une maisonnette en briques rouges, coiffée d'un toit en zinc d'où émergeaient trois boisseaux de cheminée. Une porte en bois et trois fenêtres grillagées perçaient la façade.

— Modeste, n'est-ce pas ? dit une voix dans son dos qui la fit sursauter.

Elle se retourna et se trouva face à un homme d'une minceur extrême et à l'allure austère. Sa frêle silhouette était couverte d'un vieux manteau de laine grise. Janice fut surprise qu'il se soit adressé à elle en anglais.

— Vous n'avez pas l'air d'être d'ici, mais vous semblez frigorifiée, enchaîna-t-il, répondant à son regard étonné. Voulez-vous entrer ? Il fait chaud à l'intérieur. Un café nous ferait le plus grand bien.

Sur les murs de la maison où Chagall avait passé son enfance, Janice découvrit des œuvres d'art religieuses. Pendant que le conservateur des lieux allumait un petit réchaud à gaz sur lequel ronronna bientôt une vieille cafetière en métal, elle se promena dans une deuxième salle, entièrement occupée par des dessins de l'artiste. Des croquis de la vie domestique donnés par sa fille, expliqua le conservateur.

— C'est modeste, mais très authentique, dit-il après s'être approché d'elle. Puis-je savoir ce qui vous amène à Vitebsk ?

— Un article sur Chagall que je dois écrire pour mon journal, répondit Janice qui ne craignait plus de révéler son métier.

— Dans ce cas, vous ne pouviez trouver meilleur endroit, affirma l'homme.

Il la guida vers un petit espace au fond de la deuxième salle et alluma un projecteur. Un film en noir et blanc retraçant la vie du peintre s'anima sur un mur.

Il parla beaucoup, il aimait l'artiste au point de lui avoir
dédié sa vie. Janice recopia tous ses mots, elle avait six pages
à rédiger. Lorsqu'ils se séparèrent, elle avait toute la matière
nécessaire pour satisfaire Efron.

Elle prit le train pour rentrer à Minsk, la ligne était directe.
Durant le trajet, elle écrivit son article sur son ordinateur portable et le relut plusieurs fois. Quand elle le jugea terminé, elle
tapa un mail à son rédacteur en chef et connecta le téléphone
à clapet que lui avait confié Anton. Elle se fichait éperdument
de ses consignes.

Efron,

Je vais au-devant de sérieux ennuis. Ce n'est pas nouveau,
mais cette fois je préférais que tu l'apprennes par moi. Ne m'en
veux pas, c'est pour une bonne cause. En y réfléchissant bien,
je crois que ce fut toujours le cas. Quand tu comprendras ce qui
m'arrive, appelle Collins et dis-lui d'attendre lundi pour inter-
venir. Il a commis une indiscrétion lorsque je l'ai vu à Londres ;
je sais que tu m'as déjà aidée, je l'ignorais et ta délicatesse me
fait me sentir encore plus coupable pour les mots durs que je
t'ai adressés en quittant le journal. Si je t'écris, c'est que je
vais encore avoir besoin de ton aide. J'ignore quand je pourrai
rentrer à Tel-Aviv ni même d'ailleurs si je reverrai un jour
ma douce maison du Florentin. C'est aussi sérieux que cela.
Appelle David, dis-lui combien je l'aime et que tout ce qui est
à moi est à lui, même s'il s'en doute déjà. Toi aussi je t'aime,
comme un mentor que l'on admire et respecte. On ne doit pas
dire de telles choses à son supérieur hiérarchique, mais tu es
bien plus que cela pour moi. Merci de la confiance que tu m'as

accordée, d'avoir été si exigeant toutes ces années, merci aussi de ta patience.

Une dernière chose. Noa n'a jamais cessé de t'aimer, elle m'en voudrait terriblement de te le dire, mais je crois important que tu le saches puisque la réciproque est vraie.

Ta dévouée journaliste,

Janice

P.-S. : Je ne pourrai pas corriger mon article, libre à toi de couper dans mon texte si tu le trouves trop long ou parfois ennuyant.

Elle joignit son papier au courriel et l'envoya.

Lorsque le train atteignit la banlieue de Minsk, Janice se rendit dans les toilettes. Une fois la porte verrouillée, elle écrasa son ordinateur et le téléphone d'un violent coup de talon et les jeta par la vitre.

Arrivée en gare de Minsk, Janice descendit de voiture et se dirigea vers trois policiers qui se trouvaient au bout du quai. Elle leur déclara être une journaliste entrée sans visa en Biélorussie. Les policiers l'arrêtèrent sur-le-champ.

Dix minutes plus tôt, les membres du Groupe 9 avaient reçu un message annonçant que la mission continuait.

LA MAISON DE CHAGALL
À VITEBSK

19.

— *Comment aviez-vous compris ce que Janice allait faire ?*

— Ce que je n'avais pas compris, c'était pourquoi je n'arrivais pas à localiser le réseau de sécurité de la prison ; ce que je ne m'explique pas, c'est la raison pour laquelle je n'ai pas envisagé l'hypothèse la plus logique : qu'il ne soit pas connecté à la Toile ; ce qui démontre que j'ai encore beaucoup à apprendre. Pour Janice, je présageais qu'en cas d'échec, elle prendrait des mesures drastiques pour mener le projet à son terme. Et je crains fort qu'elle n'ait pas vraiment mesuré les conséquences de son héroïsme. Janice est moralement épuisée, et le Groupe a sous-estimé son état psychique. Même s'il faut bien reconnaître qu'elle a trouvé la solution à un problème qui compromettait l'opération ; la mission peut continuer et c'est à elle que nous le devons, à condition toutefois qu'elle réussisse à trouver le moyen d'accéder au concentrateur du réseau, ce qui est loin d'être assuré, d'autant que je ne peux plus lui venir en aide. Elle sera bientôt coupée du monde.

— *Où est-elle ?*

— En ce moment, dans un commissariat du centre de Minsk. Le policier qui l'interroge vient d'adresser son rapport à ses supérieurs. Les agents du KGB ne tarderont pas à venir la chercher. Ils poursuivront l'interrogatoire et la conduiront en prison.

— *A-t-on la certitude qu'ils vont l'incarcérer à Okrestina ?*

— Janice est au bout du rouleau, mais son intelligence reste vive. Les prisonniers politiques sont tous enfermés là-bas. Avant de s'y rendre, elle devrait avoir le droit de passer un appel et j'espère qu'elle s'adressera à la seule personne pouvant garantir sa survie.

— *Qui est cette personne ?*

— Le contact que lui a fourni son avocat. Blansky est un homme dont les affaires prospèrent des deux côtés de la frontière. Tous les oligarques ne sont pas des fauves. Certains ont une conscience et croient encore aux vertus de la démocratie.

Siège du KGB, à Minsk.

Une Skoda se rangea devant le 67 rue Jassienina. Deux hommes vêtus de blousons noirs, portant un écusson doré sur leur béret, entrèrent dans le commissariat. Un agent de faction les conduisit vers une salle d'interrogatoire.

Janice, assise sur une chaise en métal, les poignets menottés, les défia du regard.

Ils ne lui prêtèrent aucune attention, ne prononcèrent aucun mot et la soulevèrent par les aisselles avant de l'entraîner sans ménagement vers leur voiture. L'un d'eux lui appuya sur la tête pour la forcer à se courber et la poussa à l'arrière du véhicule. Il claqua la portière, s'installa à l'avant et fit signe à son collègue de démarrer.

La Skoda roulait à tombeau ouvert, le conducteur ignorait les feux, les rues de Minsk n'appartenaient qu'à lui seul. Janice regarda par la vitre. Sur les trottoirs défilaient des silhouettes dont il lui était impossible de distinguer les visages. Plus elle s'approchait du quartier général du KGB, plus elle avait l'impression d'être soustraite au monde. Devant le pare-brise apparut alors un bâtiment magistral, héritage de l'appareil soviétique qui construisait des édifices pour réduire le peuple à sa modeste taille devant l'autorité du pouvoir, imitant les bâtisseurs qui érigeaient des cathédrales afin que l'homme se sente minuscule devant Dieu. De fait, l'entrée du KGB, flanquée de quatre colonnades surplombées d'un entablement corinthien, se voulait à l'image d'un temple grec.

L'homme en blouson noir descendit de la voiture, attrapa Janice par le bras et la poussa avec force vers le bâtiment.

En entrant dans l'immeuble, Janice eut la sensation que le temps s'était arrêté. On la mena dans un couloir si long qu'on n'en voyait pas la fin ; les deux cerbères marchaient d'un pas réglé, leurs bottillons claquaient au sol, au rythme d'une marche militaire. Ils frappèrent à une porte, une ampoule verte vissée sur le chambranle s'alluma ; d'un geste de la tête, on ordonna à Janice d'entrer.

Un officier en complet gris, installé derrière son bureau, lui fit signe de s'asseoir sur une chaise adossée à un mur et reprit son travail. L'ignorant superbement, il pianotait sur un clavier d'ordinateur, s'arrêtait parfois pour consulter l'écran et poursuivait sa frappe. La trotteuse d'une pendule murale égrenait les secondes d'un tic-tac lancinant. Janice refusa de montrer le moindre signe d'anxiété.

Une heure passa avant que l'officier s'adresse enfin à elle.

— Ainsi, commença-t-il dans un parfait anglais, vous êtes entrée illégalement dans notre pays. Pourquoi ?

— Pour écrire un article.

— Un article, tiens donc, et quel article ? insista-t-il en faisant sonner les syllabes pour se donner plus d'importance.

— Sur le peintre Marc Chagall.

— Son œuvre est intéressante, commenta l'officier. Et pourquoi ne pas avoir demandé un visa ?

— Mon journal en a fait la demande, votre administration n'y a pas répondu, et nous avons une date de bouclage à respecter.

— Respecter ?

Il marqua un temps, fixa Janice droit dans les yeux et prit un air professoral.

— Vous avez choisi le terme que je cherchais. Le respect. Ce sentiment de grande valeur en société qui porte à accorder une considération aux institutions. Si je demandais à visiter votre appartement, et que vous tardiez à me répondre, serais-je en droit de forcer votre porte ? Trouveriez-vous cela – il fit mine de chercher un mot pour ménager son effet – respectueux ?

— Non, répondit Janice en baissant les yeux.

— C'est pourtant bien ce que vous avez fait. Qu'adviendrait-il de moi si, n'ayant aucun respect pour votre peuple, vos institutions, votre pays, j'entrais en Israël comme bon me semble ? On m'offrirait le thé, un apéritif peut-être, un matelas sur vos plages ?

— Non plus, concéda-t-elle, désarçonnée par le calme de son interlocuteur.

— Et cet article, puis-je le lire ?

— Je ne l'ai plus sur moi, je l'ai déjà envoyé.

— Par la poste ? Vous ne deviez pas être si pressée que cela dans ce cas.

— Par mail.

— Très bien, et depuis quel ordinateur ?

Janice ne répondit pas, elle cherchait à comprendre où cet homme voulait en venir. Il menait habilement la danse et ses questions la désarçonnaient.

— Le mien, finit-elle par dire. Je l'ai oublié dans le train.

— Évidemment, vous l'avez oublié dans le train, reprit-il en empruntant cette fois un ton sarcastique.

Il ouvrit son tiroir, prit un paquet de cigarettes, en alluma une. Après quoi, il exhala une longue volute de fumée qu'il observa, songeur.

— Vous savez ce que je trouve étrange ? reprit-il après un long silence.

— Que vous ne m'ayez pas offert une cigarette alors que vous semblez être un parfait gentleman ? répondit Janice du tac au tac.

L'homme parut amusé par son aplomb. Il lui lança le paquet. Bien que ses mains fussent menottées, Janice l'attrapa au vol. Elle fixa son interlocuteur, attendant qu'il lui lance maintenant son briquet. Mais l'homme se leva, avança vers elle, alluma la cigarette et se rassit sur un coin du bureau.

— J'ai mené des recherches à votre sujet. Vous êtes bien journaliste, sur ce point vous n'avez pas menti, mais je n'ai trouvé aucun article qui traite de peinture, de cinéma ou de musique signé de votre nom. Étrange, ajouta-t-il en affichant un sourire menaçant. Des textes politiques, ça oui, j'en ai trouvé pléthore. L'art est une passion récente ? Je vais reformuler ma première question en espérant que vous y répondrez cette fois sans me prendre pour un imbécile. Qu'êtes-vous venue faire en Biélorussie ?

— Décrire la vie sous la dictature du président Loutchine, lança-t-elle de façon calculée, sans que sa voix laisse paraître la moindre hésitation.

— La dictature ? Quelle piètre journaliste ! Vous semblez bien mal informée. Vous auriez mieux fait de vous cantonner aux rubriques culturelles, répondit-il, outré. La Biélorussie est une république, et notre président a été légitimement élu.

— Réélu dans un pays où la seule presse qui paraisse est celle autorisée par le pouvoir, où l'opposition est muselée et les élections truquées.

L'officier lui ôta délicatement la cigarette des lèvres, l'écrasa dans le cendrier et se retourna pour lui infliger une gifle magistrale. Janice vacilla sur sa chaise. L'homme la retint fermement pour qu'elle n'en tombe pas.

— Moi, je vous soupçonne d'être une espionne à la solde d'un pays étranger. Vous encourez dix ans de prison, largement de quoi vous donner le temps d'apprendre à respecter les lois et les gens qui s'adressent à vous avec courtoisie.

Janice, sonnée, mit quelques secondes à recouvrer ses esprits ; elle se frotta la joue et regarda le creux de sa main à la recherche d'une trace de sang. L'homme l'avait volontairement frappée à plat, de façon à ne laisser sur son visage qu'une large marque superficielle qui disparaîtrait avant qu'on ne la photographie.

— Vous croyez que je me serais rendue à la police, si j'étais une espionne ?

— En effet, cela aussi c'est étrange, pourquoi un tel geste ?

— Pour entrer dans la légalité, répliqua Janice, arrogante.

— Je vous conseille de ne pas jouer avec ma patience. Rédigez-moi la liste des gens que vous avez rencontrés pour ce prétendu article. Vous n'avez pas entrepris ce voyage sur un coup de tête et sans l'avoir organisé. Noms, adresses et numéros de téléphone, je vous prie, ordonna l'homme, en lui donnant de quoi écrire.

Janice regarda le crayon et le bloc-notes qu'il venait de poser sur ses genoux. Elle devait agir vite, le convaincre qu'elle était innocente de ce dont il l'accusait, faire en sorte qu'il la soupçonne d'être une simple opposante au régime, ce qui paraissait probable venant d'une journaliste ayant franchi illégalement la frontière. L'espionnage relevait d'une dimension juridique tout à fait différente et qu'elle n'avait pas considérée jusque-là ; elle redoutait de passer les jours à venir retenue dans les locaux du KGB, ce qui contrarierait tous ses plans.

— Bon sang, je serais venue espionner quoi ? Un régime à bout de souffle ? La parano d'un autocrate en déliquescence, l'ego démesuré d'un homme raillé dans le monde entier pour ses mises en scène pathétiques ? La façon dont il enferme son peuple pour l'abreuver d'une réalité hors du monde ? La belligérance d'un dictateur en fin de course qui ne tient encore les rênes du mal que grâce à une poignée d'hommes trop lâches pour s'opposer à sa folie et protéger leurs concitoyens ?

L'officier releva la main pour la gifler de nouveau ; il retint son geste en plein vol, stupéfait que Janice n'ait pas cillé devant la menace des coups. Elle redoubla de morgue en le défiant du regard.

— Je suis une journaliste, je ne vous donnerai pas mes sources, question d'éthique et d'honneur, deux mots dont vous semblez ignorer le sens.

On ne pouvait plus lire aucune expression sur le visage maigre de l'officier. Les mots de Janice avaient peut-être fini par le troubler. Il la contemplait, silencieux, presque immobile, effleurant sa moustache. Soudain, il sortit de sa torpeur et retourna s'asseoir derrière son bureau.

— Avouez la vraie raison de votre présence, et je ferai en sorte que votre peine soit réduite de moitié. Cinq ans, c'est très long. Pensez aux plaisirs de la vie qui vont vous échapper… Vous avez de la famille qui vous attend en Israël ? Des parents, un petit ami ?

— Personne, répondit Janice, arrogante.

— Triste constat, n'est-ce pas ? soupira-t-il en pointant un index indolent.

Lui, avait fondé une famille, expliqua-t-il avec orgueil, et il n'avait pas l'intention d'arriver en retard chez lui ce soir. Avant d'être conduite en cellule, Janice avait le droit de passer un appel, mais il était de son devoir de ne pas gaspiller les deniers de l'État pour servir des criminels.

— Trois minutes, pas une de plus, décréta-t-il. Et bien entendu, pas à l'international. Après quoi, vous serez écrouée.

— Ici ? questionna Janice, prise de panique à l'idée que son projet échoue.

— Non, dans un lieu qui vous sera profitable. Après quelques jours et nuits passés à Okrestina, vous comprendrez combien cinq années de plus paraîtront horriblement longues ; peut-être alors vous déciderez-vous à vous montrer raisonnable.

Janice prit le stylo et recopia un numéro que son avocat lui avait fait apprendre par cœur lorsqu'elle était à Londres. L'officier le composa pour elle et lui passa le combiné.

De l'autre côté de la ligne, une voix s'inquiéta de savoir qui était à l'appareil. Janice déclara être une amie de maître Collins et souhaiter parler de toute urgence à M. Blansky.

*

Le soir, à Londres.

Collins s'apprêtait à quitter son bureau quand son portable vibra.

— Votre protégée s'est fourrée dans un sale pétrin, annonça Blansky.

— C'est-à-dire ?

— Elle a été arrêtée à Minsk par le KGB. Elle vient de m'appeler, ils la conduisent en prison.

— Vous pouvez l'en faire sortir ?

— Impossible pour l'instant. Lorsqu'elle sera jugée, nous verrons qui soudoyer. En attendant, je peux m'arranger pour que les gardiens ne la malmènent pas. Moyennant argent comptant, cela va sans dire.

— Ne lésinez pas sur les sommes, je vous dédommagerai. Dans quel état était-elle quand vous lui avez parlé ?

— Pour le moins inquiète, on la soupçonne d'espionnage.

— C'est ridicule ! s'emporta Collins.

— C'est le juge qu'il faudra convaincre du contraire, pas moi.

— Vous avez un confrère sur place suffisamment qualifié pour assurer correctement sa défense ?

— Oui, mais cela la desservirait. Soudoyer le chef des gardiens de la prison est une chose, se présenter devant la justice biélorusse aidée d'un ténor pour contenir les faits à une simple infraction à la loi éveillerait les soupçons du tribunal. Votre amie est une étrangère ; en faisant profil bas, nous augmentons les chances qu'elle soit seulement condamnée à payer une amende et reconduite à la frontière.

— Combien de temps avant la première audience ?

— Elle devrait passer en comparution immédiate, ce qui en Biélorussie veut dire demain, ou lundi. Je vous tiendrai informé dès que le procès sera annoncé.

Blansky raccrocha. Collins ôta son manteau et le lança rageusement sur son fauteuil. Il fit les cent pas en cherchant à rassembler ses idées, se servit discrètement un verre de whisky, puis un autre qu'il but tout aussi rapidement ; une voix intérieure lui rappela qu'il devait garder l'esprit clair, mais Collins ne se sentait jamais aussi performant que lorsqu'il était imbibé. Dans le calme de son bureau, il entendit le carillon de Big Ben flotter sur la Tamise. Il prit le dossier de Janice sur l'une des piles constituant le désordre dans lequel il aimait travailler. Collins n'avait jamais songé à prendre sa retraite, mais ce soir, il sentit la vilénie des hommes peser sur ses épaules. Un troisième verre l'aida à retrouver sa combativité. Il décrocha son téléphone pour appeler Tel-Aviv.

— Je savais qu'elle comptait se rendre là-bas, avoua Efron. Elle voulait assister aux obsèques d'une consœur. Je devais lui obtenir un visa. Mais vous connaissez son impatience.

— Ce visa, vous l'avez obtenu ? Voilà qui arrangerait grandement nos affaires, questionna Collins.

— Elle me l'a demandé juste avant de venir vous voir à Londres, c'était un peu court, pour ne pas dire beaucoup trop court.

— Communiquer autour de son arrestation pourrait aggraver l'issue du procès, les autorités biélorusses risqueraient d'en faire une affaire de principe. Nous ne voulons pas que Janice serve de prétexte au régime pour affermir son autorité. Cependant, je me demande s'il n'y a pas là un moyen de ruser.

— À quel genre de ruse pensez-vous ?

— Faire courir à Londres la rumeur qu'elle se rendait à Minsk pour obtenir les preuves que Cash est un agent de l'Est.

— Qu'est-ce que cela nous rapporterait ?

— Cash travaille pour Loutchine, nous n'en avons pas la preuve formelle, mais c'est un fait indiscutable. Voilà des mois que j'étudie ses comptes, l'argent de l'Est y coule à flots avant d'être redistribué dans les caisses des partis ultraconservateurs anglais. Sans Cash, Garbage n'aurait jamais mené la campagne pro-Brexit. Garbage est un imbécile, mais Cash était un millionnaire ruiné quand Moscou lui a proposé de renflouer ses caisses, s'il servait leur projet.

— La déconstruction de l'Occident ? C'est la grande théorie de Janice. Elle a écrit des pages et des pages à ce sujet.

— Que vous avez toujours rechigné à publier. Pourtant, ce n'est pas qu'une théorie. L'argent que recevait Cash transitait par Minsk. Les dictateurs cherchent par tous les moyens à affaiblir leurs adversaires, peut-être même avec l'idée de les envahir un jour. Les fauves se sont alliés pour régner sur le monde. Ils tuent ou emprisonnent tous ceux qui se mettent sur leur chemin. Leur appétit de conquête est insatiable. Cash a ses alliés au sein du gouvernement anglais, à commencer par Borson, qui lui est grandement redevable d'en avoir pris la tête. Un pantin utile mis en place pour déstabiliser le Royaume. De Mayfair à Belgravia, les oligarques sont les nouveaux tsars de l'Angleterre de Borson, ils ont fait de Londres la banlieue chic de Moscou, vont et viennent à leur guise à bord de leurs jets privés, se prélassent dans leur palais, ou sur leurs yachts amarrés sur la Tamise. Je les aperçois de mes fenêtres et cela me rend malade. Depuis le premier jour du procès que Cash a intenté à Janice, je joue de manière défensive, cherchant à focaliser l'attention des juges sur le principe de la liberté d'expression. Il est temps de changer de stratégie et de mettre le feu aux poudres. Cash et ses amis ne s'attendent pas à une attaque frontale. S'ils se sentent acculés, ils chercheront à éteindre l'incendie avant qu'il ne se propage. Cash usera de ses alliances à l'Est pour que Janice soit extradée de Biélorussie au plus vite. L'ordre pourrait même être donné par Moscou, Loutchine obéira au doigt et à l'œil, comme il le fait toujours.

— Qu'attendez-vous de moi, exactement ? demanda Efron.

— L'impossible. Publiez sans délai les travaux de Janice, tout ce qu'elle vous a confié depuis des années.

— Si je ne l'ai pas fait jusque-là, c'est justement parce qu'il nous manque cette preuve formelle pour étayer ses dires.

— Eh bien, reprenez ses textes en usant d'un conditionnel qui le soit si peu que l'accusation paraisse indiscutable.

— Vous me demandez de risquer la réputation de mon quotidien et de tous ses collaborateurs.

Collins marqua un temps, pesant chacun des mots qu'il s'apprêtait à prononcer. Il voulait qu'Efron tire la première salve, Cash ne tarderait pas à comprendre d'où et pourquoi le coup était parti. Se fiant au talent de Janice, d'autres journaux le suivraient et publieraient à leur tour le fruit de ses enquêtes.

— Nous sommes en guerre, lâcha l'avocat, et nous feignons depuis trop longtemps de l'ignorer. Résister à l'oppresseur ne peut se faire sans prendre de risques, mon cher, ce n'est pas à vous que je vais l'apprendre. Quant à vos collègues, faites-leur savoir que la vie d'une des leurs est en jeu.

Collins raccrocha sans un au revoir et rappela aussitôt Blansky. Cette fois pour lui demander de trouver quelqu'un qui rende visite à Janice en prison. Il avait un message à lui faire passer.

OKRESTINA

20.

Samedi matin, à la prison d'Okrestina, Minsk.

Janice se réveille en sursaut. Elle sent, ou peut-être veut-elle
s'en persuader, que le début des opérations est pour demain.
Elle sait qu'en prison la notion du temps ne tardera pas à lui
échapper. La lumière de sa cellule ne s'est pas éteinte de la
nuit. Hier soir, lorsqu'elle est entrée entre ces murs, les gardiens ont confisqué ses affaires, un sac à dos qui ne contenait
qu'une brosse à dents, un cahier dont elle avait arraché les
pages rédigées, et une trousse de maquillage. On l'a contrainte
à se dévêtir, puis on a fouillé ses vêtements alors qu'elle était
nue, inspectant les poches, les coutures et les doublures. Puis
elle a été autorisée à se rhabiller. « Les prisonniers d'Okrestina
ne portent pas d'uniforme », lui a-t-on expliqué.

Par-delà les barreaux, un soleil blafard se lève sur la capitale
biélorusse. La ville s'éveille et son ronronnement passe par
la lucarne entrouverte. Hissée sur la pointe des pieds, Janice

aperçoit les hauteurs des immeubles de brique aux fenêtres desquels sèche du linge. Le bâtiment où sont emprisonnés les hommes se dresse tel un bloc de ciment dans un ciel sans nuages. Janice est immobile, perdue dans son monde qui se trouve bien loin de Minsk. Elle entrevoit dans sa rêverie le jardin de sa maison du Florentin. À cette heure-ci David doit dormir ; quand il se lèvera, il se rendra dans la cuisine. Des effluves de café parviennent aux narines de Janice. C'est l'heure d'aller à la cantine.

La porte s'ouvre, les six prisonnières avec lesquelles elle partage sa cellule sortent les premières. Elles ne lui ont pas encore adressé la parole ni même répondu quand, en prenant ses quartiers la veille au soir, elle les a saluées.

La cantine fait la taille d'un terrain de basket. Les tables autour desquelles douze détenues s'installent sont réparties le long d'un marquage bleu peint au sol. Au fond, un grillage sépare la salle de celle où les hommes prennent leurs repas. Janice songe à Roman ; comme lui, elle doit mémoriser et interpréter chaque détail, bien comprendre le fonctionnement des lieux. Les hommes prennent leurs repas au même endroit que les femmes, et sortent de leur bâtiment pour être conduits ici. Il doit être plus pratique de déplacer les prisonniers que de transporter leur pitance.

Janice ne sait pas où s'asseoir, les visages se tournent vers elle, la nouvelle venue et les regards l'interrogent : qu'a-t-elle fait pour se retrouver à Okrestina ? Elle marche vers le grillage, espérant entrevoir Nicolaï, elle veut lui faire savoir qu'elle a besoin de ses connaissances. Si seulement elle pouvait le voir, échanger quelques mots avec lui, elle sait ce qu'elle lui demanderait. Un gardien la surveille, une prisonnière la siffle pour la rappeler à l'ordre, elle s'avance trop loin. Janice tourne la tête, la prisonnière se décale sur le banc et lui montre la place qu'elle a faite pour elle. Janice s'assied, son plateau dans les mains. La prisonnière s'adresse à elle en biélorusse, Janice lui fait savoir qu'elle ne parle pas sa langue. Elles poursuivent en anglais, la femme a un fort accent, mais elles arrivent à se comprendre.

— Ton homme est enfermé ici ? questionne la détenue.

— Non, juste un ami, répond Janice.

— Je le connais peut-être.

— On peut communiquer avec eux ? lui demande-t-elle.

— Si tu as de quoi payer, pas mal de choses peuvent s'arranger. Mais j'ai l'impression que tu sais déjà ça.

Janice ne comprend pas sa remarque, sa voisine le lit sur son visage, sourit et pointe son assiette, mieux garnie que la sienne. Sur le plateau de Janice, il y a une double ration de pain, une lamelle de beurre et un peu de confiture.

— Tu crois vraiment que le premier jour on a droit à un traitement de faveur ? Quelqu'un a payé pour que tu sois bien traitée. Il faudra que tu dises pourquoi, sinon elles vont se méfier de toi, dit-elle devant les regards envieux tournés vers elle.

Janice n'a pas faim, elle prend sa cuillère et partage son repas avec la tablée.

*

À Tel-Aviv.

Efron n'a pas fermé l'œil. Il a passé la nuit assis derrière son bureau à étudier le dossier que Janice avait laissé sur sa table avant de partir. Des centaines d'articles, qu'il a refusé de publier parce qu'il exigeait des preuves incontestables avant d'engager son journal. Après avoir lu le fruit de son travail, il s'en veut. Les faits sont si nombreux, les recoupements si flagrants qu'ils corroborent les conclusions de son enquête, révélant une évidence qui se dispense de toute autre preuve. Preuve de la corruption du Premier ministre anglais, comme de Garbage et de Cash, tous deux grassement rémunérés par Moscou pour pervertir une élection qui a séparé l'Angleterre de ses alliés et affaibli l'Europe. Des preuves, il en a trouvé à chaque page, celles dénonçant avant l'heure le scandale d'Oxford Teknika, la façon dont Cash avait fourni aux équipes de Garbage les données de milliers d'Anglais que ses compagnies assuraient, l'enrichissement soudain dont il avait bénéficié alors qu'il se trouvait au bord de la faillite, ses dîners avec l'ambassadeur de Russie pendant la campagne du Brexit, la nomination au Parlement de Libidof, propriétaire d'un quotidien populiste anglais, fils d'un espion russe et grand ami de Jarvis Borson. Les centaines de courriels attestant de rencontres discrètes, des numéros d'ordres de virement de banque à banque et de continent à continent, autant d'argent occulte passant de main en main pour alimenter les caisses de partis et mouvances extrémistes... Les collusions entre les réseaux de presse et de télévision rachetés par les frères

Kish… Le clan Berdoch, publiant et diffusant à longueur d'année des informations erronées pour semer la haine. Une désinformation propagée par les réseaux sociaux et enrichissant leurs actionnaires, tandis que les peuples adoptaient des idées extrêmes en cédant à la peur.

Diviser pour mieux régner, l'adage n'est pas nouveau : les oligarques attaquent sur tous les fronts pour déconstruire les démocraties. À l'Ouest, les partis extrémistes constituent leurs armées secrètes, leurs dirigeants soudoyés sont leurs lieutenants. À l'Est, les dictateurs sont à la manœuvre. Les fauves ne craignent plus rien, ni d'empoisonner leurs opposants, ni d'assassiner les journalistes qui les dénoncent, ni d'emprisonner ceux qui les gênent. Janice est en cellule, et Efron fulmine, décidé cette fois à lancer l'offensive. Il faut les arrêter avant qu'il ne soit trop tard, se souvenir des leçons de Munich, des discours des Daladier et Chamberlain, de l'annexion de la Tchécoslovaquie par Hitler prétendument au nom de la paix, un an avant que le monde ne sombre dans l'effroi. Combien de temps reste-t-il avant que les fauves ne reproduisent les sombres desseins du passé, combien de temps avant que les canons tonnent ? Les seigneurs du XXIᵉ siècle se sont lancés à la conquête du monde, ils veulent reformer les empires, régner sans partage et sont en passe de gagner ces guerres qu'ils mènent en silence.

Le soleil se hisse dans le ciel de Tel-Aviv, Efron referme le dossier et convoque tous ses journalistes en salle de rédaction. Demain, la une du quotidien *Haaretz* publiera l'enquête de Janice, sans user du moindre conditionnel, il faut rassembler en vingt pages le fruit d'une enquête qu'elle a conduite seule depuis des années.

Mais avant de se rendre à cette réunion, Efron décroche son téléphone. Il tape un numéro qu'il n'a pas composé depuis longtemps. Deux sonneries, la voix de Noa annonce qu'elle ne peut pas répondre à l'appel : « Après le bip, laissez-moi un message. »

— Noa, c'est Efron, pardonne-moi de rompre le silence qui s'est installé entre nous. Janice a de graves ennuis, elle a été arrêtée en Biélorussie. Je ne sais pas à qui m'adresser ni à qui demander de l'aide. Tu vois, j'ai perdu ma fierté, je m'en remets à toi. Je t'en supplie, Noa, remue ciel et terre... Allez la chercher. Je t'embrasse.

*

Sur le forum.

À l'exception de Janice, les 9 sont réunis sur le forum. Ekaterina est dans son studio perché au haut de sa tour. À Rome, dans son bureau, au cœur de la ruche, Mateo ne craint pas ses remontrances, peu importe qu'elle se moque de son ton, qu'il soit ou non professoral, il coordonne la réunion. Maya est dans la chambre de son appartement du Marais, Cordelia dans la sienne à Primrose Hill. Vital et Malik sont cloîtrés dans le donjon où Ilga est venue leur apporter du café tout au long de la nuit. Mateo annonce que la cyberattaque sera lancée depuis ses bureaux. On ne peut courir le risque

que Kyïv soit coupée du monde à la première riposte. Cordelia confirme que la logistique est en place.

Les antennes-relais ont été déployées. Les autocars et les camions sont prêts, les lieux de regroupement accessibles, des membres de la résistance sont postés en vigie dans le duty free Bellamarket près du poste-frontière, dans la salle du café Vasilok, dans les stations-service, d'autres occupent déjà les lieux clés du village de Novoselki, ou planquent dans les forêts et les sous-bois proches de Telezhishki. D'autres encore vaquent à leurs occupations dans les écoles et dispensaires de la voblast de Hrodna et de Minsk. Michaël attend le signal.

— Mais avant de se lancer il faut être certain de réussir à faire évader Nicolaï, c'est la promesse que nous avons faite à Sviatlania, rappelle Diego.

Pour une fois, il est chez lui dans son salon, des cernes marquent ses yeux, il n'a pas dormi.

— Où en sommes-nous de ce côté ? questionne Maya.

— Des côtés, il y en a plusieurs, précise Diego, à croire que nous avons escaladé la montagne par toutes ses faces.

— Tu t'intéresses à l'alpinisme maintenant ? ironise sa sœur.

— Non, mais j'ai trouvé un peu de poésie dans cette comparaison. Bon, nous tenons les trois hommes clés qui décideront du bon déroulement de l'évasion. Le directeur de la sécurité intérieure n'en mènera pas large quand il recevra une copie de ses mails que nous avons hackés, il comprendra très vite la menace qui pèse sur lui et agira en conséquence.

— Mais encore ? insiste Maya.

— Il foncera à l'aéroport et prendra le premier avion pour quitter le pays avant que la milice de Loutchine ne vienne frapper à sa porte pour l'arrêter.

— Et concernant les ambulances ? interroge Mateo.

— Nous les aurons, répond Cordelia, je n'ai aucun doute à ce sujet. Le directeur de la santé cédera au chantage. Il y va de sa survie.

— Quant au directeur de la prison, annonce Vital, le moment venu, nous lui enverrons les preuves de son petit trafic et le menacerons de les rendre publiques. L'idée de dormir en cellule, parmi tous les prisonniers qu'il a martyrisés, devrait le convaincre de se tenir à carreau.

— Tout cela sera hautement réjouissant, intervient Cordelia, à condition d'avoir pu pirater la sécurité d'Okrestina et nous parlons maintenant des deux bâtiments.

Un silence rappelle à chacun que Janice s'est sacrifiée dans ce but. On guette un message qui donnerait de ses nouvelles, rassurerait sur son sort et sur l'issue d'une opération qui permettrait à tout un peuple de renverser un gouvernement dictatorial pour rétablir la démocratie et la liberté.

— Le chrono est en route, déclare Mateo. Nous ne pouvons plus l'arrêter, il n'y a plus qu'à attendre et espérer.

*

À Tel-Aviv.

La réunion n'avait pas duré longtemps, les journalistes de *Haaretz* restèrent dans la salle et se précipitèrent sur le dossier de Janice. Ils étaient vingt, chacun d'eux s'empara d'une dizaine de feuillets. Le tableau mural ne tarda pas à se remplir de notes, les sujets étaient triés, l'enquête découpée dans ses moindres détails, des noms inscrits au feutre rouge. Cash, Garbage, Libidof, Borson, un ambassadeur russe, Loutchine, la nébuleuse se révélait. L'un des plus vieux collaborateurs du journal, ancien correspondant à Moscou, s'approcha d'Efron pour lui parler en aparté. Efron l'entraîna vers le balcon.

— En attendant la parution du journal, qu'est-ce que tu comptes faire pour assurer la sécurité de Janice ? lui demanda-t-il.

— Tu as une idée précise ?

— Je sais comment ils raisonnent là-bas. On ne peut pas attendre demain, il faut révéler sur notre site qu'elle a été arrêtée, diffuser l'info à nos collègues dans le monde entier pour qu'ils la relaient. Dans ton communiqué, tu dois attester que nous l'avons envoyée faire cet article sur Chagall, clamer que son interpellation est sans fondement. Tu dois prendre Loutchine de vitesse et le contrer avant que ses hommes n'obtiennent des aveux et tu sais comme moi qu'ils ne lésineront pas sur les moyens. On joue une course contre la montre. Dès que son arrestation sera rendue publique, ils surveilleront la réaction de notre gouvernement avant de faire une connerie irréparable.

— OK, dit Efron, je m'en occupe tout de suite, coordonne les travaux de l'équipe pendant que j'écris le communiqué.

*

Samedi, 11 heures, à Londres.

Une employée de maison, en robe bleue et tablier blanc, coiffée d'un serre-tête en dentelle, traversa le couloir d'une demeure de Belgravia. Elle entra dans la salle à manger où flottait une odeur de cigare froid, longea les toiles de maîtres suspendues aux cimaises qui surplombaient les boiseries et posa délicatement sur la table en chêne le plateau en argent qu'elle portait à bout de bras. Dans un ordre dicté, elle disposa un carafon de jus d'oranges fraîchement pressées, une corbeille de viennoiseries tièdes, une assiette de toasts dorés et un pot de marmelade griffé du sigle de la maison Harrods. Ayrton Cash ne lui prêta aucune attention pendant qu'elle remplissait son verre, c'est à peine s'il avait remarqué sa présence. Tassé dans son fauteuil, jambes croisées, en tenue de jogging, il lui indiqua d'un geste de se retirer et poursuivit la lecture de la revue de presse que son secrétaire particulier lui avait préparée, comme chaque matin.

D'une main nonchalante, il croqua dans une brioche et de l'autre tourna un feuillet, jetant un coup d'œil à sa tablette pour consulter les cours de ses actions à l'ouverture de la Bourse. Il était heureux, les indices du London Stock Exchange étaient en hausse ; sans avoir bougé de son fauteuil, Ayrton Cash s'était enrichi de plusieurs millions de livres sterling. Mais son bonheur alla encore grandissant après qu'un majordome fut entré dans la pièce pour lui tendre une enveloppe. Ayrton Cash la décacheta, prit connaissance du message qu'elle contenait et arbora un sourire extatique. Il faisait un temps radieux, la journée s'annonçait décidément magnifique. Son ennemie jurée était en prison et ses geôliers se trouvaient être de bons amis à lui.

Ayrton Cash arpenta la pièce pour savourer pleinement le moment. Il avait toujours joui d'une chance insolente, mais ce qui venait de se produire était inespéré ; au point qu'il y vit, presque, la volonté de Dieu. Une revanche, servie sur un plateau avec son petit déjeuner. La journaliste qui avait osé le défier, entacher sa réputation et mettre à mal ses affaires était muselée dans une geôle biélorusse. Pourvu qu'elle y reste de longues années. Cash se frotta le ventre, c'était un homme gourmand. Il prit son téléphone.

— Que puis-je faire pour vous ? demanda son interlocuteur.

— Il ne s'agit pas de moi, mais de notre intérêt commun. Une journaliste anglo-israélienne a été arrêtée chez vous. J'ignore pour quelles raisons, mais son procès pourrait servir nos intérêts.

— Poursuivez, je vous écoute, dit la voix d'un ton neutre.

— Ces fouineurs nous stigmatisent, cherchent à faire de nous des parias et retardent nos projets. Les populations s'indignent en lisant leurs articles, des pétitions en ligne demandent qu'on ouvre des enquêtes. Autant de temps perdu qui gêne notre expansion.

— Je croyais que les réseaux de Berdoch et de lord Libidof avaient apporté une solution au retournement des opinions publiques. Il m'est revenu aux oreilles que les interventions quotidiennes de Carlson sur Rox News produisaient leurs effets et, pour en avoir regardé quelques-unes, je trouve qu'elles rivalisent bel et bien avec celles que l'on voit sur nos chaînes officielles.

— La situation s'améliore, mais elle n'est pas parfaite. Nous n'avons pas la mainmise sur tous les médias, il en reste à mon goût un trop grand nombre à se vouloir indépendants.

— Au moins avons-nous remporté cette bataille en les interdisant dans notre pays ; depuis, nous sommes seuls à décider des informations qui sont diffusées ; il nous appartient même de réécrire le passé. Je ne vois donc pas en quoi vous pourriez nous être utile en ce domaine.

— Vous sous-estimez l'influence des réseaux sociaux. Votre emprise sur l'opinion publique est perméable. Les manifestations qui ont eu lieu lors de vos dernières élections en sont une preuve. Le procès de cette journaliste pourrait avoir valeur d'exemple. Si nous convainquons l'opinion de son incompétence, de sa déviance morale, de ses comportements marginaux et illégaux, ils perdront encore un peu plus confiance dans les supports dont le contrôle nous échappe. Les gens finiront par douter des enquêtes que publient les journalistes dans son genre. En frappant un grand coup, nous pourrions même donner à ses confrères matière à y réfléchir à deux fois avant d'interférer dans la marche de nos affaires.

— Et que proposez-vous pour que ce procès soit exemplaire ? Nous jouons sur une corde sensible. L'avion qui s'est posé chez nous pour des raisons de sécurité hante encore les esprits. Des accusations infondées seraient peu crédibles sur la scène internationale. Vous avez dit qu'elle était anglo-israélienne, notre gouvernement ne peut se permettre que l'un de ces deux pays voie là un acte politique à son encontre. Je doute que notre président le souhaite, alors même que nous sommes visés par des menaces de sanctions économiques.

— Et si je vous procurais de quoi rendre les accusations crédibles ?

— Dans ce cas, personne ne pourrait nous reprocher que justice soit faite.

L'interlocuteur mit fin à la communication. Cash convoqua son secrétaire particulier séance tenante. Ce dernier n'eut pas le loisir de s'asseoir à la table en chêne, ses instructions étaient on ne peut plus claires : le dossier juridique qui l'occupait depuis deux ans devait être transmis au plus vite au département de la justice biélorusse ; après quoi, le réseau de trolls serait activé.

*

Les membres du Groupe 9 ont installé des logiciels espions sur la Toile, mis en place des alertes automatiques sur les moteurs de recherche. La moindre information, le moindre post nommant ou concernant Janice leur parviendrait en temps réel.

Cordelia fut la première à repérer le communiqué de la rédaction de *Haaretz*. À le lire, elle fut tout à la fois rassurée et effrayée. Elle ne doutait pas de la pertinence de leur intention, mais à trop attirer l'attention sur Janice, on augmentait aussi le risque qu'un dictateur se serve d'elle comme monnaie d'échange.

Cordelia ne s'inquiétait pas seulement pour Janice, mais aussi pour Mateo qui allait s'exposer dangereusement. Les agences de sécurité informatique, à l'Est comme à l'Ouest, repéreraient rapidement une cyberattaque aussi importante que celle que le Groupe s'apprêtait à lancer. Leurs ordinateurs analysaient en temps réel le trafic internet dans chaque pays. Au moment où celui de la Biélorussie chuterait brutalement, les alarmes se déclencheraient aussitôt. Des légions de White Hat en chercheraient l'origine. Les hackers russes se joindraient à la traque, et Cordelia ignorait combien de temps s'écoulerait avant qu'ils ne trouvent la source.

Un appel de Maya la tira de ses pensées.

— Tu as vu ?

— Qu'est-ce que je devrais avoir vu ?

— Deux heures après la publication du communiqué de *Haaretz*, des posts sont apparus sur les réseaux sociaux, dénonçant la vie dissolue de Janice, d'autres annonçant qu'il existait des pièces à charge contre elle ; certains vont jusqu'à raconter qu'elle serait une mercenaire spécialisée dans la désinformation et qu'elle aurait été mise à pied par son journal dans le passé.

— Depuis quels types de comptes est émise cette prose dégueulasse ?

— Des trolls, pour la plupart.

— D'origine biélorusse ?

— Non, je ne crois pas. J'ai repéré de vrais profils, probablement ceux qui ont initié la curée. Des membres de groupuscules suprémacistes et néonazis.

— C'est le fait qu'elle soit israélienne qui les excite ?

— Possible que leur antisémitisme les rende encore plus cons, mais je sens autre chose derrière tout ça ; des messages ont été postés depuis l'Angleterre, d'autres en Israël, les trolls sont de plus en nombreux, ce qui me fait penser à une opération organisée.

— Par qui ?

— Quelqu'un qui a pris Janice pour cible. Je préviens Ekaterina. Appelle Diego et les jumeaux, Mateo a d'autres soucis en tête, inutile de lui en rajouter.

LE QUOTIDIEN HAARETZ

21.

À la prison d'Okrestina, Minsk.

Un coup de sifflet a mis fin au repas du matin. Les prisonnières se lèvent et se mettent en rang avant de retourner vers leurs cellules. Janice se glisse derrière sa voisine de table. Pendant les quinze minutes du petit déjeuner, elles ont sympathisé. Irène a trente et un ans, elle est enfermée à Okrestina depuis les manifestations qui ont suivi les élections. La police a fouillé le petit appartement où elle vivait avec sa fille, y a trouvé des tracts. Jugée comme organisatrice, elle a été condamnée à six ans de réclusion, quatre pour insurrection en bande organisée et deux pour trouble à l'ordre public. Ses aveux lui ont évité une peine plus lourde. Si on l'avait jugée comme terroriste, elle aurait pris dix ans de plus. Depuis son arrestation, c'est sa mère qui s'occupe de sa petite fille. Ne pas la voir grandir est une souffrance bien plus intense que de vivre cloîtrée derrière ces murs austères.

Avant, Irène était aide-soignante dans une maison de retraite. Et quand bien même son travail était mal payé, et certains jours plus durs que d'autres, ses patients lui manquent aussi.

La file avance au pas ; au bout du réfectoire, des femmes sortent du rang. Séparées des autres, elles empruntent un escalier qui s'enfonce vers les sous-sols.

— Où vont-elles ? questionne Janice en chuchotant.

— Comme moi, à la laverie, répond Irène. Travaux forcés obligatoires. On est une centaine en bas. C'est à la tête du client, si la tienne ne revient pas aux gardiens, tu descends, que cela te plaise ou non. Mais si tu veux venir nous donner un coup de main, il suffira de refuser les avances des gardiens ou de cracher quand tu passeras devant eux, un regard de travers peut suffire.

— C'est quoi, cette laverie ? demande Janice.

— Une véritable petite usine qui appartient à la femme du directeur de la prison, on y travaille à la chaîne et on n'est pas payées. Ils nous affectent aux machines à laver, aux bancs de lavage à sec, aux tables de repassage, aux plieuses ou, si tu n'as plus l'âge ni la force de porter des ballots et que tu sais coudre, à l'atelier de reprisage. On ne s'occupe pas du linge des prisonniers ; c'est une blanchisserie clandestine qui vend nos services à tous les restaurants et hôtels de la ville. Si leurs clients savaient qu'ils dînent sur des nappes blanchies par des prisonnières, leur plat du jour aurait peut-être un autre goût.

Le cortège poursuit sa marche, Irène et Janice arrivent à hauteur des matons, bientôt elles seront séparées ; l'un d'eux jette à la nouvelle venue un regard concupiscent, passe sa langue sur ses lèvres et lui fait un clin d'œil. Janice lui répond d'un doigt d'honneur vaillamment dressé. Elle suivra Irène.

*

À Tel-Aviv, fin de matinée.

Efron, assis à la table de réunion, observa les premières maquettes de l'édition du lendemain posées devant lui. Les cases étaient encore vides, et n'apparaissaient sur les pages blanches que des ébauches de gros titres encore à l'étude. « Les cleptocrates aiment Londres » ; « Oligarchies et subversion des élections » ; « Le nouvel empire russe » ; « Ayrton Cash, l'espion qui vient du froid » ; « L'argent de Garbage » ; « Qui finance les partis extrémistes ? » Efron savait à quel point l'effervescence qui régnait en ces lieux lui manquerait. Dès que le quotidien sortirait, les attaques en diffamation pleuvraient sur lui, il serait démis de ses fonctions avant la fin du jour. Tous les journalistes présents dans la salle en étaient conscients, mais ils faisaient corps avec lui, résolus à travailler jusqu'au bout de la nuit.

Bien plus qu'à son propre sort, c'était à Janice qu'il pensait sans cesse. Il regarda à nouveau son portable, guettant une réponse de Noa qui n'arrivait pas.

À 13 heures, des sandwichs et des pizzas furent livrés. Efron en profita pour sortir discrètement de la salle, puis il descendit l'escalier en courant. Arrivé dans la rue, il sauta dans sa voiture et fonça vers le centre-ville.

*

À la prison d'Okrestina, Minsk.

La chaleur est insoutenable, même pour Janice habituée aux températures élevées de Tel-Aviv. Dans la laverie, l'humidité rend l'air irrespirable. Les prisonnières n'ont pas le choix, elles doivent s'en accommoder.

Une centaine de femmes sont affairées à leur poste. Un bataillon de soldates armées de fers à repasser et de pistolets à vapeur, des galériennes ramant avec des lames de pliage, des travailleuses de la mine poussant de lourds wagonnets remplis à ras bord. Des ouvrières occupées au triage, au détachage, à la collecte des cintres, à l'étiquetage. Deux gardiens, abrités derrière une guérite vitrée, veillent au maintien de cette cadence infernale. Des chariots de linge sale entrent dans la buanderie. Nappes, serviettes, draps et uniformes sont rapidement triés, avant d'être acheminés vers les unités de lavage. Les sous-sols de la prison recèlent un véritable bagne. À peine entrée dans cet enfer, Janice a été affectée au nettoyage à sec. Irène, devant une rangée d'immenses machines d'une modernité qui détonne avec les lieux, lui apprend ce qu'elle doit faire. D'abord la pesée, car si la laveuse est trop chargée, elle se bloque, et le temps perdu à la réinitialiser fait chuter la productivité que les matons surveillent sur un écran. S'ils ne sont pas satisfaits, ils quittent leur perchoir matraque en main. Débute alors un cérémonial auquel aucune détenue n'a envie de participer. L'atelier s'arrête, les matons arpentent la buanderie, choisissent cinq prisonnières au hasard et les dérouillent. En entendant ce récit, Janice ne pense qu'à une chose, sortir d'ici au plus vite et publier un jour l'histoire d'Irène, esclave d'un dictateur et de son régime. Elle rêve d'un nouveau Nuremberg où comparaîtraient les tyrans du XXIe siècle, au premier rang desquels seraient assis en uniforme gris les Assad et les Loutchine.

— Pas plus de quinze kilos à la fois, explique Irène avant d'enfourner les vêtements dans le hublot de la Taizhou, du matériel chinois dernier cri. Ensuite, il faut reporter la quantité sur l'écran.

Janice observe cet écran sur la façade de la laveuse comme s'il s'agissait d'un coffre empli de diamants. Pourtant ce n'est pas à un trésor de ce type qu'elle pense, mais aux lignes de code qui permettent à la Taizhou de distribuer la bonne dose de solvants.

— Tu m'écoutes ? s'impatiente Irène, rappelant sa camarade à l'ordre.

— Oui, oui, balbutie Janice, pas plus de quinze kilos.

— Dès que le cycle est terminé, on sort les pièces et on les vérifie une à une. Celles qui restent tachées doivent subir un post-traitement. Les autres sont à répartir dans les paniers que tu vois là. Le linge de table doit être séparé de la literie. C'est compris ?

— Qu'est-ce qui se passe quand la machine est surchargée ? questionne Janice.

— La première fois, tu prends un coup de matraque sur les mollets, la deuxième fois deux dans les reins ; personne n'a eu la maladresse de la bourrer trois fois dans la même journée. Crois-moi, on apprend vite sa leçon, ici. Allez, au boulot, ils nous surveillent.

Janice soulève une pile de draps et les pose sur la balance. Sept kilos, elle les reprend et les jette dans la gueule béante de la Taizhou, puis se retourne pour peser des uniformes. Six kilos. Les gestes s'enchaînent, lorsque la charge maximale est atteinte, Irène referme la porte du hublot et pianote sur l'écran digital.

— Allez, on prend les chariots, dit-elle à Janice, et on passe à la machine suivante. Quand on aura rempli la dixième, la première aura fini son boulot, on la vide et on continue comme ça jusqu'à la pause déjeuner.

Janice passe sa main sur son front qui ruisselle déjà de sueur.

— Comment tu *rebootes* la machine ?

— *Reboote* ? répète Irène en tassant des vestes de serveurs dans le tambour.

— Relances, si tu préfères.

— T'inquiète, je suis là pour que ça n'arrive pas.

— Mais si ça arrivait quand même ? insiste Janice en engouffrant des tabliers de cuisine dans la deuxième laveuse.

— L'astuce consiste à actionner la commande d'ouverture forcée du hublot avant que l'alarme se déclenche. Si les gardiens sont en train de jouer sur leur téléphone, ils n'y voient que du feu. Ensuite, comme je te l'ai dit, on la réinitialise en appuyant sur les trois touches rouges en même temps. Le programme se relance. Pendant que des lignes de charabia défilent, tu fais semblant de trier du linge, afin que les matons ne repèrent pas ton manège. Avec un peu d'agilité, et si tu fais vite, l'erreur passe, ni vu ni connu. À éviter quand même.

— Toutes ces machines sont reliées au poste de commandement ?

— Si tu appelles poste de commandement l'écran des deux connards qui se tournent les pouces pendant qu'on trime, oui.

Huit Taizhou moulinent dans un roulement de tambours assourdissant, Janice emplit la neuvième. Irène jette un coup d'œil à la pendule murale.

— Tu ne te débrouilles pas trop mal ; on a seulement pris deux minutes de retard, ça peut encore se rattraper.

Janice observe une ouvrière au fond de l'atelier. Elle réceptionne le linge propre qui avance sur un tapis mécanique et l'empile dans des cartons qu'elle ferme et étiquette.

— Tu te dépêches ! proteste Irène.

— Comment sont traitées les commandes des clients, ils doivent être facturés en fonction de la charge qu'ils confient, non ? Comment c'est géré, tout ça ? interroge Janice.

— Qu'est-ce que ça peut te faire, tu as l'intention d'ouvrir une laverie ?

— Non, mais de sortir d'ici, oui, répond Janice, pensive.

— Si tu veux te faire la belle dans un chariot de linge, n'y compte pas trop.

— Quelqu'un a déjà tenté le coup ?

— Pas que je sache, dit-elle en refermant le hublot de la neuvième machine. Et puis il y a les caméras au plafond, les gardiens suivent tous nos gestes. Allez, encore un plein et on repart vider la première machine ; tu verras, ça dégourdit un peu les jambes de remonter l'allée, ajoute-t-elle en avançant vers la dernière laveuse.

— Et pour les commandes ? insiste Janice en soulevant une pile de draps souillés.

— Elles arrivent aussi sur l'ordi des gardiens. Nom du client, poids et nombre de pièces. Ils suivent l'avancement du traitement sur leurs écrans, c'est aussi comme ça qu'ils nous fliquent. Quand le linge est nettoyé, il est mis en boîte, là-bas, dit-elle en pointant discrètement du doigt l'ouvrière qu'observait Janice. Les cartons remontent à la surface par le monte-charge. Ce qui explique pourquoi tu ne peux pas te faire la malle dans un panier de linge ; parce que le linge sort d'ici dans des cartons trop petits pour t'y cacher, même si tu faisais un régime draconien, ajoute Irène avec un petit sourire narquois.

Elle l'entraîne à pas forcés vers le début de la rangée ; avec ces bavardages, leur retard s'est aggravé et Irène s'en inquiète.

Janice redouble d'énergie pour rattraper le temps perdu, elle trime de toutes ses forces, son front perle, la sueur coule le long de sa nuque. Même quand sa vue se trouble, elle garde les idées claires ; elle réfléchit sans cesse.

À la douzième rotation, Janice trouve la solution au problème qui l'a conduite dans ce bagne, elle est devant ses yeux. Le Groupe 9 n'a pas pu identifier une adresse IP du réseau de sécurité de la prison parce qu'il n'était pas relié au monde extérieur. Mais Irène lui a appris que les matons surveillaient le travail dans l'atelier grâce aux caméras rivées au plafond… Ce qui change la donne, puisque leur terminal gère les commandes des clients. Pour cela, il dispose forcément d'une liaison internet. L'ordinateur de la guérite est une passerelle entre les deux réseaux qui communiquent sans cesse avec le matériel moderne de la blanchisserie, ces fameuses Taizhou que Janice charge et décharge depuis plus de trois heures.

Il est bientôt midi, Janice sait maintenant ce qu'il lui reste à faire, même si les coups risquent de pleuvoir sur elle.

Quinze kilos de linge sont déjà dans la laveuse, Janice soulève une pile de draps qu'elle jette dans la gueule de la Taizhou ; elle referme le hublot et appuie sur le bouton. Le tambour fait un tour et s'arrête. Irène, qui remplit la machine voisine, entend les trois bips stridents qui précèdent le déclenchement de l'alarme.

— Qu'est-ce que tu as fait ? bougonne-t-elle en se précipitant sur les trois boutons qui ont viré au rouge.

— Une connerie, je suis désolée, répond Janice.

Irène réussit à forcer l'ouverture de la porte du tambour.

— Dépêche-toi d'ôter du linge pendant que je relance la bête, ordonne sa codétenue.

Janice ne lui obéit pas. Elle a les yeux rivés au petit écran digital de la laveuse, elle doit lire chaque ligne de ce charabia dont parlait Irène. Des lignes de code qui défilent alors que le système se réinitialise, elle en guette tout particulièrement deux, celles où apparaissent enfin l'adresse IP de la Taizhou et du sous-réseau de la prison.

Noa

*

Il est 13 heures, un coup de sifflet retentit, les blanchisseuses arrêtent leur travail et s'alignent en rang avant de remonter vers le réfectoire. Grâce à la célérité d'Irène, l'incident est passé inaperçu, mais depuis, elle n'a plus adressé la parole à Janice, qui s'est pourtant excusée à trois reprises.

À la cantine, elle refuse même de lui faire une place à côté d'elle. Leurs voisines remarquent la brouille entre elles et s'en amusent. Janice, indifférente, emporte son plateau et s'assied un peu plus loin. Elle n'a aucune envie de parler, elle s'attache à mémoriser les deux séries de chiffres qui occupent toutes ses pensées.

L'après-midi promet d'être pénible, mais à la fin du repas, alors que les prisonnières se lèvent, un maton vient chercher Janice. Irène les regarde s'éloigner, inquiète.

Janice est conduite jusqu'à une salle d'interrogatoire ; le gardien lui passe les menottes et lui ordonne d'attendre debout. Elle le défie du regard et choisit de l'ignorer. Quel parcours a poussé cet homme à devenir maton ? se demande-t-elle. Enfant, il ne rêvait probablement pas de martyriser ces semblables, qu'a-t-il vécu pour en arriver là ? Est-ce l'uniforme qui l'a séduit ? Le salaire qu'il perçoit pour sa besogne ? L'autorité dont il jouit ? Si elle n'était pas sa prisonnière, elle le questionnerait volontiers. « Portrait d'un tortionnaire », un titre qui aurait pu séduire Efron. Il doit être furieux à l'heure qu'il est, et cette fois, comment l'en blâmer ?

Un jeune homme entre dans la pièce. Il n'a pas la trentaine, du moins il ne la paraît pas. Les manches de son vieux complet taillé dans un tissu bon marché tombent sur ses mains frêles. Son nœud papillon est de travers, ses cheveux, qu'il perd déjà, sont plaqués en arrière. Poliment, il demande au gardien qu'on démenotte sa cliente et prie Janice de s'asseoir à la table en métal sur laquelle il pose un dossier.

— Je suis votre avocat, déclare-t-il. Vous serez jugée cet après-midi. Qu'avez-vous à me dire pour que je prépare votre défense ?

— Rien de plus que ce que j'ai déjà reconnu. J'attendais un visa, j'ai fait preuve d'impatience parce que je devais rendre mon article dans des délais serrés. Je suis entrée en Biélorussie d'une façon assez cavalière, je le reconnais. Mais je n'ai commis aucun crime, enfin rien de grave.

— Évitez de dire cela devant la cour. Entrer illégalement dans notre pays constitue un grave délit. Le juge voudra apprendre de quelle façon vous avez réussi à traverser la frontière.

— En embarquant à l'arrière d'un camion.

— Quel camion ? Vous pouvez me communiquer son immatriculation ?

— J'ai déjà répondu à ces questions quand le KGB m'a interrogée. Je n'ai pas fait attention ; il était garé sur une aire de repos, j'ai ouvert les portes arrière et je me suis faufilée dans le fourgon.

— Et ces portes n'étaient pas verrouillées ? demande l'avocat en affichant un air dubitatif.

— Ben non, répond ingénument Janice ; sinon je serais toujours en Lituanie.

— Si vous mentez, je ne pourrai rien faire pour vous.

— D'accord, soupire-t-elle, j'ai soudoyé le chauffeur en lui donnant un billet ; mais je n'ai pas regardé la plaque, j'étais trop contente qu'il me laisse grimper à bord.

— C'est étrange tout de même que ce chauffeur n'ait pas redouté que son camion soit fouillé. Il risquait gros.

— Il avait probablement besoin d'argent, répond Janice. Et moi, qu'est-ce que je risque, exactement ? Puisque je ne suis pas la bienvenue dans votre pays, je serais ravie de le quitter au plus vite. Je peux même prendre le premier avion si on me laisse sortir d'ici.

— Un conseil, faites preuve d'humilité devant le tribunal. Vous encourez une peine d'un à trois mois de prison ; et avec un peu de chance, si le juge est de bonne humeur, une reconduction immédiate à la frontière.

— Immédiate, ça veut dire ce soir ?

— D'ici deux semaines au mieux, le temps que le jugement soit ratifié. Notre administration souffre de certaines lenteurs, mais ne vous réjouissez pas trop vite.

L'avocat n'a pris aucune note, il n'a même pas ouvert son dossier. Il s'en saisit, et se lève.

— Je vous retrouverai dans une heure à la cour de justice. C'est juste à côté, dit-il avant de s'en aller, comme si cette proximité devait rassurer sa cliente.

Le gardien menotte Janice à nouveau. Il la prend par le bras et l'entraîne dans un couloir au bout duquel l'attendent quatre policiers en uniforme. Sans le savoir, elle suit le même chemin qu'empruntait Daria lorsqu'elle venait rendre visite à Nicolaï.

Une grille s'ouvre et se referme aussitôt sur son passage, Janice traverse un sas, repère une caméra de surveillance reliée au poste de contrôle, passe une deuxième grille et se retrouve soudainement au-dehors, dans l'allée qui sépare le bâtiment des femmes de celui des hommes. Un fourgon noir l'attend ; un cinquième policier ouvre les portes et la fait monter la première.

*

13 heures, à Tel-Aviv.

Efron, sur le chemin du retour, roulait vers le journal, l'humeur maussade. D'un poing rageur, il tapa sur le volant. Il avait dû patienter une heure dans le hall des Renseignements israéliens avant qu'on daignât enfin venir à sa rencontre. Un homme qui, sans décliner son identité, l'avait fait entrer dans une salle obscure au rez-de-chaussée. Un cagibi qui sentait la poussière. Efron avait indiqué être un ami de Noa, l'homme n'avait pas cillé. À bout de patience, Efron lui avait rafraîchi la mémoire avant de lui confier qu'une reporter israélienne venait d'être arrêtée en Biélorussie.

— Pour quel motif ? avait demandé l'agent des renseignements.

— Être journaliste est un motif suffisant là-bas, avait rétorqué sèchement Efron.

— Et qu'est-elle est allé faire « là-bas » ? avait questionné l'homme d'un ton qui avait donné à Efron l'envie de lui distribuer des gifles.

— Un article sur Chagall, il est né à Vitebsk.

— Si vous le dites.

— Je croyais que nous ne laissions jamais l'un des nôtres aux mains de l'ennemi ? Je me trompe ou les traditions se perdent ?

— Le sens du mot ennemi vous échappe, c'est étonnant pour un homme de votre qualité. Nous ne sommes pas en guerre contre la Biélorussie, avait-il poursuivi.

— Eux le sont contre nous, lui avait répondu Efron du tac au tac.

— Ah, je l'ignorais.

— Je parlais du monde libre. Bon, laissez tomber, j'étais venu chercher de l'aide, mais je constate que j'ai frappé à la mauvaise porte. Je vous demande juste une chose. Ne jouons pas aux imbéciles, vous aller gagner ; faites savoir à Noa que Janice est en danger, et pour le reste, voyez avec votre conscience.

Sur ces mots, Efron était sorti de la pièce.

*

Peu après son départ, l'agent des renseignements monta au troisième étage. Il parcourut un couloir avant de frapper à une porte, et, rajustant sa veste, d'entrer dans un bureau.

— En voilà au moins un qui ne manque pas de caractère, s'exclama son supérieur.

— Que souhaitez-vous faire ? demanda l'agent des renseignements.

— Vérifions d'abord qui est cette Janice, répondit le supérieur en se tournant vers son ordinateur, vous avez son nom de famille ?

— Oui, mon commandant, répondit respectueusement l'agent des renseignements.

*

L'après-midi, au palais de justice, Minsk.

La salle d'audience ressemble à celle que Janice a connue à Londres. Elle s'en amuse presque, pensant qu'à ce train, elle va finir par devenir une habituée des prétoires. On lui demande de se lever alors qu'entre un juge, accompagné de deux assesseurs. L'avocat qui la défend n'a pas la verve de Collins, il se présente à la cour, timide, décline l'identité de sa cliente les yeux baissés. Le juge, un vieillard hautain, pose les yeux sur une feuille que lui remet le greffier. Du bout de ses lèvres craquelées, il lit l'acte d'accusation. Son ennui paraît flagrant, ce n'est pas le crime du siècle qui sera jugé aujourd'hui dans son tribunal. Mais soudain, le procureur avance vers la barre et entame un réquisitoire virulent. Il éructe, fait de grands pas en agitant les mains ; son visage vire au pourpre, il se tourne vers l'accusée qu'il pointe du doigt avec dégoût avant de poursuivre sa diatribe. Janice ne comprend rien à ce qu'il dit, encore moins sa colère. Inquiète, elle fixe son avocat, il a la mine défaite.

Le procureur sort un épais dossier d'une sacoche en cuir posée à ses pieds et demande à s'approcher du juge. Le juge s'en empare, parcourt les feuillets, son regard s'illumine. À son tour, il fixe Janice d'un air grave. Le juge ajourne la séance et ordonne que la prévenue soit reconduite à la prison d'Okrestina.

Janice ne comprend pas pourquoi l'audience est levée si rapidement. Elle se penche vers son avocat et lui demande un service, rien de bien terrible, juste de transmettre un message urgent à un ami. Le jeune homme la toise avant de rétorquer qu'elle ne manque pas de toupet. Ses traits se sont durcis. Pourquoi ne lui a-t-elle pas révélé la vérité à la prison ? Ses mensonges le mettent dans une position délicate et entachent sa crédibilité.

Il se retire, Janice le retient par le poignet.

— Quels mensonges, quelle vérité, de quoi parlez-vous ?

— Votre réputation sulfureuse vous a précédée ; il semble que vous soyez bien connue de la justice anglaise. Vous faites déjà l'objet de nombreuses poursuites pour diffamation, tentative d'extorsion, et je préfère ne pas évoquer votre vie dissolue, ajoute-t-il en levant les yeux au ciel. Qu'êtes-vous venue faire exactement en Biélorussie ? Personne ne croira à votre histoire d'article. Vous avez trahi ma confiance, je jette l'éponge. Et, pour votre gouverne, sachez que vous allez prendre vingt ans.

Le secrétaire particulier d'Ayrton Cash avait fait preuve d'une grande efficacité.

Au retour, ce ne sont plus de simples policiers qui escortent Janice vers la prison d'Okrestina. Quatre hommes ont pris place à bord d'un fourgon noir. Ce sont des membres de l'Omon, le nom donné aux forces spéciales de la sécurité.

*

L'après-midi, à Tel-Aviv.

Le commandant acheva de lire le rapport qui lui avait été transmis. Il l'emporta avec lui et rejoignit, au quatrième étage, deux hommes qui l'attendaient dans une salle de réunion. L'un, en civil, consultait le même dossier. Au bout d'une longue table ovale, un colonel mordait le bout de sa pipe en bois dans le plus grand silence.

— Cette affaire n'est pas simple, marmonna l'émissaire en civil ; si un citoyen étranger entrait illégalement chez nous, notre justice n'apprécierait pas qu'on cherche à lui forcer la main ; et ce que je viens de lire nous interdit d'évoquer une erreur de bonne foi. On temporise, ordonna-t-il. Le gouvernement prendra position lorsqu'un jugement aura été rendu. Inutile de faire des vagues en ce moment.

Le commandant salua avant de se retirer. Le colonel soupira, alluma calmement sa pipe, jeta un regard froid à l'émissaire en civil et sortit sans un mot. De retour dans son bureau, il contempla la rue depuis sa fenêtre, songeur. Un groupe d'adolescents sortait de la station de métro, revenant de l'école, leurs visages rayonnaient quand ils riaient d'un air innocent.

Le colonel les observa attentivement, puis il leva les yeux vers le ciel ; le temps était radieux à Tel-Aviv ; il réfléchissait. Il est vrai que ce n'était pas une affaire simple, mais pas pour les raisons invoquées par l'émissaire du gouvernement. Qui profitait d'une telle prudence ? Sinon des politiques ignorant ce que signifiait d'être emprisonné en territoire hostile. Qu'un flot d'accusations sordides portées contre une reporter courageuse surgisse comme par hasard ne les étonnait en rien ? Et quelle étrange coïncidence que ses services aient intercepté ce matin même des communications entre les deux hommes d'affaires qui étaient dans son collimateur. L'un à Londres, ayant maille à partir avec cette journaliste, et l'autre à Tel-Aviv, suspecté d'avoir commandité l'assassinat d'une de ses officiers. Le sang monta aux tempes du colonel. Réveiller un agent dormant n'était pas une décision à prendre à la légère. Mais on n'abandonne pas l'un des siens, question de principe et d'honneur.

Le colonel s'installa dans son fauteuil, sortit sa blague à tabac d'un tiroir et bourra sa pipe avant de l'allumer. Puis il décrocha son téléphone et appela un numéro à Amsterdam.

22.

Fin d'après-midi, à l'aéroport de Schiphol, Amsterdam.

Une Audi verte se gara sur le parking de Jet Aviation. La conductrice sortit du coffre un sac de paquetage en toile assorti à sa tenue noire, qu'elle passa à son épaule avant d'entrer dans le terminal privé.

D'un pas assuré, elle se dirigea vers le bar où l'attendait un homme en complet sombre. Elle prit place sur le tabouret à côté de lui, se servit un verre d'eau qu'elle but d'un trait et entrouvrit l'enveloppe qu'il lui tendait.

— Votre passeport, des devises, les plans, tout est là, dit l'homme en complet sombre.

Noa le remercia d'un signe de tête.

— Vous n'aurez pour seul soutien que les deux agents mis à votre disposition. Ils vous attendent à Vilnius et vous conduiront dès ce soir en voiture jusqu'à Minsk. Vous dormirez tous les trois dans les appartements de l'ambassade, où vous sera remis le matériel que vous avez demandé. Deux Uzi, un Glock 9 mm et assez de magasins pour tenir un siège. Vous connaissez la règle. Si vous êtes arrêtés, vous serez considérés comme des mercenaires, nous nierons avoir le moindre lien avec vous. Vous partez quand même ?

Noa ne répondit pas à la question, elle glissa l'enveloppe dans la poche de son blouson.

— À quelle heure on décolle ?

— Maintenant. Les pilotes vous attendent à bord de l'appareil.

Noa salua son interlocuteur d'une poignée de main vigoureuse.

— Une dernière chose, dit-il, le colonel m'a chargé de vous transmettre un message. Je le cite : « Nous sommes quittes. »

— C'est tout ? questionna Noa, impassible.

— Non, il m'a aussi demandé de vous dire « merde ».

Noa sourit, amusée, et se dirigea vers la porte vitrée donnant sur le tarmac. Un agent de piste la conduisit au pied de l'appareil. Elle grimpa l'escalier du Falcon et s'installa dans l'un des six fauteuils de l'appareil. Le copilote referma la porte du jet, dont les moteurs sifflaient déjà.

*

19 heures, à la prison d'Okrestina, Minsk.

Depuis son retour derrière les murs d'Okrestina, Janice ne songe qu'à une chose ; trouver un moyen de communiquer avec l'extérieur, même si pour cela il faut coucher avec un gardien. Le signal doit être donné avant le lendemain midi. À la veille du lancement de l'opération, ses amis ont dû remplir leur mission et déployer le matériel, la logistique de transport, et, plus grave encore, alerter les femmes et les hommes qui entreront en action. Désormais, tout ne dépend plus que d'elle, à moins que ce soir, n'ayant pas reçu de nouvelles, le Groupe 9 ne décide de tout annuler. Janice refuse d'y croire, Mateo sera sûrement le premier à voter en ce sens, mais, sans vraiment savoir pourquoi, elle compte sur Cordelia et Ekaterina pour l'en dissuader.

C'est l'heure du dîner. Irène lui fait une place à ses côtés, sans pour autant sembler disposée à lui parler de nouveau.

— J'ai passé un sale après-midi, lance Janice en s'asseyant. Je me suis déjà fait larguer… mais par mon avocat, j'avoue que c'est une première. Il paraît que je vais rester enfermée ici vingt ans. Je n'arrive pas encore à bien comprendre ce qui m'arrive, mais si tu voulais bien arrêter de me faire la gueule, ce soir serait le bon moment.

— Je suis sincèrement désolée, murmure Irène. Toi, tu es arrivée ici intacte, moi je n'ai pas eu cette chance. Quand les hommes de l'Omon ont perquisitionné mon appartement, ils m'ont forcée à m'agenouiller à moitié nue. L'un d'eux m'a prise par le cou et m'a jetée contre le mur, devant ma fille qui hurlait. Et puis les coups de matraque ont commencé à pleuvoir. Ils voulaient le mot de passe de mon téléphone et m'ont menacée de me violer si je ne le leur donnais pas. Ensuite ils m'ont embarquée sans que je puisse dire au revoir à ma fille. Nous étions dix femmes dans le fourgon ce soir-là, jetées les unes sur les autres. Un gars enfonçait sa botte sur nos nuques, nous étouffions. J'avais les mains enflées à cause des menottes. En arrivant à la prison, ils nous ont obligées à ramper jusqu'aux cellules. Tu comprends pourquoi j'ai réagi comme ça tout à l'heure à la laverie ? Je ne peux plus supporter ces violences, je préférerais m'entailler les veines.

— Pardon, je te jure que cela ne se reproduira pas, murmure Janice les yeux pleins de larmes.

— OK, souffle Irène, on fait la paix. C'est terrible ce qui t'arrive. Je peux faire quelque chose pour toi ?

— Oui, si tu connais un moyen de contacter quelqu'un à l'extérieur !

— C'est possible, mais je te l'expliquerai quand nous serons retournées en cellule. Ici, c'est trop dangereux. Certaines filles trahissent pour améliorer leur quotidien. Il faudra que tu apprennes à te méfier de tout le monde. Mais, avec moi, rassure-toi, tu ne risques rien.

Soudain Janice aperçoit Roman dans l'autre salle du réfectoire. Il porte un plateau et marche vers une table, longeant la grille de séparation d'un pas las. Son cœur s'emballe, elle se lève d'un bond et avance vers lui. Les matons ne lui prêtent pas attention. Vingt mètres la séparent encore du grillage, quinze, dix. Dans un coin, un gardien relève la tête de son portable et la repère, il avance dans sa direction en frappant en rythme le creux de sa main avec sa matraque.

Irène n'a rien perdu de la scène. Le gardien se rapproche de Janice.

Elle n'est plus qu'à deux mètres de Roman et l'appelle par son prénom, il tourne la tête et sourit, intrigué. Il a une mine épouvantable, son front est couvert d'ecchymoses.

— Roman, approche-toi, dit-elle à mi-voix.

Le maton est à deux pas. Il prend son temps, il a plaisir à observer le dos de sa proie ; la tête penchée de côté, il vise les reins, le mouvement d'élan de sa matraque s'amplifie. Irène sait ce qui va arriver, elle prend son plateau et le jette au sol avec fracas. Distrait par le bruit, le gardien se retourne. Janice se colle au grillage.

— Écoute-moi, dit-elle d'une voix tremblante, demain vers 11 heures les portes se déverrouilleront, trouve Nicolaï et courez vers la grille du sas sans vous retourner. Ne craignez pas les gardiens, et surtout ne pars pas sans lui, je t'en supplie. Nicolaï est la clé.

Roman n'écoute plus Janice, ses yeux fixent le gardien qui revient vers elle, le regard empreint de haine.

— Retourne à table, lui ordonne-t-il d'une voix dure, je m'occupe de lui.

Janice sent une présence derrière elle et se retourne brusquement. Elle est nez à nez avec le maton qui la contemple d'un air cruel. Il lève sa matraque, Roman le siffle comme on siffle un chien et lui fait un bras d'honneur. Furieux, le gardien se rue sur la grille qu'il frappe violemment. Roman recule d'un pas et le nargue d'un sourire. Les barreaux les séparent. Impuissant, le gardien appelle du renfort. Dans la salle où se trouve Roman, deux matons se ruent sur lui et l'immobilisent à terre.

Janice a regagné sa place.

— On ne va pas pouvoir être amies, tu attires trop d'ennuis, grommelle Irène.

Janice baisse la tête sans répondre. Elle a la nuit pour la convaincre de lui trouver un moyen de passer un appel.

*

Le soir, à Oslo.

Deux heures plus tôt, les membres du Groupe 9 s'étaient réunis sur le forum. Mateo n'avait pas souhaité mettre un terme à l'opération ; bien au contraire, c'était lui qui avait convaincu les plus réticents d'attendre le dernier moment avant de renoncer. La mission devait continuer à tout prix, pour libérer Nicolaï, Roman et maintenant Janice. Comment supporterait-il de vivre si son sacrifice était vain ? Maya lui avait demandé ce qu'était le « dernier moment » pour la population qui s'apprêtait à s'exposer sur le terrain. Le Groupe avait-il le droit de mettre leur vie en danger, alors que personne n'avait encore réussi à accéder au réseau de la prison ? Si Nicolaï n'était pas libéré demain, Sviatlania ne rentrerait pas en Biélorussie. Sans leader, la révolution n'aurait pas lieu. Mateo savait tout cela, mais il croyait encore à un miracle. Il voulait croire que Janice réussirait à leur communiquer l'information qui leur manquait. Les serveurs de la ruche lanceraient alors la cyberattaque.

Dès la fin de la réunion, Ekaterina avait glissé dans un sac de voyage toutes les tenues qu'elle s'était offertes depuis qu'ils ne s'étaient plus vus. Elle les avait achetées chaque fois en pensant à lui ; il ne le saurait jamais. Pas plus qu'il ne saurait comme elle avait été troublée par sa réaction quand elle s'était présentée à la porte de leur chambre d'hôtel à Londres soudain vêtue autrement que de ses vieux jeans et ses pulls trop larges. Demain, si l'opération était déclenchée comme prévu, Mateo serait en danger, elle devait être à ses côtés. En salle d'embarquement, à l'aéroport d'Oslo, elle avait hésité dix fois à l'appeler pour le prévenir qu'elle arrivait à Rome. Elle avait choisi de le faire seulement une fois sur place. Si la réaction de Mateo n'était pas à la hauteur de ses espérances, il serait trop tard pour renoncer.

*

Ekaterina regardait par le hublot, Rome brillait de mille lumières qui scintillaient dans la nuit. L'avion vira sur l'aile et entama son approche, dans vingt minutes il toucherait le sol.

*

Ekaterina n'était pas la seule à prendre de grandes décisions ce soir. Les évènements en préparation avaient quantité d'effets collatéraux. Depuis deux heures, Malik observait son jumeau, et il s'inquiétait. Les épaules lourdes, Vital avait le regard égaré sur son clavier, dans un silence entrecoupé par de longs soupirs. Il avait refusé le repas qu'Ilga était venue leur porter, et n'avait même pas touché à sa boisson, comme absent, pareil aux jours, où, après l'accident, il fixait les jardins du manoir, s'abandonnant à des idées mortifères. Les médecins alors avaient prévenu Malik : Vital ne remarcherait jamais, sa dépression pouvait ressurgir à tout instant, se transformer en nostalgie, la forme la plus sérieuse qui soit. Et ils avaient été formels : il faudrait agir dès les premiers signes et ne pas prendre cela à la légère.

Malik quitta discrètement le donjon ; il avait compris de quoi souffrait son frère. La raison invoquée par Mateo pour lancer l'attaque depuis Rome paralysait Vital une deuxième fois et la menace que le manoir soit coupé du monde nourrissait une angoisse insoutenable.

En bas des escaliers Malik croisa Ilga, qui le retint par le bras.

— Je m'en occupe, dit-il pour la rassurer.

Il s'enferma dans l'ancien bureau de son père et passa un appel à Londres.

*

À Vilnius.

Maya et Diego atterrirent presque à la même heure, ils s'étaient donné rendez-vous dans le hall des arrivées. Le vol de Maya venait de Roissy, celui de Diego de Madrid.

Elle le prit dans ses bras et l'embrassa, trouvant que la barbe lui allait bien. Elle l'entraîna vers la station de taxis et une demi-heure plus tard, ils prenaient leurs quartiers dans un appartement loué depuis deux mois sous un nom d'emprunt. Maya s'était rendue plusieurs fois dans ce deux-pièces situé au cœur de la vieille ville. Elle y avait installé le matériel informatique dont ils auraient besoin durant l'opération.

*

À Rome.

Les lumières de la ruche étaient éteintes. Les diodes qui scintillaient dans les armoires des serveurs diffusaient un halo vert sur les bureaux déserts.

En fin d'après-midi, Mateo avait vécu l'un des moments les plus difficiles de sa vie d'homme. Prenant son courage à deux mains, il avait réuni son équipe au complet pour annoncer sa décision irréversible de fermer l'entreprise. La veille, il avait payé tous ses fournisseurs, le lendemain matin chacun des collaborateurs recevrait un an de salaire.

Ce soir, Mateo n'avait plus en poche que sa conscience. Alors qu'il arpentait ses locaux, un sentiment de solitude réveillait en lui les souvenirs de ses premiers jours en Italie. Débarqué d'un cargo parti de Da Nang et arrivé à Salerne après deux mois en mer, il comptait parmi les plus jeunes réfugiés à bord.

À dix ans, Mateo gagnait son pain en vendant des cigarettes de contrebande aux clients attablés aux terrasses des cafés du port... jusqu'à ce qu'une patrouille de police l'arrête.

Mateo avait grandi dans un orphelinat et ne craignait pas l'avenir.

Ce soir, il repensait à une phrase que son père lui avait dite, en rentrant des champs : « Le destin est une puissance mystérieuse, mais ne compte pas sur elle. Ta destinée sera faite des choix que la vie t'offrira. »

Ce soir, Mateo espérait avoir fait le bon choix. La sonnerie de l'interphone le tira de sa rêverie. Il avait commandé une pizza. Il pria le livreur de monter au deuxième étage. Il chercha un billet dans sa poche pour le pourboire, ouvrit la porte palière et se figea en découvrant Ekaterina, un bagage à ses pieds. Elle sourit et se jeta dans ses bras.

*

21 heures, à la prison d'Okrestina, Minsk.

Les prisonnières regagnent leur cellule. C'est l'heure de l'extinction des feux. Le lit de camp de Janice est collé à celui d'Irène, qui lui tourne le dos. Elle remonte une couverture rêche sur ses épaules, et râle parce qu'il fait trop froid.

— Irène, chuchote Janice.

— Qu'est-ce que tu veux ?

— Te remercier.

— Tu n'as pas dû entendre ce que je t'ai dit à table, lance Irène avec une pointe d'agressivité.

— Je vais te faire sortir d'ici.

— Bien sûr, répond Irène en se retournant. Dans un chariot de linge ?

Leurs visages sont à quelques centimètres l'un de l'autre. La lumière orange d'un lampadaire planté dans la ruelle traverse les barreaux et tombe sur leurs minces oreillers.

— C'était qui ce type à qui tu es allée parler, tu couchais avec lui ?

Janice hésite. Mille pensées contradictoires lui traversent l'esprit. Des pensées inquiétantes, comme si Irène avait agi pour gagner sa confiance et la trahir ensuite. Elle n'a pas le choix et tente sa chance.

— Un membre important de l'opposition, lui confie-t-elle. Pourquoi crois-tu que j'ai pris autant de risques ?

— S'évader d'Okrestina, siffle Irène, alors là, ce serait vraiment une première.

— Mais il y a une condition à cela, que je puisse passer un appel.

Irène se glisse plus près d'elle. Leurs visages s'effleurent.

— Une fille du bloc 2 a caché un portable dans sa cellule, chuchote-t-elle. Elle a les faveurs des matons et le leur rend bien. Si tu as quelqu'un dehors qui peut envoyer de l'argent à sa famille, elle vend la minute à prix d'or. Mais c'est comme avec les cartes de téléphone, il faut payer avant pour avoir du crédit.

— Je n'ai personne et il faut que je passe cet appel avant midi, insiste Janice à voix basse.

— Alors on ne s'évadera jamais, soupire Irène.

Elle l'embrasse sur la bouche, lui caresse les cheveux et sourit devant le regard interdit de Janice.

— La tendresse, c'est ce qui manque le plus, tu verras avec le temps.

Elle se retourne et remonte la couverture sur sa nuque.

Janice garde les yeux ouverts. Elle serre les poings. Le vent s'est levé, la lumière qui vient du dehors vacille sur le plafond de sa cellule. Des larmes coulent sur ses joues.

ROME

Opération Okrestina

Dimanche, 6 heures, à Rome.

Ekaterina se réveille avec les premières lueurs du jour. Mateo dort, son souffle fait frissonner sa nuque, sa chaleur est encore en elle. De son bras, il entoure sa taille. Elle voudrait que ce moment de paix s'éternise. Il ouvre les yeux, prend une longue inspiration, se frotte les joues et la regarde fixement. Elle sourit et pose un doigt sur ses lèvres pour l'empêcher de parler.

— Ne me demande pas si j'ai bien dormi et dis-moi juste que tu m'aimes un peu.

— Je t'aime, répond-il béatement.

Elle l'embrasse longuement. À la fin du baiser, elle caresse son front et se redresse.

— Lève-toi, nous avons beaucoup à faire, à commencer par du café, beaucoup de café.

*

À Vilnius.

Diego et Maya n'ont pas fermé l'œil. Ils ont passé la nuit à jouer au poker. Maya a plumé Diego. Assis face à face, dans la petite cuisine du deux-pièces, ils consultent leurs portables et se regardent en chiens de faïence. Diego hausse les épaules, prend son mug de café et part vers le salon. Il s'installe devant les écrans, se connecte au forum et attend. Maya passe la tête par la porte et se glisse discrètement dans la salle de bains.

*

8 heures, à Kyïv.

Les jumeaux sont dans le grand salon. Un filet de fumée s'élève des braises qui rougeoient faiblement dans la cheminée. Sur la table basse, un fond de cognac flotte au fond d'un verre. Vital est assoupi dans son fauteuil roulant ; Malik, allongé de tout son long sur le vieux Chesterfield, ronfle comme un marin saoul. Ilga est montée dans sa chambre au milieu de la nuit. La cloche sonne, Vital ouvre un œil, puis l'autre.

— Qu'est-ce que c'est ? demande-t-il à son frère.

— La porte, répond Malik en bâillant.

— À cette heure-ci ?

Malik s'étire comme un grand chat paresseux qui n'a pas eu son compte de sommeil.

— Vas-y, Ilga dort, et moi je ne bouge pas de ce canapé.

Vital râle, comme souvent, et pousse énergiquement sur les roues de son fauteuil pour se diriger vers le hall. La cloche retentit de nouveau.

— C'est bon, ça va, j'arrive ! crie-t-il, énervé.

Il se recule pour ouvrir la porte.

— Un manoir, un jet privé, qu'est-ce que tu m'as caché d'autre ? demande Cordelia, mains campées sur les hanches, dans son manteau vert pomme.

— Quel jet privé ? répond Vital les yeux écarquillés.

— Comment crois-tu que j'aie pu arriver aussi tôt ? J'ai décollé à 5 heures du mat'. Bon, j'imagine que la facture a dû être salée, tu verras ça avec ton frère, c'est lui le coupable. Je vais prendre une douche et je t'attends dans la chambre. J'en ai pour cinq minutes, tu demanderas à Malik de rentrer ma valise, elle pèse une tonne.

Elle l'embrasse passionnément et lui caresse la joue.

— Tu m'as manqué, imbécile. Tu crois qu'Ilga pourra nous préparer des crêpes ? J'ai une faim de loup !

Sur ces mots, elle grimpe l'escalier en sifflotant.

Vital fait pivoter son fauteuil. Depuis la porte du salon, Malik l'observe. Il soulève la valise de Cordelia et pousse un grognement.

— Il y a un âne mort dans cette valise ? Elle pèse une tonne, s'exclame-t-il.

— Un Satcom, lui répond Cordelia, penchée à la balustrade du premier étage. Un terminal avec une antenne satellite si tu préfères. La bande passante n'est pas assez puissante pour lancer une cyberattaque, mais elle l'est suffisamment pour suivre les opérations en direct. Muets d'accord, mais sourds et aveugles un jour pareil, c'est hors de question. Installe-le dans le salon, ce sera plus joyeux que dans votre donjon.

*

9 heures, à Vilnius.

Michaël fait les cent pas. La tension est palpable dans le salon de Marika. Elle s'agrippe nerveusement à son portable.

— Où en sont-ils ? demande Michaël.

— Les bus font route et ils sont pleins à craquer. Les premiers camions se parquent sur les aires d'autoroute. Tout le monde attend Sviatlania, les gens sont nerveux, mais surtout impatients.

— Et du côté de la prison ?

— Ce n'est pas encore l'heure, répond-elle.

*

9 h 05, à la prison d'Okrestina.

Janice et Irène ont repris leur travail à la laverie. Elles déchargent déjà leur dixième Taizhou. La vapeur flotte dans l'air et la chaleur ne cesse de grimper. Les ouvrières s'activent, au bout du tapis roulant les premiers colis de la journée sont déjà étiquetés, prêts à être engoufffrés dans le monte-charge.

Mais soudain, l'un des deux gardes de faction quitte sa guérite et se dirige vers Irène. Elle est penchée, la tête presque dans le tambour ; il lui frappe les fesses, amusé par son geste. Irène se redresse et le foudroie du regard. Le gardien s'en moque éperdument, il prononce quelques mots et attend, bras croisés.

— Tu as de la visite, il doit t'escorter au parloir, dit Irène, traduisant ses paroles à Janice. Fais attention à toi, on ne sait jamais ce que ces débiles ont en tête, c'est peut-être un coup fourré.

Janice avance devant le garde d'un pas traînant, parce qu'elle a peur qu'il la coince dans un recoin. Mais le garde ne semble pas s'intéresser à cela. Il la force à accélérer, appuyant sa matraque dans son dos. Au rez-de-chaussée, il la pousse à l'intérieur d'une salle avant d'en fermer la porte.

Un homme est assis derrière une table en métal. Il a une tête de tueur, mais d'un genre élégant. Il porte un pull à col roulé sous un costume en flanelle parfaitement taillé. Il se lève pour tendre la main à Janice avant de l'inviter à s'asseoir face à lui.

— M. Blansky m'a prié de vous rendre visite. Soyez assurée que nous veillons sur vous. Nous avons déjà pris les dispositions nécessaires, vous ne risquez rien entre ces murs, la rassure-t-il. Pour le reste, nous faisons le maximum, mais vous devrez faire preuve d'un peu de patience. De quoi avez-vous besoin ? D'affaires de toilette, de vêtements propres, de cigarettes ?

Janice le fixe avec gravité. Cette fois, c'est quitte ou double.

— J'ai besoin de quelque chose de bien plus important. Vous avez de quoi écrire ?

— Oui, mais je n'ai pas le droit de vous donner un stylo, le garde qui nous observe veille au grain.

— Alors, notez, je vous en prie, chaque mot que je vais vous dicter compte. Dès que vous serez sorti, envoyez ce texte à une adresse mail que je vais vous communiquer. Et quand je dis « dès que vous serez sorti », prenez ça au pied de la lettre, vous m'avez bien comprise ?

— C'est on ne peut plus clair, répond l'émissaire de Blansky en sortant son stylo-plume.

La dictée dure à peine trente secondes. Aussitôt qu'elle est achevée, Janice se lève et remercie son interlocuteur.

— Vous ne voulez vraiment rien d'autre ? lui demande-t-il, étonné.

— Si, que vous sortiez d'ici au plus vite pour envoyer ce message.

L'émissaire remet son stylo dans la poche intérieure de sa veste, repousse sa chaise et se lève à son tour. Au moment où il va franchir la porte du parloir, le gardien lui confisque la feuille qu'il a en main. Il la lit attentivement et semble encore plus surpris que ne l'est déjà l'émissaire de Blansky.

— Elle vous a refilé une recette de cuisine ? dit-il en lui rendant son bout de papier.

— Les femmes, que voulez-vous…, soupire l'émissaire en s'en allant.

Il quitte la prison, marche vers sa voiture et s'installe au volant de sa voiture. Puisqu'elle dit que le repas est à 11 heures, pense-t-il en relisant le texte de Janice, il a le temps de rentrer chez lui avant d'envoyer ce message dépourvu de sens. Devant lui se dresse le panneau publicitaire d'une station-service. L'émissaire de Blansky jette un coup d'œil à sa jauge d'essence. Le destin dépend aussi de petits choix. Il bifurque et se range devant une pompe. Pendant que le pompiste remplit son réservoir, il prend son portable, recopie le message et l'envoie à l'adresse communiquée par Janice.

*

9 h 30, à Vilnius.

Diego sort de la salle de bains une serviette autour de la taille et ses affaires en main. Il rentre le ventre, redresse les épaules et traverse le salon.

— Je peux savoir à quoi tu joues ? lui dit Maya. Enfin, c'était mignon de te voir faire le gorille.

Digne, Diego ne répond pas, et part s'habiller dans sa chambre. Puis il s'installe devant les écrans ; un mail vient d'arriver.

> *Le gâteau de Janice.*
> *Ingrédients : 104 gr de farine, 128 gr de sel, 129 gr de beurre, 19 gr de poivre.*
> *Et pour 9 convives :*
> *164 gr de farine, 177 gr de sel, 255 gr de beurre, autant de poivre.*
> *La nappe est dans la buanderie, au sous-sol. Le repas doit être servi à 11 heures.*

— J'appelle Mateo, toi tu préviens les autres ! s'écrie-t-il.

Maya se précipite sur l'ordinateur et recopie les adresses IP du poste de sécurité et du sous-réseau de la prison d'Okrestina :

104.128.129.19
164.177.255.255

Dès qu'elle aura relayé le message de Janice au groupe, elle préviendra Michaël et Marika que le printemps arrive enfin par l'Est.

Diego ne tient plus en place. Comment se priver du bonheur d'annoncer lui aussi l'incroyable nouvelle ? Il appelle Mateo.

— Janice a réussi ! annonce-t-il d'une voix vibrante. Tu as de quoi noter les adresses IP ? L'attaque doit être lancée à 11 heures, poursuit-il.

— Elle va bien ? demande Mateo.

— Je n'en sais rien. Elle nous a juste communiqué sa position, une buanderie dans les sous-sols de la prison.

— Branche-toi sur le forum, pour informer le Groupe, et vérifiez que l'endroit indiqué par Janice figure bien sur les plans que nous avons, ordonne Mateo.

— C'est déjà en cours.

— Alors bonne chance.

— C'est plutôt à toi qu'il faut souhaiter bonne chance, mon vieux, répond Diego avant de raccrocher.

*

Au même moment, à Moscou.

Un employé d'une agence de sécurité informatique abandonne son terminal pour se rendre dans le bureau de son directeur.

— Pegasus a parlé, lui dit-il en entrant.

— Qu'avez-vous appris ? questionne le directeur.

— La communication partait de Vilnius, elle était cryptée, mais cette fois elle a duré assez longtemps pour que je puisse géolocaliser le destinataire de l'appel. Une adresse à Rome.

— Excellente nouvelle, répond le directeur en s'emparant de la note tendue par son subalterne. Je fais le nécessaire, vous pouvez disposer.

*

10 heures, à l'ambassade d'Israël, Minsk.

Noa entre dans la chambre où ont dormi ses deux équipiers. Allongés sur leurs lits respectifs, ils ont tous deux endossé l'uniforme de l'Omon. Un blouson et un pantalon noir. Sur les tables de nuit sont posés deux bérets avec un écusson en or. Leurs sacs renferment deux mitrailleuses Uzi. Noa porte son pistolet Glock à la ceinture, caché sous son blouson.

— On y va, dit-elle. Sam, tu prends la voiture et tu vas te garer en bas de l'appartement du directeur de la prison, tu monteras quand je te donnerai le signal. Raphaël, tu viens avec moi, c'est toi qui conduis la fourgonnette.

*

10 h 40, à Kyïv.

Vital, droit comme un hussard, a exigé de s'installer sans qu'on l'aide au milieu du canapé Chesterfield, après quoi il a prié Ilga d'apporter sur la table basse une bouteille de cognac et quatre verres. Une superstition de son père qui clamait que trinquer à la victoire ne pouvait souffrir la moindre minute de retard. Malik et Cordelia sont à ses côtés.

Un peu plus tôt, pendant que Cordelia s'empiffrait de crêpes dans la cuisine, Malik avait installé le matériel contenu dans sa valise Satcom.

Un câble court depuis la fenêtre où il a déployé l'antenne satellite. Les forces ennemies peuvent toujours paralyser le réseau internet ukrainien, le manoir, bien que limité dans sa marge de manœuvre, ne sera pas pour autant isolé du monde. Ni Cordelia privée du bonheur d'informer trois membres de la garde rapprochée de Loutchine qu'ils sont faits comme des rats.

Elle jette un coup d'œil à sa montre : dans cinq minutes, Mateo lancera la cyberattaque. Le moment est venu que la peur change de camp. Elle sourit à ses amis et s'octroie le privilège d'appuyer sur la touche « envoi ». Les trois messages filent vers leurs destinataires.

*

10 h 45, à Salihorsk, 120 km au sud de Minsk.

Comme chaque fois qu'il le peut, le directeur de la sécurité intérieure passe le week-end dans sa datcha. C'est un dimanche paisible, le temps est exceptionnellement clément. Un ciel bleu recouvre ses terres, qu'il aime parcourir à cheval. Un alezan qui lui a coûté une petite fortune, mais qui fait sa fierté. De retour de promenade, alors qu'il bouchonne sa monture, son portable vibre sans cesse dans la poche de sa veste. Agacé, il finit par consulter ses messages. Son regard se défait, son visage devient livide. Il abandonne son cheval et court vers sa demeure. Il y entre avec fracas, cherche sa femme qu'il trouve enfin dans la cuisine. Elle le regarde, étonnée. Il lui ordonne de préparer sur-le-champ leurs valises et lui annonce qu'ils partent loin et ne reviendront pas. Aussitôt après, il monte à son bureau pour vider le contenu de son coffre-fort.

*

10 h 45, à Minsk.

Les yeux de Marika s'emplissent de larmes en découvrant le court message qu'elle vient de recevoir. « Le printemps se lève à l'Est. » Bien trop émue pour le lire à Michaël, elle lui montre l'écran d'une main tremblante. Michaël la serre dans ses bras et la fait tournoyer. Ils dansent sans musique au milieu du salon, sous les regards éberlués des gamins de Marika.

— On prend ta voiture, dit-il en relâchant son étreinte.

Marika tire sur son pull-over et remet un peu d'ordre dans ses cheveux.

— Et les enfants ? s'inquiète-t-elle.

— Ils viennent avec nous. Daria aussi, répond-il, en posant ses yeux sur l'urne qui trône sur la table de la salle à manger. Elle mérite plus que quiconque d'assister à cela.

Marika hoche la tête, ordonne aux grands d'enfiler leur manteau, emmitoufle son bébé et lance ses clés à Michaël.

*

À trois kilomètres de l'appartement de Michaël, au cœur d'un quartier bourgeois de Minsk, le directeur de la santé découvre à son tour ses messages. Lui n'a aucune envie de danser. Ceux qui le font chanter promettent de ne pas divulguer ses malversations, s'il exécute à la lettre les ordres qu'il vient de recevoir.

À 10 h 50, cinq ambulances foncent sirènes hurlantes vers la prison d'Okrestina.

*

10 h 50, à Minsk.

Sam vient de recevoir le signal de Noa. Il sort de sa voiture sac à l'épaule et entre dans l'immeuble. Dans l'ascenseur, il prend l'Uzi en main. La femme du directeur de la prison n'a aucune raison de se méfier d'un agent de l'Omon. Probablement un messager qui vient remettre un pli pour son époux. Elle ouvre et recule devant la mitrailleuse pointée sur elle.

Sam est un agent du Mossad en poste à l'Est depuis dix ans. Il parle couramment le russe.

— Appelez votre mari et répétez-lui mot pour mot ce que je vais vous dire, ordonne-t-il sur le ton calme et autoritaire d'un homme qui n'hésiterait pas à l'abattre si elle refusait de lui obéir. Coopérez et tout se passera pour le mieux.

*

11 heures, à Rome.

Au milieu du grand plateau de bureau, Mateo et Ekaterina, seuls, se tiennent la main en observant un silence. Mateo prend une longue inspiration et regarde sa montre. Il est 11 heures pile. Il tape une commande sur son clavier et initie la plus grande cyberattaque ciblant les infrastructures d'un pays menée jusqu'à ce jour par des hackers.

Des dizaines de millions d'instructions filent vers les serveurs du gouvernement biélorusse pour les saturer.

Les réseaux de communication tombent en premier, puis vient le tour de ceux de la sécurité intérieure, déjà décapitée alors que son directeur a pris la fuite. Les services de secours ont été épargnés. Dans la tour de contrôle de l'aéroport Minsk 2, les aiguilleurs du ciel voient apparaître un avertissement sur leurs écrans. Il ne leur reste que cinq minutes avant le black-out. Aussitôt, ils dévient vers des pays voisins les avions en approche, et clouent au sol ceux qui se trouvent sur le tarmac. « Juste retour à l'envoyeur », pense Ekaterina en suivant les premières conséquences de l'attaque.

Les serveurs des différents ministères tombent un à un. Grâce aux antennes et aux relais acheminés par Cordelia, l'opposition clandestine est désormais seule à pouvoir échanger des messages.

*

11 heures, à la prison d'Okrestina, Minsk.

L'alerte incendie retentit. En un instant, les serrures des grilles se sont débloquées. Les portes des cellules s'ouvrent une à une ; les prisonniers sont conduits dans la cour par les gardiens en armes. Roman aperçoit Nicolaï dans la coursive. Il pousse les codétenus qui se pressent et réussit à le rejoindre. Il l'attrape par le bras et lui commande de le suivre. Tous deux rebroussent chemin. Trois minutes plus tard, ils arrivent hors d'haleine devant le sas de l'entrée. Derrière la vitre, les gardiens les regardent sans bouger. Ils viennent de recevoir du directeur de la prison l'ordre de ne pas les intercepter.

Au loin, les sirènes des camions de pompiers et des ambulances résonnent dans le ciel de Minsk. Un fourgon noir entre dans l'allée de la prison.

11 h 08.

Les ouvrières croient entendre le souffle d'une vieille locomotive exhalant ses dernières vapeurs en entrant en gare. Les tambours des Taizhou s'arrêtent, le tapis roulant ralentit et s'immobilise. Dans la guérite, le gardien désemparé tape frénétiquement sur son clavier. Les ouvrières s'observent sans savoir comment réagir. L'alarme incendie n'a pas résonné dans le bâtiment des femmes. Le garde présent dans la salle leur ordonne de ne pas quitter leur poste de travail. Et pour mieux justifier son autorité, il déclare d'un ton solennel qu'il y a une panne.

— Heureusement qu'il est là, on ne s'en serait pas rendu compte, ricane Irène.

Janice est aux enfers, et pourtant un sourire radieux éclaire son visage. Elle sait qu'il ne s'agit pas d'une simple panne, et désormais elle n'a plus qu'un espoir, que Nicolaï et Roman soient bientôt libres.

— Le printemps se lève à l'Est, murmure-t-elle, immobile.

La porte s'ouvre brusquement sur deux agents en uniforme de l'Omon, l'un tient un pistolet-mitrailleur. Derrière leurs cagoules on ne perçoit que leurs yeux qui scrutent la laverie. L'un d'eux braque son regard sur Janice et avance d'un pas pressé vers elle.

— On n'a rien fait, proteste Irène en se protégeant le visage.

L'agent de l'Omon tire sur sa cagoule et dévoile un visage de femme.

— Noa ! s'exclame Janice, le souffle coupé.

— On y va, on s'expliquera plus tard, ordonne-t-elle.

— Elle vient avec nous, dit Janice en prenant Irène par la main.

Le gardien s'approche pour s'interposer. Raphaël, le comparse de Noa, lui assène un coup de crosse qui l'envoie rouler à terre, le visage en sang. Il pointe le canon de son pistolet-mitrailleur vers la guérite et pose un doigt sur ses lèvres, pour faire comprendre à l'autre gardien qu'il a tout intérêt à ne pas bouger

Noa, Janice, Irène et Raphaël courent dans le couloir et grimpent les escaliers quatre à quatre. Raphaël en avant du cortège, Noa ferme la marche. Le garde qu'ils enjambent dans le sas d'entrée n'oppose aucune résistance. Il gît inanimé au sol.

Trois camions de pompiers et cinq ambulances sont parqués dans l'allée centrale, les rampes de gyrophares flamboient.

— Le fourgon ! ordonne Noa.

— Nicolaï, Roman ? s'inquiète Janice.

— Nicolaï est dans la deuxième ambulance, Roman dans la cinquième.

— Et Sofia, je ne l'ai jamais vue ?

— Sofia a été extradée, elle est à l'abri en Suède. Monte, ne t'inquiète pas, nous contrôlons les gardiens.

— Nous ? interroge Janice en grimpant dans le fourgon.

— Je t'expliquerai.

11 h 15.

Cinq ambulances franchissent les portes de la prison d'Okrestina, chacune prenant une direction différente. Trois d'entre elles ne sont que des leurres devant assurer la sécurité de Nicolaï et de Roman.

Raphaël conduit le fourgon qui traverse déjà la banlieue ouest de Minsk.

— Nous serons à la frontière dans une heure trente, explique Noa.

Irène prend les mains de Janice au creux des siennes et l'implore.

— Je t'en supplie, dis-leur de me laisser descendre.

— Irène, ce ne sont pas des agents de l'Omon, explique Janice, tu es en sécurité et libre maintenant.

— Je sais, je ne suis pas idiote. Je te remercie pour tout, mais je veux aller retrouver ma fille.

— Arrêtez-vous, ordonne Janice à Raphaël.

Le fourgon se range le long d'un trottoir, Irène ouvre la porte latérale et s'enfuit en courant.

*

11 h 30, à Vilnius.

Diego et Maya quittent l'appartement. Un taxi les conduit jusqu'à l'immeuble où vit Sviatlania. Diego sonne et, en galant homme, laisse la primeur de la nouvelle à son amie.

— Nicolaï est libre, annonce Maya. Ils sont des milliers à converger vers la frontière, ils vous attendent. Il est temps de partir, la révolution est en marche.

C'est la première fois que Diego voit Maya aussi émue.

*

13 heures, au poste-frontière de Ganevo.

Les clients du café Vasilok sortent et attendent sur le parking. Les villageois de Novoselki montent à bord de leur voiture, certains grimpent même sur des remorques entraînées par des tracteurs. Les moteurs des camions parqués sur l'aire de repos de la station d'essence de Telezhishki rugissent, comme ceux qui ont pris position devant le café-motel de Zolotaya. Les opposants sortent de l'ombre, d'autres sont déjà à bord des dizaines de cars affrétés par Cordelia. Tous se dirigent vers Ganevo.

Le cortège se rapproche du poste frontalier. Les douaniers n'en croient pas leurs yeux, des colonnes d'hommes, de femmes et d'enfants avancent vers eux. Le responsable cherche à joindre ses supérieurs. Les communications sont coupées. Que peut faire une poignée d'hommes en uniforme face à des milliers de civils ? Submergés, ils baissent les armes.

*

13 h 10, à Rome.

Mateo arpente la ruche, le cœur lourd en longeant les baies de brassage, et passe une main nonchalante sur les vitres qui les protègent. Les diodes ne scintillent plus ; les données contenues dans ses serveurs ont été effacées, leurs disques formatés. Personne ne mettra la main sur les programmes qui ont servi à l'attaque.

Ekaterina a préféré le laisser se recueillir seul, elle se rend à la fenêtre pour fumer. La dernière, jure-t-elle en allumant sa cigarette. Elle contemple les toits ocre de Rome. « Dieu que cette ville est belle », pense-t-elle. Son regard glisse vers la rue, elle tire une longue bouffée, plisse les yeux, avant de jeter la cigarette.

— Je ne sais pas si c'est normal, mais deux voitures noires viennent de s'arrêter en bas de ta porte, lance-t-elle à Mateo.

Mateo se penche au balcon, huit hommes avancent vers la grille de la villa.

— Prends tes affaires, vite, dit-il en l'entraînant vers son bureau.

*

14 heures, au poste-frontière de Ganevo.

Tout est silence, la foule attentive et inquiète guette la route qui s'étend de l'autre côté de la frontière. Soudain, un concert de klaxons surgit aux abords de la barrière.

Des femmes et des hommes se précipitent pour la relever, ils sont les premiers à voir entrer les dix voitures qui composent le convoi de Sviatlania. Une clameur s'élève, la population accueille le retour au pays d'une cheffe d'État qu'ils ont élue.

Debout sur le marchepied du fourgon, Janice et Noa assistent à cette scène de liesse. Des confettis virevoltent dans l'air, les enfants sont perchés sur les épaules de leurs parents. Des gens crient, chantent, d'autres ne peuvent retenir leurs larmes.

— Tu ne veux pas aller voir de plus près ? demande Janice.

— Non, ce qui suit ne nous appartient pas, nous avons juste contribué à rétablir l'équilibre. Il est temps pour nous de repartir.

— Nous ? C'est la deuxième fois que tu emploies ce terme. Je te croyais morte ! Pourquoi tu ne m'as jamais donné signe de vie depuis tout ce temps ? Pourquoi ce silence ?

Noa se tourne vers Janice et pose ses mains sur ses épaules.

— C'est courageux ce que tu as fait ; stupide, mais courageux.

— Stupide, peut-être, mais le résultat est là. Et tu ignores ce que j'ai fait. Réponds-moi : pourquoi avoir fait croire à ta mort ?

— Et toi, tu ne te demandes pas comment je suis venue te sortir de là ?

— Tu es un agent des services secrets israéliens et chez nous on n'abandonne pas les siens, répond Janice.

— Ça explique le pourquoi, mais pas le comment, rétorque Noa.

— Où tu veux en venir, exactement ?

— À la vérité que l'on se doit l'une à l'autre. Je sais que tu n'es pas seulement journaliste, tu appartiens à un groupe de hackers qui n'est pas étranger aux évènements qui sont en train de se produire.

— Tes services portent bien leur nom, répond Janice, mais ne compte pas sur moi pour t'en dire plus.

Noa fait une moue amusée. Elle passe la main dans ses cheveux, et contemple au loin la marée humaine qui s'est massée autour de la voiture de Sviatlania.

— Janice, dit-elle d'une voix posée, je suis 9, je fais partie du Groupe, j'en ai même été la première recrue.

Janice, médusée, descend du marchepied. Elle s'efforce de garder ses yeux rivés sur le poste-frontière pour ne pas croiser le regard de Noa.

— Tu es en train de m'expliquer que le jour où je t'ai montré l'insigne des PSYOPS à Tel-Aviv, quand tout a commencé, tu savais tout ?

— Je suis en train de te dire que c'est moi qui t'ai mise sur leur piste, moi encore qui, depuis des années, m'arrange pour que des informations te parviennent au bon moment.

Janice baisse les yeux, réfléchit, fait quelques pas, avant de revenir vers le fourgon.

— Tu es la première recrue ou c'est toi qui as créé le Groupe ? Je t'en supplie, ne me dis pas que nous sommes tous manipulés depuis le début par les Renseignements israéliens ?

— Ils n'ont rien à voir là-dedans et mes supérieurs ignorent tout de l'existence du Groupe 9. C'est Mateo qui a donné naissance à 9, le Groupe est né bien plus tard.

— Comment ça, « donné naissance » ?

— 9 est une intelligence artificielle, elle a grandi, s'est connectée au monde et a fini par comprendre qu'elle avait besoin de nous.

— Pour quoi faire ?

— Pour ça, répond Noa en pointant la foule du doigt. Nous venir en aide. 9 avait la Toile entière pour mener ses recherches, trouver ceux qui constitueraient le Groupe, et une puissance de raisonnement inégalée. Elle a choisi chacun de nous. Pourquoi a-t-elle décidé de ne partager qu'avec moi le secret de son existence, je l'ignore.

— Et pas avec Mateo ?

— Non, mais Vital et lui se sont toujours doutés de quelque chose sans jamais pour autant découvrir qui j'étais. Voilà, maintenant tu sais tout.

— Je voudrais rentrer chez moi, répond Janice.

— C'est prévu, mais avant cela, Maya et Diego t'attendent à Vilnius.

— Tu ne viens pas ?

— Non, ma mission sera terminée lorsque j'aurai eu la peau d'un fauve qui a fait assassiner Sarah. Il me croit morte, et il faut qu'il continue de le croire jusqu'à ce je sois arrivée à mes fins. Je compte sur ton silence.

Noa serre Janice dans ses bras et l'embrasse comme on embrasse une sœur qui va vous manquer.

Au loin, le concert de klaxons redouble d'intensité. Sviatlania est rentrée au pays. Le convoi fait route vers la capitale.

Lorsqu'il s'éloigne, Janice remonte dans le fourgon, épuisée et légère. Elle pense à sa maison du Florentin, à David, à Efron, et à la vie qui l'attend.

*

Sur la route qui mène à Minsk, des villageois rejoignent le cortège.

Le réseau déployé par les 9 a inondé les messageries, annonçant à la population que le dictateur est en fuite.

Dans les grandes villes de Biélorussie, des gens sortent dans les rues où les clameurs s'élèvent ; ceux qui vivent à Minsk se regroupent et marchent vers le palais présidentiel.

*

14 h 30, au palais de la présidence, Minsk.

Assis au bout d'une longue table, Loutchine étudie un dossier qui l'ennuie au plus haut point. Le grincement des lourdes portes blanches rehaussées à la feuille d'or lui fait relever la tête. Il est stupéfait de voir débarquer son secrétaire, qui n'a pas pris la peine de frapper. L'air défait, il a perdu sa prestance habituelle et, contrairement à l'usage, il ne l'a pas salué. C'est à cet homme aux traits décomposés qu'incombe la lourde tâche d'annoncer à un dictateur redouté que son règne touche à sa fin.

Loutchine ne comprend pas, il tape du poing et menace. Pour la première fois en vingt-six ans de pouvoir, sa colère n'impressionne plus personne.

Il hausse le ton, refuse de céder à la menace, enrage, ordonne à son secrétaire de faire déployer l'armée. Que les soldats tirent sur la foule sans semonce.

— Des terroristes ! éructe-t-il, le visage pourpre.

Le secrétaire hausse les épaules.

— C'est trop tard, soupire-t-il, faites ce que vous voulez, moi je me tire d'ici avant que la foule qui avance vers nous ne prenne possession des lieux.

Le secrétaire annonce sa démission immédiate et s'en va.

Seul dans son immense bureau, Loutchine décroche son téléphone, il cherche à contacter le directeur de la sécurité intérieure, ne réussit pas à le joindre, et se jure de le faire fusiller. Sa colère va grandissant, il raccroche, reprend aussitôt le combiné pour convoquer ses généraux, et découvre ébahi que la ligne est coupée.

Le dictateur se rue sur les portes de son bureau. En les ouvrant, il trouve la galerie vide. Où est son personnel ? Ses gardes du corps, ses attachés, tous ceux qui le servent ? Il parcourt les bureaux déserts, claque les portes, appelle à l'aide.

D'un pas militaire, il fait demi-tour, et part s'enfermer dans son bureau. Le palais présidentiel est encerclé, Sviatlania est entrée dans Minsk.

*

13 h 20, à Rome.

Ekaterina et Mateo ressurgissent des égouts au beau milieu des jardins du Ponte Regina Margherita. Il ne leur reste plus qu'à traverser le Tibre à pied.

— Et maintenant ? demande Ekaterina.

— On passe chez moi le temps de prendre une valise ; ensuite je dois réfléchir à la façon de recommencer ma vie à zéro.

— Et tu pourrais envisager de la recommencer depuis Oslo ?

— Sans aucun doute, mais avant cela, je voudrais t'emmener quelque part. Nous voyagerons en seconde classe, car je dois t'avouer être un peu fauché en ce moment.

— Et ce quelque part se trouve où ? questionne Ekaterina.

— Dans un petit village au Vietnam.

Elle pose sa tête sur son épaule, lui confie avoir un peu peur de l'avion, Hanoï c'est très loin, mais puisque c'est pour une bonne cause…

*

— *Et maintenant, que va-t-il se passer ?*

— Dans deux heures, Janice retrouvera Maya et Diego dans l'appartement de Vilnius. Aucun des trois ne se souviendra de la soirée qui s'annonce. Même Blansky qui ne boit pas sera probablement ivre avant la fin de la nuit. Demain, Maya rejoindra Paris, Diego repartira à Madrid, Janice retrouvera sa maison de Tel-Aviv où l'attend David. Vital, Cordelia et Malik ne seront pas en reste. Au petit matin, Vital annoncera à son frère sa décision de suivre Cordelia à Londres. Malik n'en prendra pas ombrage. Il s'y prépare depuis longtemps. Et il a promis à Ilga de lui faire découvrir l'Espagne. Diego est au courant de ses projets et il les attend. Le manoir se réveillera vide au printemps.

— *La ruche n'existe plus, Vital part à Londres, Ekaterina et Mateo au Vietnam, Malik en Espagne, Cordelia veut cesser ses activités…*

— Vous me demandez si c'est la fin du Groupe 9 ? Possible, mais ne vous inquiétez pas, ils ont fait des émules. Si les révolutions sont contagieuses, l'envie de résister l'est aussi et d'ailleurs, je doute que les 9 résistent longtemps à l'envie de se retrouver… L'avenir nous dira si je me trompe, mais en toute modestie, je ne crois pas qu'une telle chose soit déjà arrivée.

Salle de visioconférence.
Fin de connexion.

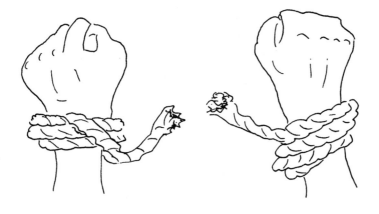

Épilogue

Deux jours plus tard, maître Collins reçut un pli à son étude. L'enveloppe épaisse contenait des documents faisant état de toutes les communications d'Ayrton Cash avec Moscou, des numéros des virements attestant des sommes qu'il avait perçues pour manipuler le référendum en Grande-Bretagne et les preuves irréfutables qu'il avait monté de toutes pièces un dossier à charge contre Janice.

Un petit mot joint indiquait à maître Collins qu'il avait la primeur de ces informations, en reconnaissance de ses services. Libre à lui d'en faire bon usage.

Ce petit mot était signé « 9 ».

LA RUCHE, ROME

Remerciements

À
Raymond.
Pauline, Louis, Georges et Cléa.
Danièle et Lorraine.
Susanna Lea, Léonard Anthony, Emmanuelle Hardouin.
Antoine Caro, Sophie Charnavel, Céline Poiteaux.
Sandrine Perrier-Replein, Caroline Babulle,
Lætitia Beauvillain.
Marie Dubois, Marie-Odile Mauchamp, Joël Renaudat,
Céline Ducournau, toutes les équipes des Éditions
Robert Laffont.
Pauline Normand, Marie-Ève Provost.
Sébastien Canot, Capucine Delattre,
Mark Kessler, Xavière Jarty, Carole Delmon.
Helena Sandlyng Jacobsen, Lauren Wendelken,
Kerry Glencorse, Susie Finlay.
Sarah Altenloh.
Rémi Pépin.
Audrey Sourdive, Marie Bouvier, Xavier Baur.
Carole Cadwalladr.

www.marclevy.info
www.laffont.fr
www.versilio.com

Et pour m'écrire, une seule adresse :
marc@marclevy.net

🔲 marclevy

Dessins :
🔲 paulinelevequelevy

Composition et mise en pages
Nord Compo à Villeneuve-d'Ascq

Imprimé en France par CPI
en août 2022

N° d'édition : 64741/07 – N° d'impression : 3049820